U0513505

樱桃
朝

中华散文珍藏版

杨朔散文

人民文学出版社

图书在版编目(CIP)数据

杨朔散文/杨朔著. —北京:人民文学出版社,2013
(中华散文珍藏版)
ISBN 978-7-02-009887-3

Ⅰ.①杨… Ⅱ.①杨… Ⅲ.①散文集—中国—当代 Ⅳ.①I267

中国版本图书馆 CIP 数据核字(2013)第 110079 号

责任编辑　廉　萍
装帧设计　刘　静
责任印制　苏文强

出版发行　人民文学出版社
社　　址　北京市朝内大街 166 号
邮政编码　100705
网　　址　http://www. rw-cn. com

印　　刷　北京市松源印刷有限公司
经　　销　全国新华书店等

字　　数　200 千字
开　　本　880 毫米×1230 毫米　1/32
印　　张　9.625　插页 3
印　　数　5001-10000
版　　次　2005 年 5 月北京第 1 版
印　　次　2014 年 1 月第 2 次印刷

书　　号　978-7-02-009887-3
定　　价　30.00 元

如有印装质量问题,请与本社图书销售中心调换。电话:01065233595

作者像

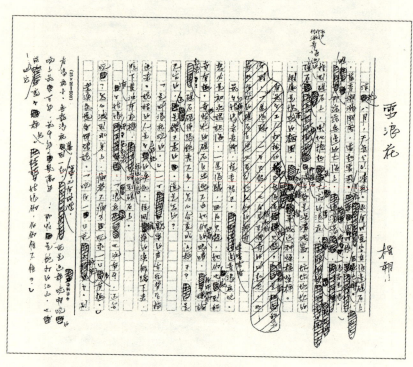

作者手迹

出 版 说 明

为了全面展示 20 世纪以来中华散文的创作成就，我社于 2005 年 4 月编辑出版了《中华散文插图珍藏版》系列。到目前为止，已经出版了四辑五十位现当代文学大家的散文集，其目的是要将"五四"新文学革命以来近百年间的中华散文做一次全方位的展现和总结。为此，该系列书也成了"人文版"散文的标志性出版物，在作家、读者和图书市场中产生了极大的影响。

这套《中华散文珍藏版》是在此基础上的精选，宗旨是进一步扩大散文的社会影响力，优中选优，精益求精，为读者，特别是青年读者提供一套散文阅读范本。

人民文学出版社一直秉承读者至上、质量第一的出版原则，但愿这套书的编辑出版，能为多元思潮中的人们洒下一捧甘霖。

人民文学出版社编辑部

目　录

木 棉 花

一到南国,情调便显然不同了。北方才是暮春,你在这儿却可以听见蝉、蛙,以及其他不知名的夏虫在得意地吟鸣。夜间,草丛和树梢流动着的萤火更给你带来不少夏天的消息。然而这才不过是三月底。

白天,整个大地便成为可怕的蒸笼。轻细的縠纱已经披上士女高贵的躯体,而苦力们赤着脊梁,光着脚板,在推,在拉,在捐,闷热的汗臭常从他们周身的粗糙的毛孔散发出来,这使过路的士女们蹙紧眉,急急用洒满法兰西香水的手绢捂着她们的鼻子,要不然,她们准会晕过去!

警察依旧穿着春季厚重的制服,站在路心指挥着来来往往的脚踏车,车仔,汽车……他们显得很呆滞,机械地挥动着手臂,而当大气中传来尖锐的汽笛时,他们仍然是机械地在岗棚上挂起一面红旗,看不出一点冲动的表情。

红旗的颜色虽然含着流血的意义,但它低垂着头,永远被人很冷淡地待遇着。街头流着人潮;茶馆里叫嚣着食客;大旅馆的西餐间开着风扇,富老们惬意地吃着雪糕,他们对于警报比一般人更要淡漠十倍,因为像这样大建筑的屋顶上都有避弹网,他们的生命是绝对安全的。

不过今天的轰炸却是特别厉害。镇定的市民也不能不暂时停止他们正在进行的动作,侧起耳朵听一听。

飞机的翅翼粗狂地搏击着沉郁的大气,高射炮的声音是急剧而响亮,这同低哑而窒闷的炸弹画成截然不同的音符。

广州市民对于空袭所以那样不在意,当然是从经验中生出宽大的胆量,而同时,每天空袭的次数如此频繁,如果警报一来,市民便藏躲起来,那么全市的脉搏都要整天地停息不动。

其实,炸弹的破坏力也真是太渺小了!

空袭刚过,我便爬上越秀山的中山纪念塔,纵眺着烟瘴漠漠的整个广州市,越秀山旁被炸的几处地方,简直是汪洋大海里的几点泡沫,多么细小而可怜呵!但这就是日本帝国主义的实力!

广九路被炸了,我的当天去香港的计划因而受到阻挠,这使我烦躁。

旅馆的客厅很凉爽,电灯投下浅蓝而柔和的光线,一个宁静的黄昏。

坐在我对面的那位旅客十分健谈。他是浙江人,对于这边的情形却很熟悉。他的嗓音高朗而圆润,语气也有动人的顿挫。

"我不能完全同意您的话:战争可以消灭所有内部的腐化分子。我能够给您指出眼前最有力的反证——请看粤汉铁路!"他伸出右手的食指,在他的面门前一点,加强自己谈话的语气。

我明白他是误会了我的话。我不过是说这次民族自卫战争很像一块试金石,一个人品格的高低可以立刻辨析清楚;又像外科医生的手术刀,可以加速割除溃烂的疽疮。然而假使医生刚才操起刀子,还不曾施行完毕割治的手术,你就希望全身的疽疮一齐即时痊愈,这当然是不可能的事实。

可是他的话已经擒住我的注意力,我焦急地要听听他所举的反证,因而不愿意打断他的话头。

"现在说起来,粤汉铁路的国防性简直太大了!"他似乎是在作文章,每个字都极费斟酌。"它可以比做一个人的喉管,有了它,这个人才能呼吸,四肢才能活泼有力,才能还击敌人的打击!

不过粤汉路并不是一条健全通畅的呼吸管,反而是在可怕的腐烂着——我这儿所说的腐烂是指的营私舞弊!"

"舞弊的方法很多,现在我们只谈'卖车皮'。粤汉路于今正忙着军运,商家的货品堆积得像山,很不容易弄到车皮装运。其实车皮不是没有,只是少罢了。于是商家为了抢先装运自己的货物便不惜对车站负责人行使贿赂。车站方面一瞧这是笔好买卖,所以每辆车皮都被看成奇货,哪家商店出的贿赂多就先给哪家运货。久而久之,'卖车皮'成了车站人员公开的'外快',如果商店不花运动费,他的货物便一辈子也运不走!"

"谁得这些运动费呢?"

"当然是车站职员大家分啦。通同作弊,谁也不告发谁!"

他把两手一张,愤愤地加添说:

"你看,前线打得多急,后方还是乌烟瘴气!战争对于没有人心的坏家伙似乎一点不起什么作用!"

我并不怀疑他的话,但我不同意他的悲观的结论。

"一切都会慢慢地好起来!"我的信念是像南国盛开着的木棉花一样的鲜明,美丽。我掏出口袋里珍藏着的一朵,这是我今天在越秀山上拾来的。它红得像是一团火。

第二天,广九路通车了。傍晚才开驶,白天恐怕遭受空袭。

旅客多得可以叠成山,堆成垛,如果车厢不坚牢,一定会被挤得粉碎。

他们大部分是难民,高等难民!他们有钱,要命,逃避现实,逃避战争,然而在内地再没有一寸平静的土地了,哪儿是天堂?

香港,这个美丽的海岛,暂时还是平静的,因此便成为富人的桃花源了。那儿有香,有色,有幸福,有享乐,而招引他们的最大的饼饵却是大英帝国的旗子,那面有着中国舞台上的花脸一样斑斓纹理的旗帜!

旅客们剥着蜜柑,吃着牛肉干,互相兴奋地谈笑着。西装男子翻开英文报纸,眼睛却望着一些穿长衫的客人,似乎在说:

"英文都不懂,你们配到香港么?"

一个讨厌的消息忽然传开来。车厢里,千百只嘴金头苍蝇似的嗡嗡着:

"怎么,还要换车么?"

"在哪儿?"

"石滩!"

火车开到石滩,已经是黑夜了。这里有一座桥昨天炸坏,还不曾修理完好。广州和九龙对开的火车必须停在桥的两端,等两方面的旅客互相换完车后,火车便各自驶回原站。

这是一段长长的路,旅客须得提着行囊,走过破损的桥梁,才能跳上对岸那辆火车。

夜很黑,虽然铁道两旁树木上每隔一段距离便挂一盏灯,这并不能给予乘客多大的帮助。

我提着一只小皮箱,挤在人群里,脚下的碎石块时时会把我绊一个跟跄。人们争着向前抢,胸脯,脊背,大腿,胳膊,挤做一堆,搅成一团,反而半步也迈不动。

"下边走,下边走……"

我随着一部分乘客冲下高起的路基,沿着一带水边向前奔走。路是又黑又泞,随时都有跌进水塘的可能。

"上边走,上边走……"

怎么回事呀?原来已经来到木桥,于是大家又争着往上爬。爬呀,爬呀,脚下一滑,连人带行李滚下来,后边的旅客也被打倒。

路基全是石块砌成,石缝生着青草,浓重的夜露把草叶都濡湿了。

草露滑得像油,我摔了两三跤,等到第二次爬上路基,大队的旅客已经不见了。

落后的人们慌慌张张向前奔跑，害怕耽误火车。跑过木桥，追上大队，我的衬衫早被汗水湿透。

忽而，这又是怎样的一次冲锋呵！

一团一团黑压压的东西塞满每个车门，没有头，没有脑。孩子的哭声，女人的尖叫，随着黑色的怪物一起翻滚。

只一跳，我仿佛跌进急转的漩涡，全身失去自主的能力，任凭人潮的振动而忽东忽西。

可是我抓住铁栏了，蹬上梯级了，攀上火车了，终于挤进散布着汗臭的车厢。我的眼前是一片模糊，揉揉眼，汗水已经渗入我的睫毛。

人们从过度的紧张跌入疲倦。大家坐着，站着，肉贴着肉，谁都不说一句话。

而脚下，车轮飞快地碾动着，驶过石龙……平湖……粉岭，奔向最终的目的地——九龙。

"进入英国管地了！"谁在快意地舒一口气。许多张脸立时转向车窗。窗外是漆黑的原野，漆黑的天空，夜风吹送着潮湿的青草气息飘进车厢，这里暂时还是"自由"的天地。

抛在他们身后的是残酷的战争，丑恶的现实！

一九三八年

潼关之夜

经过整天劳顿的旅程，这是我第一次吃饭。一碗汤面，夹杂着泥沙的汤里加进多量的酱油，我的因饥饿而烧热的肠胃舒畅地膨胀起来。虽然小粒的沙石时时震动我的牙齿，我不曾埋怨堂倌一句。

"有炒饭么？来一碗鸡蛋炒饭。"第二个客人跨进来，身边带着一阵凉风，桌上煤油灯的火焰跳跃了两三下。他的脚步又轻又快，走向小饭馆里独一无二的食桌前，坐在我的对面。

短时间，我们的目光交织成一条直线。他的年轻而健康的脸膛曾经给我留下一点新鲜的记忆。

就是今天下午，他身上穿的也是这件军用的黄色棉大衣，头上也是这顶垂着两只耳朵的灰色军帽，不过背后还背着一个大包裹，对于他的矮小的身材似乎过分沉重。他坐在黄河渡船的舷板上，前后左右挤满人群。旅客们十分嘈杂，但这不能够淹没一个婴儿的啼哭声。婴儿的母亲是一个三十多岁的妇人，站在人堆里，不停地用手拍着小孩，虽然明知道这不能止住孩子的哭声。

"给他点奶吃就好了"，有人这样说着。

泪水沿着妇人瘦削的脸颊流下，滴到小孩的红棉袄上。她仿佛对自己申诉说：

"哪有奶？大人都没有吃的！"

他——年轻的军人——站起来，把座位让给抱婴儿的妇人，

又从衣袋里摸出一块干硬的馒头交给她,用类似女人的柔声说:

"孩子是饿了。嚼点馒头给他吃吧。"

现在,当他同堂倌说话时,声音仍然带着女性的气味,这和他的矫健的举动似乎不大调配。

我们这是第二次见面,但彼此全把脸埋在食器上,保持着静默。

刚刚吃完面,隔壁客店送我来吃饭的茶房过来招呼我说:

"警察来查店了。请您回去看看。"

巡警盘问得很详细。他们从我的行李中检出一本《中国分省新图》和一些零碎的通讯稿,于是抱着绝大的怀疑,追询我许多问题。最后,我拿出八路军的护照,他们才认为满意。退去时,一个警察摇摆着头说:

"对不起,越是你们知识分子汉奸越多!"

像是黄蜂的毒刺,这几句话刺痛我的心。不到一刻钟光景,我听见警察从对面房间走出来,皮鞋后跟撞击在穿堂的砖地上所发的声响,渐渐地消失下去。谁在敲我的门?

"请进。"

板门轻快地推开,那位青年军人站在我的眼前。一种熟习的柔软的话语滚动在我耳边:

"请别见怪,同志也是从八路军前方来的么?——我住在对面房间里,警察问你的话,我全听见了。"

原来我们是同时离开前线,同时坐上同蒲路的窄轨火车,同时渡过黄河,现在更住到同一个客店里,我们热烈地握着手,五分钟以后,便成了很熟的朋友。

"杨同志……"

"黄同志……"

我们毫无拘束地哗笑着。

我提议到路上散散步,他高声叫道:

"茶房,锁门。"

这家旅店坐落在潼关城外,接近陇海路车站。虽然不过八点钟,除去饭馆和水果商而外,马路两旁的店铺已经早早关上门。灯光从闸板的隙缝泄露出来,仿佛一星一点的磷火。潼关的城墙和城楼衬映在星空之下,画出深黑色的轮廓,比较白天似乎更加突兀,雄伟。

我们横穿过一条小巷,停留在黄河岸上。河水在暗夜里闪动着黑亮的波光,时时还有一点两点潮湿的渔火浮动在水面上。

这其间,黄同志不停地哼着各种救亡歌曲。他手里拿着一只电筒,四下照射着,忽然,我听见他兴奋地喊道:

"喂,你看,这里全是战壕。"

果然,显示在白色的电光下的是许多条挖掘得十分整齐的壕沟,蜿蜒在河岸上,一直伸入无边的黑暗里。

"来,我们下去看看。"他说着,敏捷地跳下去。我跟随在他后面。他把身子俯在战壕边上,电筒一扳,作了一个射击的姿势,继而懊恼地咕哝着:

"你不知道,杨同志,我们两个从广东跑到山西,本来都想加入游击队,谁知八路军只准他加入,偏叫我到延安去学习。"

"他是谁?"我一点不明白他的话。

"我的丈夫呀!"

"怎么,你是位女同志?"意外的惊讶使我不自觉地把语音特别提高。

黄同志用电筒向我脸上一扫,也许我的表情太惊奇,遏制不住的笑声从她的嘴里迸发出来,仿佛黄河的浪花,四处飞溅着。末了,她喘息着说:

"算了吧,男女有什么关系,值得这样大惊小怪。"

"你们结婚多久了?"

"两年,还有一个男孩子——"她突然静默下来。她的革命意志虽然坚强,但她的心始终有血有肉。她一时沉入寂静的回忆中,更用简单的语音把我领进她那回忆的门限。

她的小孩刚刚一周岁,又白又胖。她的热情高扬在民族革命的怒潮里,时时吸引她走向生死的战场,然而小孩总在牵掣她。她的丈夫几次激励她说:

"勇敢点吧,你该作大众的母亲,不要作一个小孩的母亲。"

她当然是勇敢的。因此,一天早晨,她同丈夫背着一点应用的衣物,带着点钱,离开家庭。抛在身后的是他们可爱的小孩和一封留给父母的信。

有时乘船,有时坐车,有时步行,他们跋涉在遥远的旅途上,终于到达预定的目的地——山西。

冷风夹着大片的雪花,飞舞在北方的荒寒的大地上;居民潜伏在黄土小房里,吃着粗糙的粮食,过着艰苦的生活。

可是他们呢,这一对生长在南国的夫妇! 他们耐不住寒冷,睡不惯火炕,吃不下小米。

"动摇了吗?"时常,他们彼此故意讥笑着。

然而,当他们看见前方的战士们怎样在吃苦,为了国家,为了民族,他们感到羞惭,感到渺小。

"我一定打游击去,决不后退!"丈夫坚决地说。

"我一定追随着你。"妻子也不曾动摇。

虽然她很勇敢,可是环境并不允许她。她被分配到延安"抗大"去学习。

"去吧,革命不一定在前线。"丈夫极力安慰她。

当天,黄同志就离开前线,恰巧同我走到一路。

"我真焦急,只想立刻飞到延安。"她张开两臂,做一个飞翔的姿态,黑暗中,差一点打掉我的帽子。

谈话愉快地进行着,没有人留心到渐渐逼近的轻细的脚步声。突然,我的眼睛受到强烈的电光的照射而感到晕眩,同时听见有人在壕沟上骂道：

"什么人？滚上来！"

这意外的袭击使我们暂时失去镇静，但不久就恢复了我们的神智。我们爬出战壕，黄同志亮一亮电筒，发觉对方是一位武装的士兵，右手拿着手枪，左手是一只正在放光的电筒。

"你们是什么人？"兵士激怒地喝道。但当他知道我们是来散步，而且验过我们的护照，就十分客气地说："对不起。我刚在城门口放哨，看见这边一亮一亮的，当是有汉奸了。"

他走开几步，停住脚，又叮咛我们说：

"近来这里很严，同志们顶好早早回栈房去。"

……这是一个多么富有传奇意味的夜晚——在潼关。

一九三八年

青年时期在哈尔滨

抗日战争时期

昨日的临汾

鸡叫了。

曙色像一片翠蓝的湖水，流动在原野的尽头。从模糊的轮廓里，我可以辨出远处的村落、树木、齿形的临汾城墙……下车时，本来计划先找一家小店歇歇脚，可是敲过几家店门，每一处都驻满军队。北方的早春又是那么寒冷，我不愿意滞留在阴晦而冰冷的车站里，只好决定进城，虽然时间是那样早。

翻起大衣的领子，两只僵硬的手交插在袖口里，我的思绪随着牛车的颠簸而波动着。我感到烦躁，容易动怒——这或许是由于牛车的行动过分迟缓，但从风陵渡到临汾，火车的速度并不比牛车快许多。我分析不清自己激动的情感，这种夏天暴风雨来临以前一样的窒息，却使我沉默不住了。我不耐烦地向车夫说：

"城门能开么？"

"差不多啦。"车夫望一眼渐渐开朗的高空，转过脸对着我打了一个呵欠。我的心一跳，第一次注意到他的可怕的面貌：一张麻脸，粗硬的胡须同鬓角的乱发纠缠到一起。当我到山西前线来时，一位熟悉山西情形的朋友曾经警告我说：

"你得小心点，路上可有散兵剥人的衣裳！"

车夫虽然不是散兵，他那一副狞恶的脸面却不能不使我有所戒备，特别是现在——

日本强盗已经侵入介休，夸口说准备在二十天里攻到风陵渡,进逼潼关天险。而我一路上所见的我们后方的情景,竟是那么纷乱。许多富人,都在逃跑,军官的家属更多。这些太太们领着自己的儿女,携带着很多大包裹,由穿军服的随从护送着。在风陵渡口,我还遇到一个乡下青年,背着简单的行李,要搭火车到运城去。他曾经对我叹息说:

"乡下不能住啦,军队里拉人,只好跑出来……"

这一切,使我疑心自己跌进污浊的泥塘里,见不到一滴清水。

现在,因为我在车站一带踟蹰了不短的时间,询觅客店,同车的旅客早就零星散了。旷野里死沉沉的,没有第二个行人,只有我坐的这一辆牛车碾动在不平坦的大道上。

"临汾炸得很厉害吧?"我随时都在注意车夫的举动。

"没有什么,鬼子的飞机倒是常来。"他扬一扬鞭子,抽了一下黄牛的臀部。

"鬼子来了你怕不怕?"

"要怕,我就不当自卫队了。"他变得十分兴奋,自动地同我攀谈起来。

在别的村庄里,弟兄两个仅有一个参加自卫队,但在他的村里,车夫说每个男人都要武装自己,只要他的年龄是在十六岁到三十八岁之间。自卫队受着定期的训练,明白这次战争是我们生死存亡的关头。最近,因着前线的吃紧,车夫对我说,他们村里赶打了一百五十把大刀,预备砍鬼子的脑袋。

"你们没有新式的枪么?"我不禁这样问。

"鬼子会送来的! 鬼子要是来,我们都躲到野地里,等到黑夜摸进村子,把他们杀光,手枪盒子炮不有的是!"他说得那样自信,每个字都像一块铁,有着极大的力量。这使我感到羞惭,我以前竟会疑心他是个危险的人物!

"山西还是活着的!"我默默地念着。

杨朔散文

12

城门刚刚打开，经过守门兵士的几句盘查，牛车赶进城里，临汾仍然在睡梦中呢。

醒了，一切都醒了。

临汾的气象竟是意想不到的活泼和紧张。墙壁上随处张贴着警惕的标语。从标语下，我知道这边有少先队、牺盟会等许多救亡的团体。

火药的气息已经可以嗅到，敌人的飞机几次来抛炸弹，保卫祖国的战士被急迫地运往火线——然而民众的精神和生活并不曾遭到何种侵扰。商店大开着门，不宽阔的泥土筑成的马路上填塞着行人，热闹，紧迫。行人当中，时时可以见到穿着灰军装的青年男女，那都是民族革命大学的学生，造成临汾的活泼气象的主要动力。这些革命青年们一边在训练自己，一边在干着救亡和锄奸的工作。临汾的革命空气固然浓厚，但汉奸的活动也确实可怕。张慕陶是被捕了，可是小一点的汉奸仍然像是寄生在人体上的虱虫，无耻地蠕动着。

朋友告诉我一件事实：

是旧历元宵的夜晚，许多救亡团体利用百姓们积习难除的旧习惯，举行一次提灯大会，游行，喊口号，宣传。队伍像是一条龙，游走在夜的市街上，群众的情绪，同挥舞着的火炬一样的炽热和明亮。

谁在放枪？啪啪……

队伍紊乱了，枪声淹没在人的吼叫声里：

"打倒汉奸！"

因着混乱的状态，汉奸并不曾捉住，一位纠察队员却被枪杀了。这一次游行虽然发生了不幸的变故，所得到的效果，反而特别大。因为血的宣传是比任何口号和演说都来得深刻动人！

老百姓对于汉奸是那么痛恨，时刻都在消灭他们。因此，我曾经亲身遇到一件有趣味的小事。

在一个村庄里,由于乡公所的领导,农民们有一次隆重地举行春耕运动大会。因为有事住在这个小村里,而且想看看农民的集体活动,我也跑到乡公所。

村里的百姓大半全集拢来了:有驼背的老人,筋肉结实的壮年汉子,顽皮的小孩,以及穿着红绿衣裤的妇女。锣鼓的闹人声响,从人堆里传出来,每个农民的脸上挂着兴奋的色彩。

公所的墙边摆满了三角形的大旗,红的,蓝的,紫的……孩子们在绕着旗杆互相追逐。

我在人丛里挤了一回,走到乡公所办公室的窗外,那儿晒着许多椭圆形的蓝色小牌,上面用白粉写着:"抗日军人家属光荣"。

这当儿,一位穿着黄布制服的中年男子从房里走出来,含着笑向我打个招呼,而且回答我的问话说:

"我们村里已经有二百多人打鬼子去了,谁家有当兵的,就在他们门上钉一块——先生是哪一部的?"

"我住在八路军政治部。春耕大会几时开呢?"

"人到齐了,现在就要游行,下半天才开会演戏。"他的眼睛不住地打量我的服装,那并不是八路军一律穿的灰色军服,而是一套鬼子穿的什么玩意儿。

"好的,午后我来参加你们的大会。"我向他点点头,在农民们惶惑的目光下走出公所。刚走了不远的路,后边有人把我叫住:

"同志,请等一等。"

来人左臂上绾的一块白布徽章,明白地告诉我他是八路军的人员。他一开口就说:

"请别生气,乡下人看见您奇怪,恐怕你是……"

"——我是汉奸?"

"哈哈,当然不是。不过他们心细,所以找我同你谈谈。"

我把身边带的证明书给他看过,彼此笑着走开。我不曾想到山西的民众,这样有组织,这样富有政治警觉性,我不能不高兴。

离开临汾不久,敌人便逼近这座古城,在汾河上扬起险恶的风涛。虽然他们会得到这个城池,但他们永远得不到我们的民众。瞧吧,在吕梁山,在石楼山,在姑射山,我们将有广大的游击战展开。我们不怕任何利器,我们有坚强的精神堡垒建筑在民众的火热的心脏上!

一九三八年

征　尘

　　我久久地踯躅在临汾车站附近,孤独、焦烦,不时把行李卷
从一只手转到另一只手。我刚下火车,要到城里去找八路军总
部,可是天还不亮,不能进城,想先找地方歇歇。敲过几家店门,
房间全满了,不是旅客,而是队伍,这儿的栈房差不多临时完全
变成军营。现在是什么时候呢? 我的表偏偏不走了。我望望星
空,觉得自己装模作样怪可笑的,因为我根本不是老于夜行的
人,能够从星斗的位置辨出夜色的深浅。没有一丝儿风,然而冷
得出奇,远近的鸡叫也似乎掺进一点荒寒的意味。多谢鸡的报
告,我知道黎明是离我不远了。

　　当我第二次转来,车站更加冷静。十来个候车的旅客坐在
各人的行李上,抄着手 ,缩着头颈,疲倦地打着呵欠。电灯,因
着电力的不足而散射着黄橙橙的光线,很像在无叶的树梢僵卧
着的月亮。其实月亮已经残缺,它的本身更像一颗虫蚀而腐烂
的枇杷。

　　原始的蠢笨的牛车聚集在站外。车夫们围着一架卖甜酒的
担子,蹲着,抽着旱烟。他们是在趋就炉眼的蓝色的火苗,没有
人肯花两枚铜板喝这么一碗。

　　我还在踌躇是不是应该立刻进城,一个车夫走近我,双手抱
着鞭子说:

　　"上哪去呀,先生? 我送你去吧?"

　　"进城。现在城门能不能开?"

"还得一歇哪。你不如先到栈房歇歇脚，等天亮了我再送你去。"他看我有点迟疑，指一指前边的苍灰的夜色说："那儿就有小店，我带你去。"

这样善良的农民在北方的旅途上时常可以遇见。他们总是那样率真、质朴，存着点古代游侠的豪爽的味儿。

我们来到一所简陋的土房前，伸一伸手，我准可以摸到屋檐。车夫拍着板门喊道：

"赵大哥，赵大哥，有客人来啦。"

火光一闪，小小的纸窗映上层浅黄的灯影。一个带痰的嗓音在里面含糊地答应着，过后，有人跋着鞋走来打开门。

穿过一间漆黑的小屋，我踏进另外一间，壁上挂的油灯袅着青烟，两张跛脚的八仙桌子摆在地上。这其实是家小饭馆，外间是炉灶，这儿卖座，还有个里间，黑得像洞，从内里飘出一个人的咳嗽、吐痰、摸索着穿衣服的声音。

开门的堂倌掩着怀，揉着眵眼，把外间的灯火也点上。

车夫同赵大哥招呼几句，钻出黑洞对我说：

"一会就生火啦。你先烤烤火，暖和暖和，爱吃东西就吃点馍啦、面啦，爱睡觉里边有铺，天亮我来接你。"

我倒真想睡觉。一夜火车，仅仅打了几个盹，眼皮沉重得撑不开。我伏在桌上，昏昏沉沉睡去，又昏昏沉沉醒来。短短的间隔，外边忽然变天了。北风打着呼哨，像是大伙的马队，飞快地驰过原野。尘土被卷到半空，又洒到窗上，沙，沙，一阵松，一阵紧。

不知几时，屋里来了两位新客，占据着另外一张右桌，每人眼前放着一只酒盅，一双木筷。他们木然地静默着，如同堆在墙根的皮箱和网篮（他们的行李）一样的静默。我移动板凳，坐到炭盆前，两脚踩着盆边，木炭的火苗小蛇似的飞舞着。

"好冷呀，快下雪了。"

一团肥大的影子摆动在墙壁上。影子的主人似乎努力想打破沉闷的空气,开始同我攀谈。但是在继续说话之前,他擤了一把鼻涕,又用青呢马褂的袖口擦一擦他的滚圆的鼻头。坐在他对面的客人是一个三十来岁的商人,湖色线春棉袍,尖顶瓜皮帽,胡须许久不曾修剪,脸色很灰败,然而这是怎样的一双眼睛呵:冰冷、僵直,只有宰杀后的死羊眼才这样可怕。那肥胖的商人觉察到我在注意他的同伴,就说:"他是个痴子,不要理他——你不是山西人吧?从哪儿来的呀?……噢,西安。西安真是个好地方。我在汉口做买卖……别客气啦,这个年月,混口饭吃就知足了,哪有财发?"

铁勺子敲在锅沿上乱响。堂倌从外间端进两盘菜——葱爆羊肉和炒肉丝——连同一壶汾酒,一起摆在肥胖的商人前。

"吃点吧,不要客气,"胖子谦让着。但我自己叫了一碗烩馍,这是种含有十足的西北风味的饭食。

堂倌打来一盆热水,白毛巾早变成深灰色。我拧一把手巾,轻轻擦着脸,几点水珠溅到炭盆里,木炭咝咝地叫起来。

"火,火!"痴子的眼睛充满恐怖,从炭盆移到我的脸上。我是怎样惊扰了他呢!

"老实点!"其实不用胖子威吓,痴子也会自动地平静下来。他的神情又是那么冰冷,宛如泥塑似的。他的盅里斟满酒,眼前放着菜,可是他不吃不喝,眼珠直瞪着前方,并不理会胖子的一再诱劝:"吃吧,到家啦。喝完酒,吃点饭,我们就雇脚回家。你妈妈和老婆都等着你呢。"

不耐烦的表情挂在胖家伙的厚脸上。他摇摇头,啧啧了两声,意思是说毫无办法。

"他是怎么痴的?"我猜想其间一定藏着一个谜。

"唉,这个人心眼儿太窄,遇事想不开。"胖子一刻都不停止吃喝,菜屑伴随着唾沫星子从他的嘴里喷吐出来,又飞进菜盘里。"他原先在上海做买卖,后来打仗,统统烧光了! 这件事落到我们明白人身上,也不会怎么样。可是他太看不开,整天坐着发愁,日子多了,就变成这个痴样子! 嗳,我们是乡亲,还沾着点亲戚,旁人把他带到汉口交给我,我哪好意思不管呢? 没办法,只有送他回家,这一道可真累死我了。"

我问道:"你府上是哪里?"

胖子说:"好说,小地方浮山,还得从临汾起早走,天一亮我们就得找大车。"

堂倌吹熄壁上的油灯,屋里人的眉目已经可以清楚地分辨出来。天阴着。北风吹来远处士兵上早操的"一、二、三、四"的呼喊声。

胖子忽然不安地说:"你看日本鬼子能不能打到浮山?"

这个脑满肠肥的市侩忽然引起我极大的憎恶,我是在故意同他捣乱:

"谁知道呢? 前线又开火了,你怎么敢回来?"

"我特意回来搬家眷,"他忘记方才说是送痴子了。"就是房子和地没有办法。他们说日本怕地震,房子都能推来推去,早知道打仗,我们盖房子真应该安上车轮。"他为自己的高明的诙谐而裂开肥厚的嘴唇,他是在替自己喝彩。

门口走进一个穿短棉袄的中年汉子,粗眉大眼,我似乎认识他:

"是你送我来的吧?"

"对,对,城门开了,可以走啦。"

我推开剩余的半碗烩馍。大概因为过分的陈旧,馍里散发着一股霉味。赵大哥——饭馆掌柜的兼厨师,抢先提着我的行李,把我送上牛车。

屋外的世界完全被风占领着。

天上是黄云,地下是黄土,风把黄土卷到半空,于是天地搅成一片愁惨的黄色。我坐在粗糙的牛车上,翻起大衣的领子,俯着身,依旧不能抵御风沙的侵袭。我的眼眶、鼻孔,埋葬着多量的细尘。我闭紧嘴,风却像是一只有力的手,窒息着我的呼吸,逼迫我不时地张一张嘴。就在这一刹那,它也会往我的口腔里扬一把土,类似一个恶作剧的坏孩子。

"Ja! Ja!"车夫用一方蓝布包着嘴脸,齐到眼下。不管他怎样挥动皮鞭,车子仍然蜗牛似的向前爬行。

尘头回旋着、滚转着,十步以外便是模糊一片了。我疑心这是战场,弥漫着枪炮的硝烟;我几乎相信我的猜疑是对的,那儿不正有大队的行军战士么?他们从我相对的方向走来,背着军毯、步枪、手榴弹……挣扎在吼叫的北风里。

车夫暂时把牛车停在路旁,侧着头,对我大声喊道:

"这又是往北开的,都是八路军。"

队伍通过我们身旁,长长的一列,最后是辎重队。两辆满载军火的大车后跟随着一小队辎重兵,每人挑着一担子弹,那么重,扁担被压得微微弯曲着,战士的脚步也显得摇晃不定,似乎随时都有被大风吹倒的可能。

这儿离临汾车站足有一里多路,那里停着北上的兵车。距离虽然很短,然而这是多么艰苦的行军啊。

车夫跳下车沿,出乎意料地朝我高声说:

"我不拉你啦,先生。"

"为什么?"

"我得帮他们送送东西,"他用鞭梢指一指步履蹒跚的辎重队。"你爱给钱就给几个,不给就算了。"

只是一秒钟的犹豫,我便立在黄土松厚的地面上。我掏出两角钱递给他,不知应该说什么。假如习惯允许的话,我真想拥抱他。我到底记起自己的事了:

"可是我还不认识进城的路呢。"

"沿着大道走,没有多远啦。"说着,车夫拉着牛车追上军队的尾巴。一阵风,一阵土,等我再勉强睁开眼,前面是一片滚滚的黄尘,我似乎跌进上古的洪荒时代。

我又孤独了,然而并不焦烦。我的心是活泼而轻快的,虽然我是那样吃力地踯躅在风暴里。

一九三八年

铁 骑 兵

一

一过雁门关,气候显然不同了,重阳前后,天就飘起大雪来。就在一个落雪的夜晚,一连活动在左云附近的八路军骑兵冒着风雪,朝南转移,想转到比较安定的地区休息些时候。通过一条公路时,不想日本兵得到汉奸的报告,忽然开来几辆装甲车,把队伍切断,打起机关枪来。

隔断在公路北的只有一班人。他们想冲过来,可是敌人火力太紧,只好像一群脱离轨道的流星,离开大队,单独活动去了。

二

星群脱离轨道,一定要陨落,八路军掉队了,却能自动地打游击。班长是个矮汉子,左脸腮有一条刀伤,弯弯的,像是月牙。他带着这一班人怪巧妙地摔开了追击的敌人,东冲西撞,想再追上大队。不巧敌人这时开始了秋季"扫荡",到处出动,他们只好朝北开去,接连十几天,走的全是不熟悉的地方。

这天晚上,他们跑到二更天,跳出敌人的合击圈,正想寻个宿营地睡觉,班长忽然听见远远地有一片吵叫声,再仔细一听,才辨出是河水的声音。

他们来到河边，星光底下，看见河面不过半里来宽，隔河有几点火光，像是村落。班长毫不迟疑，第一个鞭着马走下河去，其余的骑兵也跟下去。夜不十分冷，河水没冻，可是很急，而且越走越深，最后没到马肚子。

班长心里想："这是什么河，好深！"就勒转马头，退到岸上，沿着河朝上走，要找个浅些的地方过河。上流的水更急，总过不去。他们便顺着另一条路，跑到半夜，不见人家，最后爬上一个山头。在山顶上，他们全都惊住了。原来山下模模糊糊地显出一座城，到处亮着电灯，好像星星。

班长的脸颊抽动着，月牙形的刀伤也像活了似的动起来。嘴里骂道："龟儿子！咱们闯到什么地方了？"总是敌人的地方。他灵机一动，吩咐骑兵朝着城里放了一排马枪。这一下子不要紧，竟惹起城里的骚乱，步枪、机关枪、掷弹筒、过山炮，一时从城里响起来，乱放一顿。骑兵们却悄悄地退下山头，朝着另一个方向跑去。

鸡叫时，他们终于来到一个村子，敲开庄户人家的门，不弄饭吃，也不要睡觉，开口先问："老乡，你们这里是什么地界？"

农民热情地招呼他们说："这是包头啊。围城就在那边山脚下……听听，炮响呢，不知日本鬼子又捣什么鬼？"

骑兵们都不觉呀了一声，紧接着又问："那么前边是什么河？"老乡说："是黄河，水才急呢，一根鹅毛掉下去，也会旋到水底下去。"骑兵们一齐惊得瞪着眼，随后不觉大笑起来。

三

第二天，包头的百姓纷纷传说八路军有一团人来攻城，差一点把城攻破。城里的日本兵大半调到雁北进行"扫荡"去了，竟以为八路军转到外线，要捣毁他们的老巢，吓得急忙退回包头，

"扫荡"便停止了。十天以后,那班骑兵也平平安安地转回根据地,寻到大队。

一九四三年

鸭绿江南北

　　十二月的一个月黑天，我跟着一支铁路援朝志愿大队跨过鸭绿江，到了朝鲜。有些软东西扑到脸上，掉雪花了。回头一望，江北岸已经笼罩着战争的烟火，只剩下三三两两的灯光，江南岸更是黑茫茫一片，空气里飘着煳味。只是一江之隔，南岸的朝鲜土地正经历着从古未有的灾难，没一块地方不在燃烧。

　　可是，谁要以为鸭绿江是条铜墙铁壁的边界，美国强盗在朝鲜所放的野火，烧不到北岸中国领土上，那才是笑话。今天，就又有一群美国飞机窜到鸭绿江北岸，反复轰炸连接中国和朝鲜两片土地的桥梁。

　　不过谁要以为炸弹能够炸坏中朝人民在心里所建立的血肉相关的桥梁，那才更是笑话！正是通过这座无形的桥，中国人民组成各色各样的志愿队伍，涌到朝鲜，跟朝鲜人民并肩作战。他们明白：美国今天在朝鲜所作的，就是明天要在中国所作的。援救朝鲜，就是援救自己。怎么能隔岸观火呢？

　　在十一月八号那天，美国飞机对南岸的新义州进行无人性的轰炸时，我们铁路医院就有十几个医生、护士穿过火焰，跑过江去，从火堆里，从弹坑边上，来往抢救那些受伤的朝鲜和平人民。尽管飞机还在头上嗡嗡的响，烟火烧伤了手脸，他们早忘记了自己。

　　其实，我们的铁路援朝大队又哪个不是抱着这种忘我的精神呢？铁路是战争的输血管，敌人把朝鲜铁路沿线的车站都炸成一片焦土,有的煤堆着了火,几天几夜冒着大烟。炸尽管炸,火车却照样开。敌人急了眼,不分昼夜,无数次的来轰炸,抢修铁路就变成后方最紧张的战斗。

这里有座桥(恕我不能写出名字),敌人投下烧夷弹,起了大火。也不用招呼,抢修队拿着钩子、水桶,从各路跑去救火。他们在火里穿来穿去,扑灭火,自己的鞋却烧坏了,脚后跟烧起了泡。有的工友简直变成火人,棉衣服烧得嗡嗡的,幸亏拿水龙把火浇熄。夜晚十点一定要通车,天一黑,立时进行抢修。可是敌机又来了,炸弹一个连一个丢下来,掉到江里,水柱激起比桥都高。不少工友震昏了,有个人跌到桥头下摔伤了腿。这里,让我用最大的敬意提到一位老工人。他已经五十六岁,多年的苦难磨得他像石头一样顽强。他看见那个工友滚下桥去,跟着跑下去,把那人背到身上。头上的炸弹落的正凶,他正走在河滩上,一颗炸弹把他震倒,浑身被盖上一层浮土。他从土里钻出来,背起那人跑到岸上,一口气挣扎到较比安全地方,自己也昏倒了,一起被送到医院去。路呢,当夜十点钟,又通车了。工友们在自愿报名时的誓词是:"飞江过海,抗美援朝!"现在却喊着:"他能把河水炸干了,这个桥也炸不断!"

朝鲜人民本身的斗志更加可敬。一过江,我们就遇见了朝鲜的铁道部队和铁路工人。他们夜夜在敌人的轰炸下抢修线路,维持行车,尽可能往前线输送军队所需要的东西。有一天,我到定州附近去看一个山洞,那洞里原先藏着一列车汽油,美军逃跑时拉不走,一把火烧了,火车都烧坏,堵住洞子。许多朝鲜战士点起一堆一堆的木柴照着亮,紧张的叫着号子,动手往外拉那些死车。柴火亮里,我看见一个朝鲜战士望着我笑。他是个年轻的小伙子,长得很壮,一张脸又红又圆,十分洒脱。我对他做着手势,他笑起来道:"同志,我也是从中国来的。"原来他叫朴石东,参加过中国的铁道兵团,今年才跟着一大队朝鲜同志过江

1950年冬在湖南衡阳

解放战争时期

回到祖国。

当时朝鲜人民军正往南追击李承晚的伪军，朴石东他们这支铁道部队也追过汉城，一路紧急抢修铁路。在堤川抢修时，一间屋子存着十五桶汽油，美机投弹，屋子着了火，有个姓吴的连长冲进火去，一个人把十五桶汽油都抢了出来，因此得到朝鲜民主主义人民共和国的国旗勋章。这不是朝鲜铁道部队和铁路工人仅有的英雄事迹，但就这一点也可以看出朝鲜人民本身为了保证前线的胜利，怎样在后方进行着战斗。说到现时，朴石东用坚定的口气说："现在我们得到中国人民志愿军的援助，光复了平壤；后方又有中国铁路援朝大队的帮助，我们一定能早日修复铁路，把美国鬼子早日消灭干净！"他忽然笑了笑说："你知道，朝鲜老百姓都叫你们是哑巴军呢。"

这个名词丝毫没有轻蔑的意思，倒有点不分彼此的亲昵意味。真的，自从到了朝鲜，我们简直像哑巴一样。可是不管遇见哪个朝鲜人，言语虽然不通，他们总是用热情的眼睛望着我们。只要一有能翻译的人在旁边，彼此就要表达出自己的感情了。

在宣川，一个叫玉吉的妇人披着条棉被，不停地挪动着两脚，摇着怀里的孩子说："我丈夫原先在平壤内务省做事，一撤退，不知哪去了。要不是中国人民志愿军帮助我们，我哪有后路！今天见到你们，就像见到亲人。我也没有别的东西，只有一双袜子，送给你穿吧！"我们忍心而又感动地拒绝了她。

又有一个深夜，朝鲜抢修大队的保卫部长就地坐在席子上，轻轻说道："想起头几个月我们撤出平壤，连夜往东北退，个个人低着脑袋，心想往哪撤呢！有一天晚上走到熙川，月亮地里，忽然望见迎面开来了一支部队，就近一看是中国人民志愿军，眼泪就掉下来了，话也不会说，抱着志愿军的脖子光是哭！"

美国强盗害怕中朝人民的友谊，不断从飞机上向地面撒下无耻的挑拨性的传单。但有什么用呢？朝鲜人民是用一阵蔑视的大笑来谈论这些屁话的。在地理条件上,虽然有条鸭绿江把中朝人民隔在南北两岸,但在保卫自己祖国和世界和平的共同意志上,这条界线是不存在的。

一九五〇年

平 常 的 人

　　朝鲜的冬天,三日冷,两日暖。碰上好天,风丝都没有,太阳暖烘烘的,好像春天。头几日,美国侵略军刚从西线败下去,逃难的朝鲜农民零零星星回家来了。家哪还像家!烧的烧,炸飞的炸飞。村后满山的落叶松,烧得焦煳;村旁堆的稻草垛,变成一堆一堆的黑灰。侥幸留下的稻草房子,里边也翻得乱七八糟。农民们老的老,少的少,愁眉不展地清理着破东烂西,也有人赶着收割丢在地里的稻子,连日连夜打着连枷,打完装到草包里去。棉花裂了桃,雪团似的扔在地里,却没人顾得上去摘。

　　一个晴朗的冬天,我有事经过这样一个劫后的小村,井边上,一位朝鲜老大娘把我拦住。她有四十多岁,白上衣,黑裙子,脚下是一双前尖钩起的小船鞋。她竖起两根指头凑到嘴边上咝了两声,又伸出手说着什么。我猜出她是要烟,掏出半包给她。她乐了,点着头直说谢谢,从井台拿起个草圈搁到头上,顶着一瓦罐子水要走。这当儿,对面山背后翻出三架美国飞机,歪着翅膀,打着旋转过来。急得她对我紧招着手,我就跟她跑到她家的屋檐底下去。她搁下水罐子,呼哧呼哧喘着气,朝飞远的飞机点着指头骂了一句,回身拉开那扇板门,比比划划让我进屋,一下子不知发现了什么事,张着嘴喊起来。

　　屋后应了一声,一瘸一瘸转出个战士来,穿着套纳成许多道长格子的棉军装,怀里抱着一大抱劈柴。朝鲜老大娘迎上去接过木柴,说的话嘀噜嘟噜串成了串。那战士平平静静笑道:"不碍事,不碍事,反正我的伤眼看就好啦,劈点木头也累不坏。"

我一听他会说中国话,指着朝鲜老大娘问道:"她是你母亲么?"

那战士慢慢笑道:"差得远呢,足有十万八千里!"

我奇怪道:"你是朝鲜同志,还是中国同志?"

他反问道:"你看我不像个中国人?"

我明白了:这是个中国人民志愿军战士。当时只觉得心里热呼呼的,亲得不行,握住他的手不放。朝鲜老大娘连比带说,叫我们进屋去暖和。那战士拐到门口,脱下鞋,跪着爬进去,脚上也没穿袜子,左脚缠着白布。

朝鲜的住屋,进门就是铺地炕,铺着席子,厨房在旁屋,特别注,烧水做饭,火通进地炕,烧的挺暖。我脱了鞋进去,朝鲜老大娘也跟进来,跪着坐到那志愿军面前,掏出刚从我这要的烟塞过去。那战士的眼亮了亮,又暗淡下去,推着对方的手说:"不行,不行,怎么能叫你破费钱,买烟给我抽!"

我浑身的血苏苏的。想不到朝鲜老大娘伸着手向我讨烟,是为的这个志愿军。我把刚才井台旁的事说了一遍,那战士睁大眼望着我,听完话,低下头叹口气说:"唉!咱替朝鲜老百姓做了什么事,人家待咱这样好!"一边拿起支烟。一定是多日没捞着抽了,点着火接连抽了几大口,背靠着墙默不作声。

我细细打量他几眼。他的身材中流流的,四方脸,长眉大眼,上嘴唇刚长出绒毛似的胡子。听他的口音是河南人,脖颈子上有块疤。那一天,当他听说美国土匪在朝鲜放起把火,烧到鸭绿江边,他背上一袋炒面,一个水壶,一张布单,跋山涉水,千里迢迢赶到朝鲜,全身扑到战争的烈火里去,保卫朝鲜的自由,就像保卫自己的祖国一样勇敢。可是,这个寡言寡语的中国人一点不知道他是怎样个人,一点不觉得他做了什么了不起的事,朴朴实实的,当着生人的面还有点腼腆。

我搬着他的左脚问道:"你的伤要不要紧?"

他按了按脚心说:"没啥!一颗子弹打穿了脚掌子,已经收了口,过两天就好了。"

我又问道:"你到朝鲜打了几仗?"

他轻描淡写地说:"两仗。第一仗在云山,第二仗在清川江。"

我想引他多讲些自己的战斗经验,他可丝毫不看重那些事,翻过来,覆过去,由着你问,说个三言两语便住嘴了。到头来,我只知道这次战役,他那个班的任务是炸江桥,断绝敌人逃跑的后路。那晚上,他们几个人炸坏了桥,他本人的脚却打伤了。指导员架着他到山沟里去包伤,一颗炮弹把他震昏。等醒过来,发见指导员牺牲在他身边,部队早过了江,胜利地前进了。他从背包上拔出小铁镐,埋了指导员,想去找包扎所,脚痛,站都站不起来,跪着爬了半天,头一晕,又昏过去。赶再苏醒过来,本人已经躺在个山洞里,身旁围着穿白衣裳的朝鲜老百姓,跪在最前面的就是这位老大娘。

现在这位老大娘又像当时那样望着他亲切地笑。提到旁人,也不必我问,那战士话多起来了。他说:"这些老百姓都是逃难逃到山上的,把我救上去,当个宝贝一样看待。他们对我说他们的朝鲜话,我说我的中国话,谁也不懂谁的话,可是谁也能体会谁的意思。老大娘还懂点医理,天天弄些草药给我治伤,也灵,这不眼看就好啦。前几天,他们才把我背回家来。现在我顶急的是找队伍,又不知队伍开到哪去啦?"

他问我,我也说不清楚,光知道附近有所兵站,去打听打听,准可以得到信。又怕他过分心急,劝他道:"你还是好好养伤吧,养好伤,再找队伍也不迟。过两天我一定来看你,帮你找找关系。"

老大娘见我要走,拿胳膊拦着我,嘀噜嘟噜紧说,意思要留我吃饭。那战士欠着身子,眼里露出留恋的神情,嗓音变得很柔和地说:"你走啦!"

我走了,心里可老记着他,第二天午后又去看他。刚进村,老远望见那位老大娘在稻草棚子里抱着碾子棍,正在推碾子。她一见我,撂下碾子棍扑上来,眼里淌着泪,擦眼抹泪地说起来,一面领我到她门口,拉开板门往里一指。屋里不见了那个战士,原先他挂在墙上的干粮袋、步枪也都不在了,我明白是出了事,可又闹不明白究竟是怎么回事。

正在焦急,一位宽袍大袖的朝鲜老先生摇摇摆摆走过来,胸前飘着花白胡子,说着半半截截的汉话道:"那位同志,前边去了。伤不大好,也要去。临走,说是吃了我们的饭,给留下了钱。还说我们对他太好,要去前方多打敌人。不是我们对他好,是你们对我们太好了。"

我听了,鼻子一酸,差一点涌出泪来。当时只觉心里一阵空虚,好像忘了点什么东西。我是忘了点事——我竟没问问那位战士叫什么名字。

老先生叹了口长气,又说:"他真是个好人!我们朝鲜人要记住他的名字,永远永远记住他的名字!"

我急忙问道:"你知道他的名字么?"

老先生说了句话,朝鲜老大娘抹抹眼泪,赶紧从怀里摸出块布,上面是那战士亲手写的名字。

这是个最平常的名字。正是这样平常的人却代表着中国人民最伟大的性格!我翻开笔记本,第一页是毛主席的题字:"为人民服务"。在毛主席的名字下边,我记下一个战士的名字。这个为保卫世界和平而战斗着的中国人民志愿军正在为全世界的人民服务呢。让他的名字永远跟毛主席联在一起吧!

一九五一年

上 尉 同 志

一九五〇年底，在朝鲜战场上，有一回我趁交通方便，当夜要坐摩托车到前方去。那些战斗的日子呀，人像骑在闪电上似的，一眨眼生活就变了，过的连日子都忘记是几时。横竖那天是个坏天，阴沉沉的，我坐在屋里从破门上的纸窟窿里一望，半空零零碎碎地飘着雪花。今晚一走又要一宿，我怕精神不够，拖过棉大衣盖到身上，想睡一睡。

通讯员拉开格扇门，探进上半身说："有人来看你呢。"说完就往旁边一闪，身后现出个怪英挺的朝鲜军官，立在稻草房檐底下。

那军官有二十六七岁，高身量，细腰，穿着笔挺的绿哗叽军装，外罩一件深黄色的呢大衣。从肩章上，我看出他是个上尉。可怎么胳肢窝底下还挟着只黄母鸡？我连忙爬起来让他进屋。那军官拍拍身上沾的雪花，脱下了短统皮靴，一进门，客客气气地跪着坐在席子上，开口用中国话说：

"同志，你辛苦了！我叫朴汉永，是朝鲜人民军××师的，上回打大邱挂了花，在本地养伤，"说着偏过头去，指指后颈上一个茶碗口大的疤，继续说道："敌人来的时候，我跟老百姓撤到山上去，眼时才养好伤。你为我们可辛苦透啦！我们朝鲜人民看见志愿军，从心眼里觉得亲，今天特意弄了只鸡，托我送来，实在拿不出手，多少总是一点心意。"

他把鸡往炕上一放，那只鸡想跑，可是腿绑住了，一下子摔倒,拼命扑着翅膀,搅起好大的灰尘。凡是到过朝鲜战场的人,见过美军洗劫的手段,就会明白这只鸡不定费过它主人多少心机,经过多少危险,才能逃开敌人的嘴,侥幸活到今天。这是怎样珍贵的东西啊!它主人却要送给我。但我不能要。既不忍心,也是志愿军的纪律。

我说明我的意思。朴汉永急的连连指着心说:"这是人家的心意呀!你怎么能不要呢?"

我强调纪律。

朴汉永忘记这是和我初次碰面,红着脸争辩起来说:"我懂,我懂,不过这是在朝鲜哪。人家都说志愿军什么都好,就是不通人情。你看,一年就一个除夕,人家给你送礼……"

我愣了一下问道:"今天是除夕么?"

他说:"可不是。中国的旧历年,朝鲜也过。端阳、八月节也是一样。要不送礼做什么?你得尊重当地的风土人情,这叫,这叫……"他一时说不清,拿出笔写了几个朝鲜字:"风俗应。"

我笑道:"你说的也有道理,不过天一黑,我就要出发了,给我也吃不到嘴,还是请你把鸡拿回去吧,我心领就是了。"

朴汉永平静下来,望着我问道:"你年也不过就走?"

我说:"就走,就走,胜利是不能坐着等来的。"

他的脸像云收雨散似的,一下子开朗起来,就握住我的手说:"对,对,胜利是不能坐着等来的。我正打算到前线去归队呢,应该也走。"

这天傍黑,我们约好时间,在本地车站上又碰了头,准备一块坐摩托车往前赶。这是种顺着铁轨跑的小车,司机正忙着上油,我们站在露天地里等着。雪下大了,只觉得有许多湿东西扑到脸上,又轻又软。车站光剩几间炸坏的小房,临时挡上破草席子,有时一揭席子,瓦斯灯光射出来,照见又急又密的大雪片子团团飞舞着。

朴汉永穿的还像白天那样单薄,挺在风雪里,可特别耐冷。他伸出手掌试了试雪花,对我说道:"下吧,飞机不会来啦。"

话音还没落,远处乒地一枪,该是防空哨的警报吧?听听却没有飞机声。大家正自奇怪,远处又是几枪,紧接着,四面八方都打起枪来。出了什么乱子呢?站上个个人都惊疑不定。黑影里,忽然有人笑道:"这不简直是放鞭炮么?咱们志愿军过大年,真会玩!"大家一想,都笑了。

我们坐上车往前走,一路依旧"鞭炮"不断。摩托车飕飕的带着阵风,地面的雪粉卷起来,往脸上直扑。朴汉永一听见枪声,就悄悄发笑,好几回自言自语说:"有意思,真有意思。"

他这人倒真有意思,周围指头顶大的事,也觉得挺有趣味,两眼一闪一闪的,总像追求着什么希望。

我问他道:"你喜欢这种生活么?"

他用大衣领子遮着风雪说:"敌人没来以前,那种生活才真叫人爱呢。就说这一带吧,每逢到夏天,你四下一望,嘿,绿油油的,净是稻田。你要是从稻田里走,扑剌剌一声,冷不防会飞出只白鹭,贴着稻穗飞远了。那种鸟啊,白得像雪团似的,你简直不忍心用手动它。——你喜欢朝鲜么?"

我说我喜欢。

朴汉永变得更热情了,滔滔不绝地说:"朝鲜是招人喜欢,水好,空气也好。志愿军同志刚过来,常常奇怪:朝鲜人怎么喝凉水?你是没尝到过那滋味啊,又凉又甜,像加了糖一样,喝了也不会生病。你闭上嘴,吸两口气。怎么样?清爽吧?我们朝鲜人没有一个害肺病的,就是因为空气好。赶打完仗,你住一阵再走吧,一辈子也住不厌……"

我们正谈的高兴,摩托车开到一座桥头,忽然停下,机器的火也灭了。司机打开车门,高声说道:"这个大雪呀,不能走了。"

雪下的有半尺厚,埋住了路。车轮闸瓦间塞紧雪,轮子转动不灵。司机用脚踢,用手扳着闸瓦摇,也弄不掉那些雪块子。我们都跳下去,乱哄哄地拿石头敲。通讯员叫起来道:"掉下人去了!"

我拿电筒一照,却见朴汉永跌到桥下去,滚的满身是雪。急的我问道:"摔坏没有?"

朴汉永仰着脸苦笑道:"没关系,没关系。我是听见桥下好像有人,想上桥看看,一脚落空,掉下来啦。"又朝前面问道:"谁在那儿?"

桥底下果真有人嘤嘤地哭,只是不应声。我插着大雪从个斜坡绕下去,看见朴汉永正蹲在个黑影跟前,头也不抬地对我说:"是个小孩,冻坏了!"

那小孩有六七岁光景,穿得破破烂烂的,卷在雪窟窿里直哆嗦。我摸摸小孩的脸,冻僵了;问他话,他的嘴唇都不会动弹,光是哭。

朴汉永小声说道:"先弄到车上暖和暖和吧!"就把小孩抱到怀里,爬上路基。

不巧车子的机器又出毛病了。副司机握着摇把拼命摇,机器也不发火。看样子一半时修不好,雪又这样大,不如趁早宿营,明天再说。可是四野白茫茫的,哪有个宿处?幸亏朴汉永地面熟,帮助大家把车子推到前面一个小站上,隐蔽起来,又领着路找到几家人家,分别住下。

通讯员背着那小孩,一进屋,先把小孩放到热炕头上。房主人是个三十岁左右的媳妇,带着个小女儿,都挤着睡在这间屋里。那媳妇穿着件紫色的"俏缟丽"(短上衣),青裙子,擎着一盏高座油灯站在旁边,用两只愁苦的大眼望着那小孩,又望望我们。朴汉永同她谈了几句,她赶紧搁下灯,推开炕头右首另一扇小门,轻轻钻进厨房去。接着就听见厨房里水响,锅响,门缝里透进一股松树枝的香味。

朴汉永脱下黄呢大衣,给小孩严严实实盖上,不停嘴地问着些什么话。小孩还是昏昏糊糊的,沉睡着。想是太冷太乏了,乍一暖和,乱耍着小胳膊,直伸懒腰。

我摸摸小孩的天灵盖,还好,并不发烧,就问道:"他是从哪儿来的呀?"

朴汉永摇摇头苦笑道:"谁知道呢?他太小了,什么也说不明白。反正是个孤儿,父母不是炸死了,就是叫人杀了——总是死了,剩下他一个人到处流落。"

女主人又从厨房轻轻走进来,托着张圆盘,上面放着一铜碗饭,一瓷碟辣子泡萝卜,还有碗温水。

朴汉永一见饭来了,哄怂小孩道:"起来吃饭。"一面推开油灯,扶着小孩坐起来,用铜勺子挖了一勺饭,送到小孩嘴边上。小孩闻着饭香,冷丁睁开眼,急切地用嘴去找勺子。朴汉永忍不住说:"饿坏了!饿坏了!"慢慢地喂着他吃,一边同女主人说着话。那媳妇跪在灯影前,脸色很忧愁,不知诉说着什么,说着说着低下头,大眼睛里掉下几滴泪。

朴汉永朝我说道:"你听听,又是一件!她说她男人叫美国兵掳去了,死的连尸首都找不见,光撇下她母女两个。"

那小孩吃饱饭,眼里闪出亮光,显得精神点,睁着小眼望望朴汉永,又望望我,裂开嘴笑了。喜的朴汉永用指头戳着他的小鼻子说:"笑了,笑了,还会笑呢!"一面把他放倒,重新替他盖好大衣。小孩还是嘻着嘴笑,眼却闭上了,一会儿工夫,又香又甜地睡着了。朴汉永用女人一样柔和的声音说:"瞧瞧他多天真,谁忍心叫他受这大罪!"说到这儿,他脸上的笑容收敛起来,一声不响地瞪着灯苗。灯苗跳跃着,他眼里有一星类似磷火的东西也在跳跃。过了半天,他才透出口粗气,对我说道:

"你不知道,我小的时候,跟这个小孩也是一样。我的中国话说的不赖吧?当然啦,我两岁上,父母就背着我到东北阿城去了。那个年月，在我们朝鲜，正是日本人的天下，喘口气都不自由，逃的人多极了。可是我父母到头还是死在日本兵手里！那些凶手就像脚跟脚追着你跑似的，'九一八'追到东北，又追到阿城，我父母要往山上跑，当场叫人开枪打死了。那时候我也就是六七岁，吃没吃，穿没穿，满街流落，赶大一点，就给人做工。一直顶到以后朝鲜独立同盟从延安来了，秘密组织人，才把我从泥窝里拉出来。二十年前，我所受的苦楚，想不到二十年后，我们的后代还要再受！这是谁的罪过呢？"

朴汉永说到这儿，嗓门提的挺高，拿拳头往炕上一捶，震的灯碗都摇了摇，捻子滑到油里，灯苗淹死了。黑影里，只听他说道："不说啦，不说啦，光说又顶什么用。"赌气似的一头倒下去。

这个人，曾经失掉祖国，失掉自由，所以才更知道爱祖国，爱自由。一旦看见他所热爱的乡土人民受到蹂躏，他的心情该是怎样翻腾呵！我贴着他躺下，翻来覆去睡不着。房主人早收拾好吃饭用具，搂着她女儿睡在炕那头。小女儿睡梦里哭了两声，那媳妇拍着她，嘴里轻轻地哼着。门外的风雪正大，门上糊的纸都映白了。我看看夜光表，将近四点，到天明，还要经历一段风雪的暗夜。

第二天，我正好睡，朴汉永扳着肩膀把我摇醒。我睁开眼一看，门上明晃晃的，满是太阳。朴汉永的脸色也像雪后的晴天，特别清朗，望着我笑道："我刚吃了点东西，准备就走啦。"

我掀开大衣坐起身，揉着眼问道："你往哪去？"

朴汉永说："到前线归队去。"

我说："你慌什么？今天是大年初一，歇歇吧，赶天黑坐车一块走。"

朴汉永立起来（总是那么英挺），两手扣着风纪扣，摇摇头说："不行，车子今天不一定能修好，我怕误了赶路。胜利不是等来的，我们再不能让敌人制造更多的孤儿寡妇了。"说着他的眼睛转到炕的另一头。

昨晚上那个小孩变活泼了，跟房主人的小姑娘脸对脸坐着，正在嘻嘻地玩着几颗空子弹壳。女主人拿着绺红布条，要往女儿头发上结个蝴蝶扣。小姑娘不老实，头直摇晃，那母亲就轻轻地责备她。我想，这绺红布条是这家里仅有的一点新年意味了。

朴汉永走过去，摸着小孩的头说：“小傻瓜，光知道玩！”

我就问道：“可是呀，我们怎么安插这个小孤儿呢？”

朴汉永笑了笑说：“他已经不是孤儿了，又有母亲收留他了。”便用脸朝房主人一指。那媳妇也猜出我们的话意，对我点点头，温柔地笑着。

朴汉永又叮嘱了女主人几句话，穿上大衣，朝我伸出手说：“好，再见吧！”

我拉住他的手，不知怎的心里一阵温热，舍不得放，嘴里说“等一等”，赶紧披上衣裳，到门口穿上鞋，牵着他的手一齐走到外面去。

这一宿，好厚的雪呀。漫山漫野白花花的，太阳一照，直闪银星，照的人眼花。昨晚上，朴汉永带着那么大喜爱谈论的绿油油稻田的好地带，白天一望，远远近近遍是稻子堆，扔在那儿没人管。这都是朝鲜农民雨淋日晒，用自己的汗水一滴一滴浇熟的，刚刚收割，没等上场，美国兵一来，稻子全荒到野地里了。

我们扑腾扑腾踏着大雪，蹚出条路，并着肩膀往前走着，谁都不言语。我心里感到的，一定也是他感到的；我心里想的，一定也是他所想的——又何必说话呢？

不知不觉我们走到铁路边上。朴汉永停下脚，握住我的手摇晃着说：“这回可再见啦。我们虽是初会，也算有缘。在我眼里，你不是个简单的朋友——你是个志愿军。”

他忽然张开胳臂，一把抱住我。这不是东方的习俗，但我们抱起来了，抱得紧紧的。我觉得，拥在我怀里的也不是个简单的朋友，却是那整个热情而勇敢的朝鲜民族。

　　我们拥抱了许久，朴汉永撒开手，什么不说，掉头走了。走出十几步才转回身，眼里似乎闪着泪光，满脸是笑，挥着手叫道："胜利后见！"说着转到一座小山后，看不见了。

　　这天黄昏，摩托车修好，我也上了路。一路上，我总希望能再碰见他，一路也没碰上。

一九五一年

春 在 朝 鲜

我们并不健忘,还记得美国侵略者那句歹毒话:"把朝鲜变成沙漠!"

他们这样说了,也这样做了。我曾亲眼看见大片大片熟透的稻子被敌人浇上汽油,烧在地里;整棵整棵苹果树挨上了炸弹,腿断腰斜,横在半山坡上。……但是就在昨天破坏的果树园里,东风一吹,满园子摆动着一片彩云似的花朵。

春天突破风雪的重围,来到朝鲜。一位朝鲜诗人在我的手册上写道:

> 春天是美好的
> 为了建设我们像春天一样美好的生活
> 我们不惜用血汗去灌溉生活!

这几句诗,正表现了朝鲜人民不可征服的意志。我曾经听过朝鲜中央农民同盟领导人的报告,讲到美贼的滔天罪恶时,他举出几个数目字说:仅仅黄海道一带,被害的农民就有十几万人,平安南道杀死的牛共是两万七千多头。全朝鲜受害的情形,可想而知。人力缺,畜力缺,朝鲜的土地不就荒了? 这是敌人的愿望,事实可不如此。

平壤有个农民,叫宋景稷,穿着青袍子,大领子镶着白边,脸上的表情凝滞而刚强,一望就知道他内心隐藏着绝大的悲痛。他怎能不痛心呢? 敌人占领平壤时,他撤到北地,解放后回家一看,全家连亲属二十五口,统统叫敌人杀光。他剩一个人了,他的背后却有无比的人民力量支持着他。我见到他时,他对我们恨恨地说道:"敌人杀死我的家口,杀不死我的心!我要献出整个生命跟敌人斗争!"

春天一来,当金日成将军发出号召:"播种就是战争!"宋景稷,以及千千万万像他这样的农民,都投进这个斗争里了。壮年男子上了前线,妇女儿童都组织起来集体下地。白天怕敌机骚扰,地头挖上防空洞;日里做不完,月亮地再去。朝朝夜夜,你时常可以看见一伙一伙的妇女,有的背上背着小孩,拉犁的拉犁,撒种的撒种,后边的妇女站成一溜,背着手,哼着歌,踏着像舞蹈的步子,用两脚培着土。太阳影里,忽然会闪出一群青年战士,一个个生龙活虎似的,浑身充满精力。这是中国人民志愿军来了。他们身上还带着弹药的气味,脸上蒙着战场的风尘,刚撤下火线,就架起枪,甘心情愿替朝鲜人民当老牛,拉着犁撒着欢跑。那些妇女没法表示她们的感谢了,少女们跑进沟去,一眨眼又跑回来,满怀抱着大把的野迎春、金达莱;格格地笑着,一把一把塞到战士手里……

有一回,我也从一位少女手里接到过一大把粉红色的金达莱花,不过不是在田野,而是在工厂里。那少女叫闵顺女,才十六岁,红袄绿裙,是一家纺织工厂的热情劳动者(积极分子)。但她前些时候曾经不大安心做事。翻译同志说:"她一心一意只想参军,替父亲报仇。"原来她父亲是纺织厂的木匠,去年十一月叫美军绑去了,闵顺女母女跟一个八岁的小兄弟也绑去了。美军故意当着她们母女的面,把她父亲拖出来。那时她父亲已经被打得浑身是血,不能走路。八岁的小兄弟哭起来,她父亲说:"我就要死了,记住我是怎么死的……"没等话说完,敌人就叫她们母女看着,开枪把她父亲打死,死后还用脚踢!这个仇,闵顺女记在心里,睡觉也不能忘。头些天动员参军,她带着饭,抢着去

杨朔（左二）与志愿军战士在一起

(1951.朝鲜)

1958年作家出版社版《铁骑兵》封面

1953年人民文学出版社版《三千里江山》封面

报名,可是年纪太小,不合格,急得她什么似的,天天去要求,后来允许她参加工厂武装自卫队,才算安心。现在她亲自订出生产计划,二十天完成了过去三十天的工作。有些工友上前线,送他们走时,闵顺女说:"你们放心走吧,我们一定完成你们所要完成的任务!"

这就是战火里锻炼出来的朝鲜工人。他们都明白一个真理:"没有前方就没有后方,没有后方就没有前方!"一座城市刚解放,纺织工厂的电力全部被敌人破坏了。首先不恢复电力,就不能恢复生产。裴东奎带着六个电工,当地弄不到粮食,天天半饥半饱,爬上二十米高的高压线,五天光景,到底修好,机器也转了。原班人马,再一个五天,农具工厂的电力也恢复起来。这些工人,就这样顽强。生产一开始,敌机不到头上,工人决不停手。白天做活,夜间还去修路。不修路,中朝人民大军如何前进?向祖国,向人民,他们又普遍展开宣誓运动:"不论在任何艰苦情况下,坚决执行祖国所给的使命!"

在一次夜会上,一家谷产工厂热烈招待了我们一群从中国来的朋友。桌子上摆着酒、饼干、白糖、酱油等等。头上的飞机紧转,炸弹震的房子乱颤,工人却像山一样镇定,脸色不改。一个工人高举起酒杯说:"今天招待客人的东西,非常简陋,不过这是我们工厂恢复后第一批产品,主要是为了保证前线的供给。"

我们的同志立刻擎着杯子站起身说:"请喝这一杯胜利酒!这些吃食都是在敌人轰炸破坏下出的,不但表示了朝鲜人民生产的胜利,也保证了前线战争的胜利!"

春天来到朝鲜。朝鲜人民用血汗浇灌的生活,定会开出美丽的花朵。那些挂着文明幌子的食人生番不能扳着地球倒转,就永远不能毁灭人类光明灿烂的世界。还记得有一夜我乘车路过平壤,瓦砾场上忽然从播音器里传出雄壮的歌声。这是《金日

成将军之歌》，也是朝鲜人民的战歌。踏着这个战歌，朝鲜人民
正在走向人类永久的春天。

一九五一年

用生命建设祖国的人们

　　我刚从朝鲜回来。这些天，心里总是充满东西，坐不住，睡不稳，只想跳起来，全身投到什么地方去。还记得回来时刚过鸭绿江那天，我一早晨跳上火车，扑着祖国的心窝奔去。同车的有位志愿军指挥员，鬓角上露着星星点点白头发，他离开祖国有两年多了。我们尽对面坐着，谁都不言语，目不转睛地望着窗外。窗外飘过去祖国的天，祖国的山，祖国的漠漠无边的田野。火车开到本溪；窗外闪出庞大的烟筒，远近是许多复杂的工厂建筑。那位指挥员眼里露出又惊又喜的光芒，悄悄喊："我就是想看看这些呀！"

　　我见到祖国人民的大建设，闻到祖国人民幸福生活的气息，我的心却飞到朝鲜——我不能不想到我们的志愿军。就在这一刻，那千千万万好同志啊，在风里，在雪里，在坑道里，在废墟上……正用他们无比的英雄气概，清除着那些破坏人类生活的暴徒。没有他们，怎么能有今天的祖国？他们是在战斗，也是在建设——他们是用整个身子，整个生命，给祖国的建设打下牢固的基础，给人类的未来铺下和平的大道。

　　他们是真懂得生活啊。那时候我还在前线，有一天，我到一个高射炮连队去。连队扎在山头上，战士们都住在临时新挖的掩蔽部里。掩蔽部又阴冷，又潮湿。脚下一踩一咕哧水，但是收拾得整齐的很：墙上贴着毛主席像，空罐头盒里插满大把的野菊花，土炕上摆着一排被子，叠得方方正正，一律是颜色鲜明的花

45

布被。这些被子不是公家发的，是战士节省下自己有限的一点津贴费，托人从祖国买来的。这还不算新奇，还有更新奇的呢。就在这个阵地上，在一门大炮前，我发现一丛叫不上名的野花，红艳艳的，怪好看的。不知谁怕霜打了它，特意用松枝细心细意搭了座小棚，遮着这丛红花。这丛红花不是移来的，从根起就长在那儿。战士们挖阵地，安大炮，后来也不知用这门炮和敌人打了多少仗，始终也舍不得损坏这棵花，一直保存下来。

不要笑我们志愿军太孩子气了吧，我懂得他们的感情，他们的心。那些心是又朴素，又善良，又单纯。他们过的是紧张而艰苦的战斗生活，他们却有着高贵的理想，热烈的愿望，渴望着把生活建设得更美好。那些花布被，那丛红花，就说明了他们对生活的愿望啊。要不是这种热烈的愿望，他们怎么能献出自己，甚而献出自己的生命，去保卫祖国，保卫人类的生活呢？

在这个连队里，我就见到这样的高射炮手。这个炮手有一回跟空中敌人作战，阵地上打得烟雾弥漫，灰土罩严了，什么都看不见。耳朵边上忽然听见唰一下，炸弹从头顶落下来了，他在心里叫起来："可别落到炮上呀！"身子急忙往前扑，一扑扑到瞄准镜上。炸弹就落到阵地前面，尘土爆起多高，炮也不响了。指导员冒着烟土跑上去一看，气浪把两个人吹下炮来，那个炮手伏在瞄准镜上，后背血淋淋的，人也昏了。指导员要去抱他，他一下子醒过来，甩着手叫："放！放！放！"坐到炮位上又打起来。

看看这个好同志！事后他对人说："我伤了不要紧，镜子伤了，就不能瞄准打敌人了。"当天他带着伤，就用这门炮打掉一架敌机。

这个同志姓曹。可是知不知道他的姓名又有什么关系呢？像这样的人，在我们志愿军里，上千上万，到处都是。

提起汽车司机马连昆，我不能不怀着特别的敬意。这个英雄在前线上开着车，牵引着大炮转来转去，重重地打击着敌人。

有一晚上，他又拉着炮往前走，路上通过几道照明弹封锁区，不料叫敌人炸了。马连昆崩的满身是血，昏迷不醒，一醒就问："咱们的车还有么？"

同志们告诉他还有。

他说："只要有车，我们的炮就能转到阵地上！"说完话，痛得牙咬的咯崩咯崩响，却不喊不叫。一会又说："我已经不行了，同志们不用留恋我，赶紧把炮拉走吧！"又喊："毛主席万岁！志愿军万岁！"言语就不清了。

我们有这样的汽车司机，也有这样的火车司机。记得是一次很急的任务，天落霜了，前线紧等着要一列车被服。一个年轻的司机连夜拉着被服往前送，天亮前后叫敌机发现了，叮住就不撒嘴。敌人左一梭子机关炮弹，右一梭子机关炮弹，打得火车前后左右爆起一溜一溜的火光。

那司机正在要求入党，对司炉喊道："这是党考验我们的时候了！"冲着前面一路飞跑。

一转眼天就明了。附近的朝鲜老乡听见火车咯噔咯噔这个响啊，打开窗门一看，大吃一惊，都跑了出来。早晨的雾散了，田野里漫着层白霜。只见地面跑着列火车，天空追着架飞机。飞机打一个盘旋，又一个盘旋，对着火车连扫带射，那火车却不理，咕咕咕咕，只管往前冲。老乡们看痴了。也忘了隐蔽，都鼓起掌来，大声喊道："哎呀，开车的志愿军真勇敢！"

是勇敢。那司机就是这样一直把火车开进大山洞去，安安全全藏好，松了口气，慢慢走到洞口，探着头望了望天：那架敌机不死心，还在转呢。

那司机望着飞机大声笑着说："劳你驾，一直送到家门口！"

这司机是谁，我想也没有提名道姓的必要。难道这样人物还是个别的么？

不过有个青年战士，直到现在我还懊悔不知道他的姓名。

47

但在我一生中，我永远不会忘记他。一闭眼，我就想起他的样子：方方的脸，弯弯的眼睛，见人就一笑，显得又平静，又温和，又有毅力。我见到他，完全是个偶然的机会。

那时候三次战役刚结束，我有事往汉城去，走了一宿，天傍亮在一家朝鲜老百姓屋里找到个宿处。院里放着几副担架，抬担架的是些东北来的民工，正在小休息。当中一个民工年纪大点，特别爱说话，眉飞色舞地谈着前线的情形。

那民工说："仗打得可好啦！咱不知道，怎么这些同志就像是天神下界，简直天下无敌！"接着长篇大套说起来了。他说有个战士，也就是二十岁左右，从平壤追击敌人时，脚后跟冻烂了。用布包着，走起来一瘸一瘸的，谁见了都心痛。指导员想叫他留在后边，那年轻人说："指导员放心吧，我掉不了队。掉队还叫个志愿军啦！"人家孩子就不掉队，爬大山，走雪路，脚肿的穿不上鞋，用烂棉花包扎着，谁痛谁知道，可是人家就不掉队。

打汉城外围议政府时，那青年在火箭筒排里，背着炮弹跟班长到公路旁边去打坦克。敌人的重坦克有好几辆，呼隆呼隆冲上来了。射手开了两炮，打坏头一辆。第二辆坦克又绕上来，想必是发现了我们的火箭筒阵地，冲着我们直打机枪。射手倒了，班长也挂了花。那青年赶紧接手去打火箭筒，可是先前没使过，连打几发炮弹，一发也没打中，坦克倒迎面冲上来了，眼看着要压到他的头顶上。

那青年想要再打，谁知炮弹没了。他喊了声："为了祖国！……"迎着坦克站起身子，一甩手撇出颗手雷去。坦克冒了黑烟，他人也倒了。……

我听那上年纪的民工讲到这儿，从心里觉得可惜，哎呀一声问道："他人也牺牲了吧？"

那民工笑笑说："牺牲？这样人还能牺牲！"又用烟袋锅一指担架说："那不是躺在那儿。"

　　这老汉真会弄玄虚，原来谈论的就是他抬的伤号。我很想看看那青年，那民工却把自己的老羊皮袄盖在伤员头上，盖得严严实实，不漏一点风。我掀开老羊皮袄，那青年冲着我笑了笑，虽说受了伤，脸色还是那么平静，那么开朗。我刚想和他谈几句话，问问他的姓名，那民工朝着我嚷起来："你这个同志，真是！不怕冻坏他吗？"一把推开我，又把老羊皮袄好好盖严，抬起担架赶他们最后一段路去了。

　　这些人，这些人，这些人啊！从前线到后方，在整个朝鲜战场上，你怎么能数的清，记的完呢？他们离开祖国，离开家，挨冻受累，流血流汗，为的是什么呢？为的是我们的祖国啊。爱就应该是忘我的。他们爱祖国，爱人民，爱和平，谁还去计较个人的利害，个人的得失，个人的生死呢！这是种大无畏的自我牺牲的精神。他们自己却从来不认为是牺牲。这算什么牺牲？我们做的正是我们应当做的事。

　　冬天一来，朝鲜前线上又该是漫天风雪了。我离开朝鲜那天，同志们握着我的手，殷殷勤勤地说："你走了，可回来呀，回来多告诉我们些祖国建设的情形。"

　　现在新的年代已经开始，祖国的伟大建设也开始了。不论在祖国，在朝鲜前线，我们的人民一定能在毛主席的光辉照耀下，共同创造新的历史，新的时代。

一九五三年

中国人民的心

　　已经是一九五三年十二月初,头一阵子落过场大雪,冬天早来了。谁知近来一变天,飘飘洒洒又下起细雨来,冰雪化了,到处化得泥汤浆水的,走路都插不下脚去。原先封得严严实实的大江小河,又化了冻,边边岸岸的冰上浮着层水,只有背阴的地方冰还比较结实,时常可以看见朝鲜小孩蹲在小爬犁上,双手撑着两根小棍,飞似的滑来滑去。

　　这一天,雨不下了,怪阴冷的。晚间我坐在灯下读着本叫《斯大林教养的人们》的书,正在惊叹着苏联人民那种英雄的品质,这时我接到个电话。我不清楚是谁给我的电话,但我知道这是个好心肠的人。他说:

　　"你知道么?今天傍晚在安州车站牺牲了个战士。他见一个朝鲜小孩滑冰掉到水里,赶紧去救,也陷下去。他把小孩救上来,自己可沉下去了。是个很好的同志啊!又是一个罗盛教!"

　　我去看那位烈士时,他已经装殓好,平平静静躺在那儿。他的神情很从容,像是睡觉。我定睛望着他的脸,我不认识他,但我又十分熟悉他。从黄继光身上,我熟悉他;从罗盛教身上,我熟悉他;从千千万万中国人民身上,我更熟悉他。他的面貌一点不惊人。谁要以为这样人身上准有许多惊心动魄的东西,那就错了。

　　他只是个顶简单的中国人,几句话就可以交代清楚他的一生。他叫史元厚,山东长清人。他像所有贫苦的农民一样,一下

50

生过的就是苦日子;也像所有机灵的孩子一样,有时会想出很可笑的法子,对地主报个小仇。譬如说,把地主的南瓜挖个洞,往里拉粪;还有一回,把些毛毛虫的毛撒到地主被窝里,害得地主黑夜睡觉,浑身刺的又痒又痛。到后来,他长大了,流落到济南拉洋车。再到后来,就参加了部队。

史元厚家里有老父老母。这对老人像所有父母一样,不管儿子的胡子多长,还把儿子当小孩看待,总怕儿子冷了不知添衣服,饿了不知道吃。千里迢迢,也要托人捎去做娘的连宿打夜带着灯做的老山鞋,还要在信上千叮咛万叮咛,就怕儿子晚上睡觉不盖被,受了凉。

史元厚家里还有个没过门的妻子,叫绍英。这个妻子可不像早先年的妇女,只知刷锅烧饭抱孩子,她却在镇店上念书。史元厚曾经写信问她想要什么东西,心里先猜了猜,以为离不了是些花儿粉儿一类东西。过几天绍英回信了,写的比史元厚都清楚,要的却是支钢笔。

来朝鲜以前,史元厚接到父亲的信,里边说:"你爹老了,生活什么不缺,就是缺个孙子,要是你肯听话,顶好早一天回家成了亲吧。"史元厚的心搅乱了。翻腾半宿睡不着,第二天起来便向上级写申请书。

他素来爱说爱闹,永远不恼,别人也爱找他开玩笑,顺着史元厚的音都叫他"史落后"。旁的战士见他写申请书,笑着四处嚷:"'史落后'打报告要娶媳妇了。"

史元厚应声笑着说:"就是嘛,你管得着!"以后接连写了七次报告。但他要求的不是回家,却是上抗美援朝的最前线去。

一九五三年二月,正是敌人妄想从我们战线后方登陆作战时,史元厚跟着队伍到了朝鲜。队伍一到,立时打坑道,挖工事,进行反登陆作战的准备。史元厚挖战壕磨得手起了血泡,扛木头把肩膀都压破了皮,照样像匹小骡驹子,又踢脚,又撒欢。他这人话语多得出奇,旁人说话,就爱插嘴。有时说得牛头不对马嘴,惹得战士们笑他说:"我看你上一辈子准是个哑巴,一肚子话,都憋到这辈子了。"他也不恼。要是旁人叫他逗恼了,他会抱住你笑着说:"怨我!怨我!"

穿戴他从来不讲究好看,衣服鞋袜,总是缝缝补补的。

谁要问他:"你是怎么回事啊?新发的鞋也不穿,留着烂在箱子底么?"

史元厚会笑着答应说:"谁说不穿?早磨掉半边底了。"

你不必多问,准是他见谁没穿的,又给了人。他就是这么个人,和谁都处得来,手又大,只要是他的东西,你自管拿去用。在我们生活当中,我们随时随地会遇见这样人,一点没什么可注意的。可是就在这样人火热的胸口里,却藏着颗高尚的无产阶级的心。

春天的夜晚,还是森凉森凉的。史元厚站在山头的哨位上,守望着朝鲜民主主义人民共和国的国土。一听见半空中飞机响,枪就握得更紧。敌人想投伞兵呢,投了就消灭他。山风一吹,飘起股青草的香气,他忽然又想起了家。这种带点泥土气息的草味,他从小便闻惯了。一时间,仿佛他警卫着的不是朝鲜,却是他的本乡本土。他想象得出家里人正在做什么。父亲一时出现在他的脑子里。老人家披着棉袄,擎着根麻秸火,咳嗽着,正在给牛拌夜草。他娘却坐在热炕头上,呜呜摇着纺车,也不用什么灯亮,抽的线涮溜极了。还有他的爱人绍英,怎么也没睡?你看她坐在麻油灯下,歪着头,轻轻咬着下嘴唇,准是在给他写信。他怀里就揣着爱人的一封信,写些什么呢?简直像个指导员,净给人上政治课。不用你训,我是个青年团员,懂的比你多得多了。是谁把我造就得像个人了?是谁关心我这个,关心我那个,几次三番派祖国的亲人来看我们?你放心,我会对得起党,对得起祖国人民的。

当时连里正学习邱少云的事迹，史元厚不知怎的，变得特别蔫，整天不大开口。

同志们问道："你是不是有病？"

史元厚说："哼，我一顿吃五个大馒头，还有病！"

同志们都笑起来，又问："那么你是怎么的了？"

史元厚懒洋洋地说："我怎么也不怎么的！出国的时候，咱说的什么话，现时光蹲在朝鲜吃，一点功劳没有，将来回去，怎么回答祖国人民？看人家邱少云！"

嘴里说着，他心里便下了决心，要用整个生命去做他应当做的事，就像邱少云一样。

转眼到了冬天，朝鲜前线又飘了雪花。停战协定签字几个月后，祖国的亲人又冲风冒雪来看志愿军了。有一个蒙古族文工团来到史元厚那个部队，都住在宿营车上，就停在安州车站附近。史元厚和几个战士被派去担任警戒。

车站背后是一带土山，叫龙潭岭。岭脚下有一片大水塘，叫龙潭池，夏天常有人在里边洗澡，一跳下去不露头，足有一丈多深。眼下冻了冰，像镜子一样亮，变成孩子们最留恋的滑冰好地方了。

就是那个阴化天，黄昏时候，慰问团的同志将要到别处去了。警卫战士都打好背包，下了宿营车，打算回本连去。有人见史元厚没下来，喊了他一声，大家头前先走了。走了很远，才见史元厚提着枪走下车，神情有点发闷，对着慰问团露出恋恋不舍的样子。都是重感情的人，这一分手，不知哪天才能再见到祖国的亲人，谁能不留恋呢？

先走的战士走出多远，背后忽然有人追上来喊："你们一位同志掉到水里去了！"

大家急着往回跑，只见那龙潭池塌了一大块冰，岸上丢着史元厚的枪，史元厚的衣服，人却不见了。一个十岁左右的小孩坐在水边上，浑身上下滴着冰水，哭都哭不出声。

原来这个小孩刚才蹲在爬犁上滑冰，说声不好，一下子陷下去。他的两手扒在冰上，水浸到脖颈子，眼看就要沉底了，哭着喊起来。

一个志愿军飞跑上来。这就是我们的史元厚同志。他扔下枪，脱了衣服，几步滑到小孩跟前，伸手去拉那小孩，忽隆一声，冰又塌了，两个人都落到水里去。只见史元厚在水里钻了钻，露出头来，双手托着那个小孩，一转眼又沉下去。他又钻上来，又沉下去。第三次钻上来时，他用尽力气一推，把小孩推到冰上，他自己却沉了底，再也浮不上来了。

战士们把他从水里抱上来时，他的脸青了，胸口凉了。他已经用他整个生命做完他应当做的事，离开我们悄悄走了。他临死会想到什么呢？你是不是想到党？想到你的祖国，你的亲人？他只有二十五岁。他的短短的一生就这样简单，他死得也很简单。可是，我不能不思索个问题。为什么我们的人民都这样奋不顾身呢？自从出了个黄继光，接着又是一个，又是一个。于今呢，又出来第二个罗盛教了。难道说奇怪么？这正是毛泽东教养出来的人民啊。

我去看了看那个小孩。小孩叫赵元弘，住在龙潭岭背后，村名是三龙里。爹原是劳动党员，一九五〇年秋天敌人进攻朝鲜北半部时，把他爹抓去杀了。后来他母亲也炸死了，赵元弘便靠伯父收养着。赵元弘拖着志愿军的大鞋，戴着志愿军的棉手套，见了我们一句话不说，用手套揉着眼，只是抽抽搭搭哭。他伯父已经是六十多岁的老人了，昨晚上难过得一夜没好睡，脸色显得很愁苦。一见我们，老人的下嘴唇直打颤颤，眼里含着泪，好半天擦了擦泪，指着小孩，颤着音说："都是为这个孩子，一个志愿军死了，我永远也忘不了！"

谁又能忘得了呢？朝鲜人民用最隆重的葬礼，把烈士的遗体葬到龙潭岭上。岭下临着龙潭池，史元厚就是在这儿把他的生命最后献给了朝鲜人民。朝鲜人民又把龙潭岭改叫做"史元厚岭"，龙潭池叫"史元厚池"。千秋万代，望见这片山，这片水，朝鲜的子孙就会想起这个人来。史元厚是个战士，临下葬，朝天放了几排枪，这是一个战士应得的尊荣。史元厚被埋葬了，但我知道，他那颗伟大的心却依旧跳动着，跳动在千千万万中国人民的心坎里。好同志，我写的不只是你，我写的正是中国人民的心。

一九五三年

英 雄 时 代

　　回到祖国，我处处体会到祖国人民对志愿军的热爱和关怀。你们单好知道志愿军所有的情形，恨不得一下子把他们抱在怀里。你们爱志愿军，但我也想告诉每个祖国人民，志愿军也是爱你们的啊。是的，爱你们，很爱你们，睡里梦里也忘不了你们。

　　祖国人民慰问团带去的慰劳品发完了，剩下装慰劳品的破木头箱子，有什么用呢，可以劈了烧火。志愿军可不肯烧。这是祖国来的东西，怎么能烧呢？他们把木头箱子劈成许多小块，一个人分了一块，安上四条腿，做了个小板凳，学习、吃饭，或是战斗的空隙，时刻坐在小板凳上。他们说：坐在小板凳上，就像坐在祖国的土地上一样。

　　祖国人民写去的慰问信，比什么都珍贵。有的战士把信藏到胸口，没事就拿出来看。战斗以前，也要拿出来看一遍，看完了把信藏好，投到战斗里去。信上是祖国人民的声音，祖国人民对他们的嘱托。看见信，他们就来了力量，多激烈的炮火也要投进去。

　　我亲眼看见一个伤员，从前线运下来，运回祖国。当他从车上下来，第一脚踏到祖国的土地上时，他哭了。他离开国，离开家，去到朝鲜，为的是什么？他在朝鲜经受过困苦，流过汗，又流了血，现在重新踏到他最亲最爱的国土上，他怎能止住不流泪呢？这是高贵的眼泪——多么纯洁的感情啊！

　　这就是我们志愿军的爱国主义。正是由于这种对祖国，对人民,对和平的热爱,我们的志愿军才能在朝鲜前线突破重重困难,取得胜利。胜利不是伸手就能拿到,弯腰就可拾得的东西。胜利永远是从艰难中创造出来的。我不能忘记一九五〇年冬天刚过鸭绿江时,漫天风雪,遍地都是燃烧的大火,我们的志愿军只穿着一身棉军装,披着一条白布单,背着一支枪,一点干粮,一把铁锹,投到激烈的战斗里去。从他们身上,我深切地体会到中国人民所具有的高贵品质。他们勇敢,坚韧,永远不向困难低头。他们那种大无畏的忘我精神更是惊人!

是的,他们是忘我的。你看吧,凡是在危急当中,在要紧关头,他们考虑的从来不是自己,而是别的同志,而是祖国,而是朝鲜人民。我在炮兵里认识个同志,十六岁参加抗日战争,现在近三十岁了。第三次国内革命战争期间,他是连长,有一回打蒋军,接连打了几天,他日夜不睡,眼鼓的有鸡蛋大,一气把敌人打垮了。他的左眼却蒙上层白膜,看不见了。医生说是火蒙眼,可以治好。解放上海后,上级叫他去治,那时因为要反对敌人的轰炸、封锁,保卫上海,他自动把治眼的事丢到一边。后来转到东北陆军医院,刚要治,抗美援朝战争爆发了,他再也顾不上治眼,参加了志愿军就到朝鲜去了。他对我说:"一只眼算什么,等胜利了再讲吧。"

我还知道个高射炮手,叫赵老年,和空中敌人战斗时,受了重伤,照样打,最后牺牲了。他怎样牺牲的呢?身子伏在炮上,手还紧紧地捏着航路表示器。指挥员说:这个同志在牺牲的前一秒钟,也没考虑到自己的生死。要是他有一秒钟的迟疑,他的手就不会捏着这个机件捏的这样紧。他考虑的只是战斗,只是胜利。

是不是我们志愿军都是另外一种人,根本不知道爱惜生命?不是的。志愿军就是和我们一样的中国人民,他们的思想感情也是可以理解的。属于我们个人的东西,什么是最宝贵的呢?

生命。没有比生命更宝贵的了。那么,为什么志愿军会丝毫不计较个人的生命?

有个老铁路工人说:"人就一个命,谁不愿意活着呢?可是话又说回来了,人早早晚晚总要死的,死就要死在正处。为了祖国,为了人民,死了也是光荣的。"

我相信这是他的心里话。这也是我们中国人民的真正感情。是嘛,为了祖国,为了人民,为了更高的人类理想,个人的生命又算什么?

我还想讲个女医生的故事。她姓宁,在敌人大轰炸时,炸弹落下来,气浪把她吹出去多远,昏过去了。一会醒过来。她心里想:"这要是炸断胳臂,炸断腿,或是脸炸伤了,落了一个大疤拉,多么难看。"便用两手抱着头,把头藏到墙角去。这时又一批炸弹落下来,她又昏了。再苏醒过来时,眼前满是硫磺烟。她动动手脚,都还在,只是浑身没有力气,知道是受伤了。

忽然听见背后有人叫:"医生!医生!"她转身一看,一个同志埋到土里,一直埋到胸口。这时,她再不想到自己会炸死了,再不想到自己会炸伤了,她想到的只是那个同志。一种高贵的阶级感情使她什么都忘了。她从躲藏的墙角跑出来,用手扒呀扒呀,想把那个同志从土里扒出来。怎么能扒的出呢?手扒破了,十个指甲都往下滴血,急得她来回跑。

炸弹还在响着,埋在土里那个同志对她说:"你走吧,情况这样紧,别管我了。"

那女医生却说:"我不走,要走也得先救出你来。"碰巧从旁边找到把铁锹,她拿起铁锹便挖土。她把那同志从土里挖出来,背到身上,冲着炸弹往外跑。路上又碰到另外一个同志,也受了伤,躺在山沟不能动了。她把第一个人背到山上,回头又来救第二个人。

那人流血流的太多,说话声音都小了。女医生安慰他说:

二十世纪五十年代在家中

1960年2月作家出版社版《大旗》封面

1959年1月作家出版社版《洗兵马》封面

"不要紧,我不会让你死的!"当时用纱布给他缠好,止住血,又背出去了。

这时另外的部队来了医生,一看那个女医生啊,头发蓬乱着,满脸大汗,脸色难看极了,就问她道:"你是不是也受伤了?"给她一检查,浑身上下四五处伤,衣服全叫血湿透。直到这一刻,那女医生一点力气都没有了,一下子倒下去了。

当时把三个人都抬下去。那两个人因为女医生救护得及时,都救过来了。女医生呢?也好了。我在前线时,又看见了她,还是像从前一样的勇敢。你看吧,什么地方弹火最激烈,不管深更半夜,她背上药包就走了,去救护她的同志。

英雄,这就是英雄!有人说这些人的胆子就是大,才能成英雄。我说这不是胆子大小问题,而是思想问题。一个人要是自私,处处专考虑个人的利害,个人的得失,个人的生死,那他就会前怕狼,后怕虎,树叶掉下来也怕砸了脑袋,永远也不会变成英雄。英雄决不会老考虑自己。他爱的是同志,是祖国,是人民,是更高的生活理想。为了这种爱,生命也可以抛出去的。在朝鲜前线,我看到许多女同志,年纪只有十七八岁,还带着孩子气。她们的胆子大呢,小呢?应该说是小的。在家里,有人还离不开妈妈,黑夜你叫她一个人到院里去,她才不敢去呢。有"鬼"呀!可是在前线上,你看吧,不管爆炸多么激烈,半边天都烧红了,她们冲着火光跑上去,从大火里往外抢救物资,抢救受伤的同志,胆子比天还大。她们是那么纯洁,那么热情,都在炮火中锻炼成英雄了。

英雄并非天神,英雄是从人民当中成长起来的。黄继光同志在成为英雄以前,跟其他志愿军战士还不是一样?有位作家在前线给黄继光等许多战士拍了张照片,当时根本没注意到当中有个人叫黄继光。每个战士都是那么年轻,那么朴实,那么勇敢,谁会去特别注意黄继光?黄继光同志成为英雄了,前方给那位作家拍来电报说:你那里有黄继光同志的照片。那位作家拿出照片来,看了又看——谁是黄继光呢? 也许是这个人,也许是那个人,也许是另外第三个人。是的,照片当中每个人都可以是黄继光,每个人都可以像黄继光一样放出光彩。照片以外的人又何尝不是这样? 李家发不就是黄继光式的英雄?

因为这是个英雄的时代啊。党是这个时代的灵魂,是党培养了我们的人民,发扬了我们人民所具有的好品质,使我们每个人都在开花,都在放光。志愿军本身就是个英雄的队伍。在祖国的部队里,工厂里,矿山上,农村里,机关学校里,难道说英雄的数目能数的过来么? 要知道,我们是生在毛泽东的时代。毛泽东的时代就是英雄的时代。

一九五三年

万 古 青 春

这是朝鲜停战后头一个春天。去年一冬,飘风扬雪的,忽然从残冰剩雪里冒出碧绿的马醉草,接着刮上几阵东风,漫山漫坡绣满了鲜红娇艳的天主花。晚上,要是月亮好,你会听见布谷鸟用怪清脆的嗓子不断叫着:"快快播谷!快快播谷!"

正赶上这样个好春天,我出发到金城前线去看轿岩山阵地。轿岩山上原本有敌人的强固工事,去年七月停战前十几天,被我们攻下来。

汽车司机是个久经战斗的老手,人挺爽快,干起活来,手脚忽隆忽隆的,像是阵风。总好开飞车。据说有一回他带着露水出车,老远望见前面路上有只野鸡。那野鸡还来不及飞,一眨眼早碾到他车轮子底下。车子一过北汉江,司机抖擞起精神,一会告诉我这是我们的反坦克阵地,一会又说那是敌人的炮火封锁区,样样事,熟得很。他带着惊奇的口气说:"哎呀,盖了多少房子呀!原先这一带哪见个人?"

应该说原先有人,有田园,都毁了,现时人民重新建立起家业来了。房顶上盖着一色新稻草,黄笼笼的,恍惚闻得见一股类似焖饭的稻草香味。有的房子正面墙上还用云母石嵌着大字:"和平万岁",像绣花绣的一样精致。我知道,这是志愿军帮助朝鲜人民盖的。稻田都灌满水,拉上线,正准备比着线插秧。远处有个人头上戴满了红的黄的白的野花,用唱歌的调子大声吆着牛翻地。到底是青年人,喜欢风情。车子转眼赶到跟前,我回头

61

一望,不想是个胡子花白的老人了。在一家门旁,我见到棵杏树,差不多叫炮弹打枯了,不知几时又抽出嫩枝,满枝开着白花。

司机一路不住嘴说:"变了!变了!都变了样了!"

春天并不能完全改变轿岩山的面貌。山势挺陡,到处是打塌的地堡坑道。还可以清清楚楚看出敌人的环形工事:围着山是一圈壕沟、又一圈壕沟,沟顶上纠缠着打烂的铁丝网,说是盖上这些玩意,可以叫你冲锋时跳不进壕沟去。四面山坡上布满了铁丝网,紧贴着地皮,叫个蛇腹形,名字挺吓人的,可惜经不住炮火劈,都滚成球了。

我一直爬到最高主峰的石崖上,朝南一望,金城川气腾腾的,漫着好大的春雾。那就是军事分界线。川南山连着山,从望远镜里望过去,空虚荒凉,全是敌人盘踞的阵地了。

陪我同去的一位参谋指点着说:"军事分界线原本顺着轿岩山以北划的,一拿下这座山把敌人平推出去十几里路,推到金城川南,分界线就划到金城川了。这一打,板门店的敌人慌了,赶紧要求签字停战。"

我听了,默默无言地望着四外的形势。山险,工事又强,这要有一定的好战士拿出自己的生命血汗,才能换到这个胜利、换得今天。

那参谋也许猜透我的心事,指着下边问:"你看见那个山包么?"

那山包比起来矮多了,都是黄焦泥,稀稀落落长着点青草,开着几丛野花,飞着几只蝴蝶。当时是敌人阵地的门户,也是我们夺取主峰的起点。

那参谋接着又说:"就是在那儿,我们牺牲了个挺好挺好的同志。他死的真壮烈啊!拿性命给这次胜利开辟出道路来。"

他指的是黄继光式的一级英雄李家发。这个来自安徽南陵贫苦农家的孩子只有十九岁,都说他的心是水晶做的,透明透明,一点不懂得自私,连自己的生命也不自私。心灵加上嘴巧,手脚麻利,凡是认识李家发的人都这样评论他:"那孩子,真欢!一见面就逗人喜爱。"不管他走到哪儿,你听吧,四面八方总有人喊他:"李家发,你唱个歌。""李家发,你跳个托辣桔(桔梗)舞。"李家发把衣服一抡,就唱歌跳舞。

他并不想故意引人笑,他那欢乐的性格却常常引的人发笑。反细菌战那当儿,有一回,班长听见李家发一个人在青枫树底下自言自语骂:"你这个杜鲁门,再叫你祸害人!"跑去一看,原来李家发捉到只耗子,倒吊在树上,手里握着根藤条,抽一下,骂一句。又有一回,一个战士听见掩蔽部里有条狗呜呜嘤着鼻子,吓的一只猫没好声地叫。那战士大声吆呼说:"出!出!怎么猫狗都跑到屋里去了?"一发觉是李家发装的,那战士忍不住笑:"你是从哪来的鬼聪明?学龙像龙,学虎像虎。可就有一宗你不懂,你大概自小不懂得苦。"

这话错了。李家发自小也像所有劳苦人民一样,受过折磨,懂得愁苦。只有经过愁苦的人,才更懂得今天的欢乐。他自己乐,也愿意旁人乐。见到谁愁眉不展的,他就会亲亲热热抱住你,像马撒欢似的。用牙啃啃你的肩膀,又要跟人跳"青年战士"舞。人家不会,他说:"不会我教你。"就搬着人家的腿,叫你先出这条,再出那条。

谁要以为李家发是个嬉皮笑脸的顽皮孩子,那又错了。别看他人小,心胸可大,做什么事都认真要强。一次,连长派他到阵地前沿去送信,正巧前沿包饺子,战士们见他来了,喜欢的非拉住他吃不可,回来晚了。连长批评他说:"你准是贪玩,误了事怎么办?"李家发背着人悄悄哭了。隔一天,连长跟一位友军谈话,又派他去送信。正谈着,李家发走进来。

连长生气了:"上次批评的是谁?你怎么磨磨蹭蹭的,还不去送信?"

李家发说:"我回来了。"

那位友军睁大眼道:"好快的腿呀!我这支烟还没抽完,你就回来了。"走后还写信来说:"我就是想你们那个爱说爱笑的铁腿通讯员。……"

李家发走路一蹦一跳的,会几句朝鲜歌子,整天挂在嘴上。

有人笑他说:"瞧你像个雀似的,嘴不会闲着——你变个雀得了。"

李家发笑嘻嘻地说:"我不想变个雀,我想变个别的。"

人家问他:"你想变个什么?"

李家发说:"我想变个歌子,让你们大家都唱我。"

打轿岩山时,李家发被编到排里当联络员,管信号弹。他心里有点不舒服。人家都打完了,我从后边上去了,算个什么?

排长说:"没有联络员,耳目眼睛都没有了,你别马虎大意。"

李家发脸一红,笑了,也就专心专意学信号,还把信号编成几句快板,一天到晚哼哼着,这样好记。临出发,青年团分别开小组会,李家发坐在旁边,眼望着地,一个人偷偷笑了。

小组长问道:"你笑什么?"

李家发不好意思说:"没什么。"实际上他心里想起件事。他记起前次开五四青年节大会,都叫穿上新衣服,戴上功臣章。李家发扣上风纪扣,前后理理军衣说:"班长啊,我的衣服倒是新的,就是没有功臣章。"班长可会说:"你借一个好了。"笑话,功臣章也好借么?你瞅着吧,等我自己得一个。可是他不愿意说出口。话一说到嘴巴外边就是人家的了,做不到,岂不是空话。

开完会,几个青年团员最后握了一次手,一时都露出留恋不舍的样子,手握的特别紧,嘴里说:"我们到山头上,下来再见。"可总舍不得撒开手。

这天是一九五三年七月十二日。天一黑,部队便往预定的潜伏地带移动。头上下着蒙星雨,挺密的。战士们泥呀水的,走了一宿,弄得浑身净泥,天明藏到条小沟里,隔一个岭便是那个黄山包——敌人主阵地的门户。

敌人紧自打冷炮。李家发临时挖了个猫耳洞,招呼一个叫小罗的新战士躲进去,自己蹲在洞口,淋着雾毛雨。昨儿晚间半路上,敌机投弹,他的腿崩伤了。不过啃块皮去,叫卫生员缠了缠,管它呢。往常李家发的话最多,现时也不玩闹了,望见人,光是笑笑,也不说什么。他见小罗的干粮袋子带断了,摸出针线帮着缝上,又替小罗擦了擦枪。

小罗望了他半天说:"你有照片没有?给我一张好不好?"

李家发悄悄笑着问道:"你要我的照片做什么?"

小罗低着头说:"将来几时想起你,我好看看你。你太好了,不管活到几十年后,我也不会忘了你。"

李家发小声说:"可惜我没有,有就给你了。我父亲母亲也是来信要照片,说是离家两年多了,不知长的什么样了,又盼望我有工夫能回家看看。只怕将来我们回去,连家门口都不认识了。"

小罗说:"那怎么会呢?闭着眼我也能摸到家去。"

李家发摆着头笑道:"不对,不对。你没听说,祖国的建设一天一个样,我父亲去修淮河,还当了水利模范——也不知我们家乡建设得怎样了?"

……团的小组长踩着泥泞走过来,低声说:"李家发,你饿不饿?饿就吃干粮。"

李家发掏出压缩饼干,回头问小罗道:"你吃不吃?"

小罗不想吃。李家发说:"我的干粮还没淋坏,你吃点吧。我也吃一点。一打起来,想吃也顾不到了。"

一时间,战士们都嚼着湿干粮,一面擦枪,又看天。

天还是飞着蒙蒙细雨,满山都是云雾。到夜晚九点钟,只听头顶像刮大风似的,忽忽忽,轿岩山上立时燃烧起来,冒起一片火光。我们的炮火开始袭击了。炮一响,战士们都讲起话来。黑糊影里,谁都听见李家发又嫩又脆的童子音在喊:"眼看轿岩山就成我们的了——山顶上见哪!"

敌人打起照明弹来,一个挨一个,半天空都打严了,照得四下清清亮亮的,像白天一样。李家发跟着排长从沟底翻上了山岭。路太滑,只怕掉队,索性坐下,身子往后一仰,刺刺溜下去,转眼冲到那个黄山包根底,顺着山腿子往上挺。

一上山就是道铁丝网,有人上去炸开了。不多高又是第二道铁丝网,李家发从排长讨来爆破的任务。敌人满山埋的地雷差不多都叫炮火打翻。李家发顺着地雷窝往上爬,还对班长说:"烟一起,你们就上。"

烟起了,部队冲过第二道铁丝网,一气冲上个棱坎,看看离那个黄山包顶不远了,这时一股机枪火盖头盖脑喷下来,把部队压到地面上。排长挂花了,班长代替指挥,高声喊:"谁上去爆了它?"

只听见李家发的清亮的童音应道:"我去!"

半空的照明弹灭了,夜晚一下子变得漆黑,四围是无边的风、雨、雾。

李家发离开了他的同志,身边带着两颗炸药手榴弹,闪开正面的枪火,纵身跳起来,蹿上去了。一溜火线从他左侧射过来,又一挺机枪开了火。谁也看不见李家发,谁也觉得出李家发跌倒了,不动弹了。他准是受了伤,也许牺牲了! 蓦然间,左侧那挺机枪红光一爆,不出声了,李家发正在行动着呢?

先头那挺机枪打的更凶,枪火四外乱喷,压的战士们伏在风雨里,抬不起头,透不出气,都急的想:"李家发呢?"

风雨黑夜,谁知李家发哪去了? 那挺机枪却咯咯咯咯,不住嘴叫着,得意透了。大家正自焦急,只听一声爆炸,黑地里又扬起了那个熟悉的可亲可爱的童子音:"同志们,跟我来呀!"

战士们跳起来,跑上去几步,那挺机枪又活了,又叫起来,把大家又按到地上去。谁都知道,李家发的弹药已经完了。战士们吼着,一上,顶回来;一上,又顶回来——就是上不去。正在这当儿,那机枪就像一个人正叫着,突然叫人塞住嘴似的,咯噔一下,一点声音没有了。

战士们冲上山包,奔着主峰打上去。……

天明,轿岩山上飘起面红旗。出征以前,李家发曾经在这面旗上签过名,对着红旗宣过誓。他跟同志们约好,要在山顶上见。他并没能来到山顶上。他躺在那个黄山包上,右胳臂向前,左胳臂向后伸着,身子斜扑在个大碉堡的射口上。他的左脚也打穿了。他是先受了伤,拖着伤脚炸掉左侧一个小地堡,才扑到大碉堡上。他的嘴张着,好像在笑。活着的时候,他爱唱,他本身就是支最美丽的歌子。

这是个多么难得的好战士啊!我们宝贵黄继光,更应该宝贵这种黄继光的精神。李家发死了,他并没死,他的生命充满了这个世界。一枝花,一棵庄稼,一个生物,都有他活在里面。是他,是数不尽像他这样的人,给了我们今天这样的生活。

在轿岩山顶上,一丛天主花开的正艳。有位同伴见了赞叹说:"多美呀!"

这是烈士的血浇出来的。青春不会老,李家发也不会老。历史可以数到一万年,十万年,李家发却将永远是十九岁,永远像春天一样,万古常青——亲爱的同志啊,愿你永生!

一九五四年

前进，钢铁的大军

在万头攒动的人海里，在锣鼓喧天的狂舞里，在五彩纷飞的旗帜里，在人民大众从心底爆发出的欢呼声里，这天，一九四九年二月三号，上午十点钟，中国人民解放军的一支队伍踏着雄壮的《中国人民解放军进行曲》，从永定门进入北平，举行胜利的入城大典。这是北平创世纪的第一页，而北平二百万人民是用他们滚热的胸膛砌成一条人巷，紧紧地拥抱着自己的军队的。这是怎样值得骄傲的伟大行列呀！装甲车开过一台又一台，摩托化步兵驶过一辆又一辆，也不知多少。每当一辆战车从密密的人丛里缓缓驶过，工人，学生，男的，女的，兴奋地截住车子去和战士握手，有的拥到车旁，用粉笔往车上写标语，往战士的军衣上写口号。一个围红绒巾的女学生攀着装甲车写上："你们终于来了！"兴奋得掉下了眼泪。

强大的炮兵队伍一出现，人群里立时惹起一片惊诧声。这里以数十辆美国的战防炮为前导，接着是日本高射炮，加拿大高射炮，日本加农炮，以及美国榴弹炮等等，一色是美造十轮大卡车所牵引，擦得又光又亮。每尊炮都有着自己的历史。你看那是些什么炮，昂然地翘着炮口，大的惊人？有些工人、学生却像摆弄母亲给他们的玩具似的，抱着炮颈坐在上边，还在炮身上写着"瞄准蒋介石"等口号。原来这先前是蒋匪宝贵得像眼珠子一样的"重炮十二团"，全是 155 毫米巨型榴弹炮，由美帝国主义替他在印度装备的，又替他运到东北去屠杀中国人民，但在他亲自指挥的所谓辽西会战中，连同美国亲手训练的廖耀湘兵团，一起亲自给解放军送上门来了。就是这些以及许许多多旁的炮，在东北，配合着坚韧善战的步兵解放了全东北；在天津，由神炮五连以六十发炮炮命中的神技，打开了津西和平门的缺口，而神炮三连则在一小时内摧毁了天津匪首陈长捷的司令部。也正是这些钢铁的力量，以及解放军威力煊赫的各样兵种，才使北平古都得以顺利地和平解放。

在"战争之神"的重炮后，前门大街起了一阵震动，长列的坦克滚滚而来。人民的坦克手立在炮塔里，擎着红旗，不断地向欢呼的人群摇旗还礼。他们都是工农出身的战士，一旦从敌人那里夺得机械，便能熟练地加以掌握。

千军万马的骑兵涌上来了。战马都昂着头，振奋着鬣毛，骑士都挺着胸，举着雪亮的马刀。他们从东北大草原上驰骋而来，马蹄在古都的柏油路上踏起急雨般的响声，和人民热烈的掌声连成一片。

远处传来一阵军乐，步兵的行列踏着雄健而整齐的步伐，终于走过来了。人海里发出一片欢呼，"我们的队伍来到了"的歌声此起彼伏，像是翻滚的波浪。一个花白头发的三轮车夫望着战士身上的尘土说："你看他们远来风尘的，不知走了多少路了。"

是的，每个人都走了一段遥远的道路，每件武器也都带着光荣不朽的历史印记，标志着几十年中国革命的伟大进程。这里有从革命的摇篮井冈山下来的旗手，高举着毛泽东的旗帜前进；有百战百胜，粉碎国民党军队五次"围剿"的战将；更有走过雪山草地，经过两万五千里长征北上抗日的英雄。更多的是坚持八年抗日战争的英雄。这儿有坚持山东敌后抗战的钢八连，一九三九年五月，曾在泰山区反击日寇一个大队的疯狂"扫荡"，血战一整天，一步不退，阵地像泰山似的巍然不动。八年以来，不知有多少这样的英雄付出了可贵的生命，粉碎了日寇成千成万次的进攻，直到向日寇大举反攻。这儿也有溜川连，你看他们使的一色是从日寇手里夺来的三八枪，刺刀闪着寒光，刺刀刃上曾在平型关前染过日寇的黑血，而在一九四五年九月向胶济路大进军时，这个连又曾一举突进溜川，打击了日伪蒋三位一体合作的阴谋。

怎么那个连使的又都是美国三零步枪？原来这是从东北解放战争中产生出来的英雄第二连。他们在一九四七年冬季攻势沈阳西北公主屯的大歼灭战中，为了歼灭敌人，顽强突击，前仆后继，全连伤亡只剩十三个人，班长龚芳臣重伤牺牲以前，还鼓励战士说："不用管我，快去消灭敌人！"最终突破敌主要阵地闻家台，配合着友军造成了歼灭蒋匪美械化新五军的重要条件。这里又有解放四平的四平英雄连，锦州攻坚的尖刀连。英雄黄得福是以五分钟的短促时间飞上城墙，把红旗插在锦州城头。锦州攻坚的这一仗，割断了蒋匪东北的咽喉，进而解放了全东北。

就是这些英雄，以及千千万万这样的英雄，组成了解放大军。从南昌起义诞生那天起，这支大军走过十年内战，八年抗战，两年半人民解放战争的遥远而艰苦的路程，前进战斗，战斗前进。他们从国民党军队手中夺得各种武器，从日本军队手中夺得日本武器，又在解放战争中夺取了大量的美国武器，从而成长壮大，变成今天这支钢铁的大军，给中国革命打开一条大路，终于走进这座历史的古都——北平。这是中国革命的一座伟大的里程碑，但决不是最终的目标。有位老太太含着泪，拉拉战士的衣角说："你们走的太远了，也该歇一歇了。"战士却含笑应道："谢谢你，大娘，我们还要赶路呢。"

号角在吹，队伍正在前进，就在人民大军前进的脚步下，几千年来的封建囚牢被踏破了，一百年来的帝国主义枷锁被碾断了。人群里竖起一面横旗，上写着："革命到底。"钢铁的行列正朝着这面旗子大踏步走去。

一九四九年

戈壁滩上的春天

杨朔散文

　　四月底了。要在北京,这时候正是百花盛开的好季节。但在戈壁滩上,节气还早着呢。一出嘉峪关,你望吧,满眼是无边的沙石,遍地只有一丛一丛的骆驼草,略略透出点绿意。四处有的是旋风,一股一股的,把黄沙卷起多高,像是平地冒起的大烟,打着转在沙漠上飞跑。说声变天,一起风,半空就飘起雪花来。紧靠戈壁滩的西南边是起伏不断的祁连山,三伏天,山头也披着白雪。

　　可是不管你走的多远,走到多么荒寒的地方,你也会看见我们人民为祖国所创造的奇迹。就在这戈壁滩上,就在这祁连山下,我们来自祖国各地的人民从地下钻出石油,在沙漠上建设起一座出色的"石油城"。这就是玉门油矿。不信,你黑夜站到个高岗上,张眼一望,戈壁滩上远远近近全是电灯,比天上的星星都密。北面天边亮起一片红光,忽闪忽闪的,是炼油厂在炼油了。你心里定会赞叹说:"多好的地方啊!哪像是在沙漠上呢?"

　　但我们究竟还是在沙漠上。这里的每块砖,每块石头,每滴石油,都沾着我们人民的汗,都藏着我们人民的生命。我们不能不感谢那些地质勘探队。他们为了继续替祖国寻找石油,骑着骆驼,带着蒙古包和干粮,远远地深入到荒凉的大沙漠里去,多少天见不到个人。只有沙漠上的黄羊,山里的野马,有时惊惊惶惶跟他们打个照面。我见过这样一队人,他们多半是男女青年学生,离开学校门还不久。当中有几个女同志,爱说爱笑,都是江南人。姓邓的年轻队长告诉我说,刚离开上海到西北时,女同志有时嫌饭不干净,宁肯饿一顿,也不吃。罡风吹裂了她们的脸,她们的手。这儿地势又高,空气薄,动一动,就会闷得透不过气来。一种爱祖国的热情使她们什么都忘了。她们也愁,愁的是工作。哪一天勘探成绩不好,你看吧,从野外回来时,一点声音都没有。只要稍微有点成绩,就该拿着成绩到处给人看,笑翻天了。

碰巧有这样事。勘探队的同志正拿着仪器测量地形,一个骑骆驼路过的蒙古人会跳下来问:"你们照出油来没有?"就是在荒漠上,人民对他们的劳动也显得多么关心。他们明白这点,他们情愿把自己的青春献给人民的事业。多好的年轻人啊。

我们更该牢记着那成千成万的石油工人。哪儿发现了石油构造,他们就到哪儿去打井钻探。有一回,我随一个叫王登学的小队长远离开那座"石油城",走进祁连山里。工人们早在荒山里装起机器,架好钻台,正用大钻机日夜不停地打油井。每人都戴着顶闪亮的铝盔,穿着高统牛皮靴子。样子很英武。

我笑着说:"你们这不像战士一样了?"

王登学说:"人家志愿军在朝鲜前线卧冰趴雪的,咱这算什么?"

其实工人们对自然界的战斗也是很艰苦的。腊月天,戈壁滩上飘风扬雪的,石头都冻崩了。通宵通夜,工人们也要在露天地里操纵着钻机。天太冷,用手一摸机器,手套都会沾上了。休息一下吧。还休息呢?志愿军在前方打仗,坦克,汽车,哪样不得汽油?再说咱也是建设祖国嘛,谁顾得上休息?

他们就不休息,就像战士作战一样顽强勇敢。钻工当中也真有战士呢。我见到一个青年,叫蔡广庆,脸红红的,眉眼很俊,一问,才知道他参加过解放战争。现在,用他自己的话来说:"毛主席叫咱到哪,咱就到哪。"在生产战线上,这个转业军人十足显出了他的战斗精神。他对我说："咱部队下来的，再困难，也没有战斗困难。什么都不怕，学就行。"一听说我是从朝鲜前线回来参观祖国建设的，蔡广庆一把抓住我的手说："你回去告诉同志们吧，我们要把祁连山打通，戈壁滩打透，叫石油像河一样流，来支援前线，来建设我们的祖国！"

这不只是英雄的豪语，我们的人民正是用这种精神来开发祖国地下的宝藏。这里不但打新井，还修复废井。有多少好油田，叫国民党反动政府给毁坏了。当时敌人只知道要油，乱打井。油忽然会从地里喷出来，一直喷几个星期，油层破坏了，井也废了。都是祖国的财产，谁能丢了不管？老工人刘公之便是修井的能手。修着修着，泥浆从井里喷出来了。喷到手上，脸上，滚烫滚烫的。皮都烧烂了。刘公之这人表面很迟钝，心眼可灵。凭他的经验，他弄明白这是地里淤气顶的泥浆喷，并不是油层。喷就喷吧，喷过去，他带着烫伤照样指挥修井。一口、两口……废井复活了，油像喷泉似的从地下涌出来了。

石油——这要经过我们人民多少劳力，从地底下探出来，炼成不同的油类，才能输送到祖国的各个角落去。一滴油一滴汗，每滴油都是我们祖国所需要的血液啊。我不能忘记一段情景。有一天晚间，我坐着油矿运油的汽车奔跑在西北大道上。一路上，只见运油的大卡车都亮着灯。来来往往，白天黑夜不间断，紧张得很。这情景，倒很像朝鲜战场上黑夜所见的。坐在我旁边的汽车司机是个满精干的小伙子。开着车呜呜地飞跑。我望望车外，公路两旁黑茫茫的，显得很荒远。

我不禁大声说："开的好快呀！"

司机大声应道："要奔个目标呢。"

我又问道："是奔张掖么？"

司机摇摇头喊："不是，还远着呢。"

我忽然记起上车时，司机位子上放着本日记。我曾经拿起

左起：赵树理、老舍、杨朔（1956年夏）。

二十世纪五十年代末

那本日记翻了翻,记得第一页上写着这样一句话:"为了建设社会主义社会……"我就俯到司机的耳朵上笑着喊:"你是往社会主义的目标上奔吧?"

司机咧着嘴笑了。我又望望车外,一时觉得大路两旁不再是遥远的边塞,好像满是树,满是花,满是人烟。事实上,春天已经透过骆驼草、芨芨草、红沙柳,悄悄来到戈壁滩上了。但我还看见另一种春天。这不是平常的春天。这是我们人民正在动手创造的灿烂的好光景。

一九五三年

西北旅途散记

一

正睡着,朦朦胧胧的,我听见一阵号声。多清亮呀。一听见号,我的心就觉得热乎乎的,就会想起许多往日的旧事。有人在我耳边说:"到潼关了。"我睁眼一看,天亮了,那位同车的客人不知什么时候从铺上爬下来,正在目不转睛地望着远处的黄河,望着黄河对岸那片黑苍苍的大山。觉得我醒了,那客人又说:"从这直到宝鸡,就是所谓八百里秦川了。"

那客人的身份名字,我也不清楚。从北京一上车,我们坐在一起,互相问了问姓,我就喊他老李同志。我见他前胸挂着一枚三级国旗勋章,知道是刚从朝鲜回来的。我呢,回来也不久,彼此谈起前线,三言两语,心就通气了。老李这人已经不年轻,眼角皱纹很多,身子又不好,在前线害神经衰弱病,现在到西北休养来了。昨儿一整天,我们对面坐在窗前,有时谈几句,不谈,彼此就默默地望着窗外。老李的话语很少,不容易猜透他的心思。不过我看得出,我想的,一定也是他想的。

昨儿火车飞过河北大平原,我的心飞到窗外,我的眼睛再也离不开那片亲爱的土地了。看看吧,好好看看吧,有多少年不见了啊。一条河,一个村,一片果树园,对我也是亲的。飞尘影里,我远远望见辆骡车,车沿上坐着个年轻的农民,头上络着雪白的羊肚子手巾,鞭梢一扬,我觉得我又听见了那熟悉的乡土音调了。这片地，这儿的人民，我是熟悉的。我们曾经一起走过多么艰苦的道路啊！那时候，夜又长又黑，露水就要变成霜了，我好几回夹在成千成万的农民当间，悄悄溜到铁路边上，一锹、一镐，破坏当时日本人占据的京汉路。岗楼上的敌人打枪，我们有的人流了血，倒下去了。倒下一个，立刻会有几个黑影又站到原处来了。到底把条京汉路破成平地，犁成垅，种上庄稼了。

现在这片国土终于得到自由。可是我知道，这每寸土地，每棵小草，每棵庄稼，都洒着我们人民的血汗，都是我们人民用生命争来的。

我的眼睛离不开这片土地，老李也离不开。昨儿一整天，我们就这样对面坐着望着从我们眼前飞过来的一山一水，一草一木，直到很晚很晚，窗外黑下来，什么都看不见了，我们又打开窗，把头伸出去，尽情闻了闻田野里那股带点乡土气味的青气。老李轻轻说一声："睡吧，"我们才睡了。

睡也睡不稳，你看天一亮，老李又坐到原位子上，望起来了。

这八百里秦川真富庶。这里的天气比北京要早一个月，满地是金黄的菜花，麦子长得齐脚脖子深，两只斑鸠一落进去，藏的就不见影。农民都下了地，挑粪的，赶着牛车送粪的，还常见一帮一伙的农民驾着牲口集体耕地。那驴呀马的摆着耳朵，甩着尾巴；人呢，光见嘴一张一张的，大概是唱着什么山歌。望见华山了，层层叠叠的山峰峭丽得出奇。可是沿着华山脚下，一路百十里，满是一片一片淡淡的白烟，究竟是怎么回事呢？

老李带着惊叹的口气说："杏花开了！"

真的，那无穷无尽的白烟正是杏花。在红杏绿柳当间，时常露出村庄，围着很高的村子城墙，年代太久了，墙上都蒙着挺厚的青苔。农忙这样紧，有的村子却在赶着拆墙。

老李似乎猜透我心里的疑惑，又说了："村子城墙没用了。早先年是怕土匪，天不黑就得关起城门，还得挡上碾子。现在拆了墙,正好用土上地,这叫墙粪。"

我听了说:"你对西北熟得很哪。"

老李笑笑,也没答言,半天掉过脸问我道:"你猜我想起什么来?"又紧接下去说:"我想起我的马。"

原来老李是个骑兵出身的老战士,在西北坚持过多年的战争。照他的说法,马就是骑兵的命。打国民党反动派的时候,他调理过一匹铁青大骟马,又光又亮,浑身没有一根杂毛,谁见了谁爱。时常有紧急的战斗任务,几天连续行军,他自己带的馍不肯吃,宁肯饿着,也要先喂喂马。那马也真通人性,你引它遛遛,它会乐得直踢蹶,两只前蹄子一下子搭到你肩上,用嘴啃你的后脖领子。你给它指头,它用嘴唇轻轻衔着,也不咬。可惜这样一匹好马竟丢了。

老李告诉我说,有一天,他骑着马要赶到上级指挥机关去接受任务,半路上和敌人的骑兵遭遇了。敌人有十几个,当时他只有突出去。老李把缰绳一抖,那马撒开腿,四只蹄子不沾地,一阵风似的奔跑起来。敌人追着打,子弹在耳朵边上吱吱直响,那马只管跑,接连翻了几架山,甩掉敌人,才一停下,那马腿一软,卧下去了。老李往回一看,山下远远扬起一片灰尘,敌人从后边又追上来。他想拉起马走,一连几下拉不起来,这才发觉那马中了枪,还不止一枪,马肚子下的草都染得血红。情况这样急,老李身上又有紧急任务,只好舍了马走吧。才走出几步,那马喊喊地叫起来。老李回头一看,那马支起两条前腿,想站又站不起来,拼命挣扎着爬了几步,咻咻直喘。老李的心像针刺一样痛。谁能舍了这样一个好战友啊! 他又跑回来。又拉那马,那马再也站不起来了,只是用鼻子拱着老李的前胸,眼神显得那么凄凉,好像是说:"我不行了! 我再不能跟你走了!"

老李讲到这儿,嘲笑自己说:"你瞧,我怎么忽然会想起这个,奇不奇怪?"

不奇怪，一点都不奇怪。我知道他想的不止是马，他想的是他过去曾经走过的那条战斗的道路。这些回忆也许带点苦味，可是啊，越是痛苦的事，今天回想起来，越有意思。不懂得痛苦的人，是不能真正体会今天的幸福的。

老李是那么个沉默寡言的人，再也不能控制他的感情了，望着窗外低喊："你看，你看，每一小块地都翻过来了。"

不错，都是新翻的，土又松又软，又细又匀。像是最精致的纱罗一样。

老李忽然又问我："你猜我又想到什么？"

我说："是不是又想到了马？"

老李摇摇头笑着说："不是——我真想从窗口跳出去，扑到土里打几个滚，那才舒服啊！"

二

越往西北走，一个人越会从心眼里感到祖国的伟大，感到我们这个民族的伟大的传统。提起兰州，你准会想：哎呀，那有多远哪！好像是在极远极远的天边。你要是翻开地图一看，就知道错了。站在兰州，我才不过是站在祖国的肚脐眼上，恰恰是我们国土的正当中。时常一早晨，我爬上兰州城墙的望河楼，望着黄河。河水浩浩荡荡的，罩着层雾，仿佛是从天上流下来的。不时的会有个羊皮筏子顺着水漂下来。河面掀起风浪，弄羊皮筏子的筏子客划着桨，穿过风浪，镇定极了。我忽然会想起我们民族的历史，想起我们古代的祖先，想起我们祖先所建筑的万里长城，以及他们在敦煌千佛洞和天水麦积山所创造的古代灿烂的文化艺术。

记得从宝鸡到兰州的路上，我挤到一辆火车里，身前是一大群男孩子，身后又是一大群女孩子，都只有十八九岁，又唱又笑，玩得真欢，乏了，彼此头歪到旁人肩膀上就睡。一醒，男孩子当中一个小胖子叫："来，开火车呀！"便指定自己是北京，又指定旁人是上海，或者是西安，先拍着手嚷："我的火车也要开。"好几个人都拍着手齐声问："哪儿开？"小胖子拍着手说："上海开。"那个指定是上海的男孩子赶紧接口说："上海火车也要开。"这样不断玩下去，谁要是说慢了，小胖子立刻给人把帽子翻过来戴上，还逼着人家在地上爬，引得大家笑起来。一时，那帮女孩子也玩起"开火车"来了，于是满车只听见拍的巴掌响，只听见笑。不过女孩子究竟文静，谁说慢了，不用爬，唱个歌就行了。

我回过头问一个女孩子道："你们到哪去呀？"

那女孩子满自信地说："我们要去开发新疆。"

我又问那群男孩子："你们呢？"

小胖子抢着答道："我们要到西北去钻探石油。"

你瞧，今天我们的人民继承着古代人民的创造，又在发挥更新的力量了。其实去开发大西北的绝不止是些青年男女，还有更多更多叫不上名的劳动人民。现在让我领着亲爱的读者到更远的地方去旅行一次，见见我们人民的创造力吧。

一九五三年四月初，我从兰州过了黄河，往河西去。古时候河西三郡（凉州、甘州、肃州）都是边塞地方，常常有战争。唐朝王之涣的《凉州词》不是说么："黄河远上白云间，一片孤城万仞山，羌笛何须怨杨柳，春风不度玉门关。"把河西写得多么荒凉。要单从表面看，显着是有点荒凉。人烟少嘛，地方太高，又冷。七八天前我在西安去游城南的樊川，韦曲的桃花已经咧了嘴，神禾原上还开着棵稀奇少见的白桃花。这儿呢，节气差得远了。山是秃的，地是黄的，满眼不见一点绿色。一起黄风，贴着地面卷起团沙尘，天地都变得灰蒙蒙的。

在凉州道上，半路我歇到一家小饭馆里，要了碗炒"炮仗面"。天很晚了，屋顶吊着盏煤油灯，也没罩，冒着黑烟。灯影底下，一个圆脸大眼的小孩不知在纸上乱画些什么。我逗着他问道："你长大了想做什么？"小孩一点不怕生人，一挺胸脯说："当解放军，保卫毛主席者。"（者字是这一带人说话常带的尾音）饭馆主人是他爹，正炒面，铁勺子敲得锅叮叮当当响，大声喝道："这孩子，就会瞎说！"脸上却透着怪得意的神气。又用铁勺子一指门，对我说："你瞧这孩子，什么地方都好画。"原来那小孩用粉笔在板门上画着个人像，一眼就看出是画的毛主席。

第二天往甘州奔，车子半道不来油了，司机停下修车。一个年轻农民凑到跟前看，脸方方的，样子很憨厚。谈起庄稼，我告诉他说："西安的庄稼这样高了。"那农民说："我们这刚播，冷嘛。"我说："等将来能改变自然条件就好了。"那农民说："对，等到社会主义就好了。"我笑着问："谁告诉你的社会主义？"那农民眯着眼憨笑了笑，半天说："谁告诉的？毛主席告诉的嘛。"

这类事情小是小，可是谁能说西北的生活是荒凉的？不荒凉，一点都不荒凉。在人民心里，一种新东西已经发芽，已经长叶，新的生活也在发芽长叶了。不对，应该说是开花了。我要领你们看的就是我们人民在沙漠里培养出来的一朵劳动的花朵。

我指的是戈壁滩上那座"石油城"。自从过了黄河，车子沿着长城跑了三天，四天头上，到了长城尽西头的嘉峪关，已经进入戈壁滩沙漠地带了。早先人民当中流行着两句古语："过了嘉峪关，两眼泪不干！"出关的人总要用石头打那关门，要是吱地一声，声音回到关里去，就说人也早晚可以回来。可见关外荒远，一出去十个有八个要死到塞外去了。

就是今天看来，嘉峪关外的光景也不一样。放眼一望，尽是无边的沙石，一点人烟都没有，连棵树也不见，遍地只有一丛一丛枯黄的骆驼草、芨芨草。旋风不知怎么那样多，一股一股的，把黄沙直卷到半空，像是平地冒起的大烟，打着旋在沙漠地上四处飞跑。天灰蒙蒙的，地灰蒙蒙的，太阳也像蒙着层灰，昏昏沉沉没有光彩。

　　车子孤孤零零往前开着,有好几回,我望见远远出现一片湖水,清亮清亮的,有树,隐隐约约还有房子。那是什么地方呢?人走在荒漠里,忽然看见树,看见水,多触动人心啊。快赶到吧。赶到跟前一看,什么没有,有的只是黄沙,只是碎石。

　　司机大声说:"有人叫这是沙市,说是地气照的,晴天好日子常看见。"说着把车头一掉,朝着祁连山开去。车子冲过一段冻着四五尺厚冰的大冰滩,爬上一带大沙岗子,远处又影影绰绰现出一片房子,活脱脱就像那真的一样。

　　我用手一指叫:"看哪! 又是沙市。"

　　司机笑起来:"这回不是沙市,到了玉门油矿了。"

　　说实话,尽管我早知道这儿有个油矿,一旦来到矿上,还是不能不吃一惊。我万想不到在这荒远的大漠里,竟建设起这样一座漂亮的城市。让我们先看看市容吧,最好是看看夜景。夜晚,你爬到个高岗上一望,就会看见在祁连山脚下,在戈壁滩上,密密点点全是电灯,比天上的星星都密。自从离开兰州,我还是头一次见到这样的繁华灯光。一个矿上的同志会指点给你看那片灯火是采油厂;那片是油矿办公室;那片是礼堂剧场;那片是医院,工人休养所;那片是报馆,广播电台,图书馆;那片是邮电局,银行,商店;那片又是石油工人的住宅区。那北面又是什么地方? 冒起好大一片红光,忽闪忽闪的,像起了火一样。那是炼油厂在炼油了。要是白天,你不妨顺着又宽又平的大马路散散步。可得当心,别叫车撞着。汽车来来往往有的是,石油工人上下班,都坐卡车。那不是又来了一辆,车上的工人都穿着帆布衣服,戴着银光闪闪的铝盔,脚上蹬着高腰牛皮靴子。他们也不知道累,还唱呢。一群休班的工人正倚在新华书店的墙上,剥着花生吃,一面翻着画报看。一眼望见那辆卡车,一个青年对着车高声问道:"王登学,今天又钻多少尺了?"车上的人来不及答,卡车早飞过去了。

隔一天，我便认识了那个叫王登学的钻井工人。王登学长得高高的，黄眼珠，见了生人有点腼腆。我已经听说他是模范小队长，可是你要想问他怎样当的模范，一辈子别想问得出。他先只笑一笑，用手划着桌子，也不回答。再问，他说："我没有什么，我也不知为啥评我的功。"赶你问第三遍，他笑着说："就是我和大家一起，总想把事情做好，再也没什么，你不如去看看我们小队吧。"

我就去看他的小队。他们正在四五十里外的祁连山里打新油井。荒山野坡，房子都没有，只好搭几个蒙古包避避风沙。戈壁滩一带地势太高，空气薄，风又硬。内地乍来的工人嗓子都发干，鼻塞发昏，睡不好觉，还常常闷的透不过气来。冬天一到，漫天飘风扬雪的，石头子都冻裂了。工人们不管白天黑夜，照样要在露天地里钻井。有时换钻杆，一摸，手套都沾上了。要是不戴手套，准会沾掉一层皮。也许夏天该好一点吧？也不好。太阳一晒，沙漠上热的像个大蒸笼，找点水喝都没有。说声变天，一起风，六月天也会飘下一阵雪花来。你看那祁连山，多险恶，一年四季不化雪，山头总是白的。这几年，工人们就是这样围着戈壁滩转，一处打出油来，又换一处，再装起大钻机，架好钻台，白天钻，黑间钻，从地下发掘祖国的宝藏。

我见了王登学的小队首先说："你们辛苦啦，同志。"

工人们争着说："不辛苦，这有啥辛苦？人家志愿军在朝鲜趴冰卧雪的，比咱苦多了。咱这算啥？"

我说："怎么不辛苦？你们在这，要是不回矿上去，整天连个生灵也不见。"

一个尖鼻子的司钻说："嘻，同志，你可猜错了。咱们这儿人来人往的，热闹得很。一到黑夜你听吧，嗥嗥的，净狼叫。白天碰巧还有伶伶俏俏的小媳妇来参观呢。都穿着翻毛黄皮大衣，打扮得溜光水滑的，真招人爱。可就是有一宗，不大文明，都露着白屁股蛋，好不好摆摆小黑尾巴，放一阵臊。"

另一个工人咬着牙，捶了他一拳，回头望着我笑道："别听他的，他说的是黄羊。"

王登学领我围着钻机转了一圈说："同志们的好处就是肯干，你叫他休息一下吧，建设祖国嘛，还休息啥？志愿军在前方打仗，坦克，汽车，哪样不得汽油。要说苦，咱比刘公之那些修井工人，还差得远呢。"

关于刘公之，我听说了。早先国民党反动政府，也曾在这儿采过油，把油层破坏得不轻。一次打着打着井，油喷了，有柱子粗，直喷多高，把钻管子一根一根都鼓出来，钻头叫喷的油遮住，什么看不见。流出的油又着了火，像条火龙满地滚，直流出好几十里路。油田毁了，反动政府把井也填了。我们要修复废井，刘公之便领人掘开土，找到管子头，重新往下钻。钻着钻着，地里喷出泥浆，滚烫滚烫，喷到衣服上，衣服烧破了，喷到脸上，脸烧烂了。刘公之满身喷的都是泥浆，顺着裤腿往下流。凭他的经验，他明白废井一定要喷。地里憋着那么多淤气，还能不顶的泥浆喷？喷就让它喷吧，一会喷过去，刘公之带着伤照样指挥修井，到底把口死井弄活了。

我见到刘公之那天，他正领人修理另一口废井。这人有三十几岁，方脸，大嘴，举动很稳重。腰上哗啦哗啦的挂着串钥匙，是工具箱子上的。工具一用完，他总要亲自锁好，自己带上钥匙。这使我记起另一件关于他的事。人说有一回打井，一阵风来，落下场大雨。他见露天放着堆水泥，急了，赶紧脱下雨衣去盖，旁的工人也跟着脱雨衣盖。他自己叫雨淋的稀透，回到家里打喷嚏。他老婆埋怨他不知爱惜自己，刘公之也不做声，半天说："淋了我你知道心疼，淋了水泥我就不心疼！"

我瞅了空，拉他坐到个空油桶上，想交谈几句。刘公之低着头,用大手搓着大腿,挺为难地说:"我这个人,笨口拙舌的,谈什么呢?"

我说:"谈你自己吧。"

他像吃了一惊,仰起脸笑着说:"我有什么可谈的?"接着用两手托着腮,不言声了。一会他问我:"你知道张多年么?"

我不知道。刘公之耷拉着眼皮,也不望人,慢言慢语说起来了:"哎,那可是个好同志!头回修那口废井,为的防泥浆喷,大家想出个法,用橡皮做个油管子头,一喷就套上。有一回又喷了,喷得特别厉害。要套那油管子头,死活也套不上去。泥浆喷得人眼睛睁不开,急死人了。要靠到跟前去套吧,围着管子有个圆井,里面满是泥呀油的,谁敢跳下去?人家张多年就跳下去了,噗通一下子,油没到脖颈子,吓得旁边的人都变了脸色。可是人家到底套上油管子头,救下这场祸,他自己可烧得不像样子了。"

我听了问:"你当时也在场么?"

刘公之说:"怎么不在?你看,我就没做到这一点。许多同志都比我强,谈我做什么?"

我很想认识认识张多年,不巧他头一阵下了矿山,学习去了。不过我知道就是见了他,他准会说:"这有什么?我不过做了我应该做的事罢了。"

这无穷无数好同志,就是这样,一点不看重自己,总觉自己平常。是平常。但就是这无数平常人,世世代代,每人都做了他们所能做的事,每人都献出他们所能献出的力量,一天一月,一年一世,修了长城,创造了古代灿烂的文化,而今天,有的人又在征服沙漠,为人类开辟更远大的生活。这就是我们的人民,这是个怎样伟大的民族啊!

我多么愿意变做一铲泥,加到我们人民正在建设的祖国大厦上。只要能是一铲泥,我也算没浪费我的生命了。

一九五三年

京城漫记

杨朔散文

北京的秋天最长，也最好。白露不到，秋风却先来了，踩着树叶一走，沙沙的，给人一种怪干爽的感觉。一位好心肠的同志笑着对我说："你久在外边，也该去看看北京，新鲜事儿多得很呢。老闷在屋里做什么，别发了霉。"

我也怕思想发霉，乐意跟他出去看看新鲜景致，就到了陶然亭。这地方在北京南城角，本来是京城有名的风景，我早从书上知道了。去了一看，果然是好一片清亮的湖水。湖的北面堆起一带精致的小山，山顶上远近点缀着几座小亭子。围着湖绿丛丛的，遍是杨柳，马樱，马尾松，银白杨……花木也多：碧桃，樱花，丁香，木槿，榆叶梅，太平花……都长的旺得很。要在春景天，花都开了，绕着湖一片锦绣，该多好看。不过秋天也有秋天的花：湖里正开着紫色的凤眼兰；沿着沙堤到处是成球的珍珠梅；还有种木本的紫色小花，一串一串挂下来，味道挺香，后来我才打听出来叫胡枝子。

我们穿过一座朱红色的凌霄架，爬上座山，山头亭子里歇着好些工人模样的游客，有的对坐着下"五子"棋，也有的瞭望着人烟繁华的北京城。看惯颐和园、北海的人，乍到这儿，觉得湖山又朴素，又秀气，另有种自然的情调。只是不知道古陶然亭在哪儿。

有位年轻的印刷工人坐在亭子栏杆上，听见我问，朝前一指说："那不是！"

86

原来是座古庙,看样子经过修理,倒还整齐。我觉得这地方实在不错,望着眼前的湖山,不住嘴说:"好!好!到底是陶然亭,名不虚传。"

那工人含着笑问道:"你以为陶然亭原先就是这样么?"

我当然不以为是这样。我知道这地方费了好大工程,挖湖堆山,栽花种树,才开辟出来。只是陶然亭既然是名胜古地,本来应该也不太坏。

那工人忍不住笑道:"还不太坏?脑袋顶长疮脚心烂,坏透了!早先是一片大苇塘,死猫烂狗,要什么有什么。乱坟数都数不清,死人埋一层,又一层,上下足有三层。那工夫但凡有点活路,谁也不愿意到陶然亭来住。"

改一天,我见到位在陶然亭住了多年的妇女,是当地区人民代表大会的代表。她的性格爽爽快快的,又爱说。提起当年的陶然亭,她用两手把脸一捂,又皱着眉头笑道:"哎呀,那个臭地方!死的比活的多,熏死人了!你连门都不敢敞。大门一敞,蛆排上队了,直往里爬,有时爬到水缸边上。蚊子都成了精,嗡嗡的,像筛锣一样,一走路碰你脑袋。当时我只有一个想法,几时能搬出去就好了。"

现时她可怎么也不肯搬了。夏天傍晚,附近的婶子大娘吃过晚饭,搬个小板凳坐到湖边上歇凉,常听见来往的游客说:"咱们能搬来住多好,简直是住在大花园里。"

那些婶子大娘就会悄悄笑着嘀咕说:"俺们能住在花园里,也是熬的。"

不是熬的,是自己动手创造的。挖湖那当儿,妇女不是也挑过土篮?老太太们曾经一天多少次替挖湖工人烧开水。

这座大花园能够修成,也不止是眼前的几千几万人,还有许许多多看不见的手,从老远老远的天涯地角伸过来。你看见成行的紫穗槐,也许容易知道这是北京的少年儿童趁着假日赶来栽的。有的小女孩种上树,怕不记得了,解下自己的红头绳绑到树枝上,做个记号,过些日子回来一看,树活了,乐得围着树跳。可是你在古陶然亭北七棵松下看见满地铺的绿草,就猜不着是哪儿来的了。这叫草原燕麦,草籽是苏联工人亲手收成的,从千万里外送到北京。

围着湖边,你还会发现一种奇怪的草,拖着长蔓,一大片一大片的,不怕踩,不怕坐,从上边一走又厚又软,多像走在地毯上一样。北京从来不见这种草。这叫狗牙根,也叫狼蘘草,是千里迢迢从汤阴运来的。汤阴当地的农民听说北京城要狗牙根铺花园,认为自己能出把力气是个光荣,争着动手采集,都把草叫做"光荣草"。谁知草打在蒲包里,运到北京,黄了,干了,一划火柴就烧起来。园艺工人打蒲包时,里面晒得火热,一不留心,手都烫起了泡。不要紧,工人们一点都不灰心。他们搭个棚子,把草晾在阴凉地方,天天往上喷水,好好保养着,一面动手栽。

湖边住着位张老大爷,七十多岁了,每天早晨到湖边上蹓跶,看见工人们把些焦黄的乱草往地上铺,心里纳闷,回来对邻居们当笑话说:"这不是白闹么? 不知从哪儿弄堆乱草,还能活得了!"过了半月,这位张老大爷忽然兴冲冲地对邻居说:"你看看去,他大嫂子,草都发了绿,活了——这怪不怪?"

一点不怪。我们大家辛辛苦苦为的是什么? 就为的一个心愿:要把死的变成活的;把臭的变成香的;把丑的变成美的;把痛苦变成欢乐;把生活变成座大花园。我们种的每棵草,每棵花,并不是单纯点缀风景,而是从人民生活着眼,要把生活建设得更美。

我们的北京城就是在这种美的观点上进行建设的。那位好心肠的同志带我游历陶然亭,还游历了紫竹院和龙潭。我敢说,即使"老北京"也不一定听说过这后面的两景。我不愿意把读者弄得太疲劳,领你们老远跑到西郊中央民族学院后身去游紫竹院，只想告诉大家一句，先前那儿也是一片荒凉的苇塘，谁也不会去注意它。但正是这种向来不被注意的脏地方，向来不被注意的附近居民，生活都像图画一样染上好看的颜色了。

龙潭来去方便，还是应该看看的。这地方也在城南角，紧挨着龙须沟。你去了，也许会失望的。这有什么了不起？无非又是什么乱苇塘，挑成一潭清水，里面养了些草鱼、鲢鱼等，岸上栽了点花木。对了，正是这样。可是，你要是懂得人民的生活，你就会像人民一样爱惜这块地方了。

临水盖了一片村庄，叫幸福村，住的都是劳动人民。只要天气好，黄昏一到，村里人多半要聚集到湖边的草地上，躺着的，坐着的，抽几口烟，说几句闲话，或是拉拉胡琴唱两句，解解一天的乏。孩子们总是喜欢缠着老年人，叫人家讲故事听。老奶奶会让孙子坐在怀里，望着水里落满的星星，就像头顶上的银白杨叶子似的，喊喊喳喳说起过去悲惨的生活。这是老年人的脾气，越是高兴，越喜欢提从前的苦楚。提起来并不难过，倒更高兴。

奶奶说："孩儿啊，你那时候太小，什么都不记得了，奶奶可什么都记得。十冬腊月大雪天，屋子漏着天，大雪片子直往屋里飘，冻得你黑夜睡不着觉，一宿哭到亮。你爹急了，想起门前臭水坑里有的是苇子，都烂到冰上了，要去砍些回来笼火烤。可是孩儿啊，苇子烂了行，你去砍，警察就说你是贼，把你爹抓去关了几天，后脊梁差点没揭去一层皮。"

孙子听着这些事，像听很远很远跟自己没关系的故事，瞪着小眼直发愣。先前的日子会是那么样？现在爹爹当建筑工人，到处盖大楼。他呢，天天背着书包到幸福村小学去念书。老师给讲大白熊的故事，还教唱歌。一有空，他就跟同伴蹲在湖边上，瞅着水里的鱼浮上来，又沉下去，心想：鱼到晚间是不是也闭上眼睡觉呢？奶奶却说早先这是片臭水坑——不会吧？

奶奶说着说着叹了口气："唉！我能活着看见这湖水，也知足了。只是我老了，但愿老天爷能多给我几年寿命，有朝一日让我看看社会主义，死了也不冤枉了。"

　　人活到六十，生活却刚刚才开始。其实奶奶并不老。她抱着希望，她的希望并不远，是摆在眼前。

一九五四年

与弟弟杨玉玮（左）在家中书房（二十世纪五十年代）

1961年1月访问锡兰（中为杨朔）

滇池边上的报春花

　　自古以来，人们常有个梦想，但愿世间花不谢，叶不落，一年到头永远是春天。这样的境界自然寻不到，只好望着缥缥缈缈的半天空，把梦想寄到云彩里。

　　究其实，天上也找不到这种好地方。现时我就在云里。飞机正越过一带大山，飞得极高，腾到云彩上头去。往下一看，云头铺得又厚又严，一朵紧挤着一朵，好像滚滚的浪头，使你恍惚觉得正飞在一片白浪滔天的大海上。云彩上头又是碧蓝碧蓝的天，比洗的还干净，别的什么都不见。

　　可是，赶飞机冲开云雾，稳稳当当落到地面上，我发觉自己真正来到个奇妙的地方，花啊，草啊，叫都叫不上名，终年不断，恰恰是我们梦想的四季长春的世界。不用我点破，谁都猜得着这是昆明了。

　　人家告诉我说，到昆明来，最好是夏天或是冬天。六七月间，到处热得像蒸笼，昆明的天气却像三四月，不冷不热。要是冬天，你从北地来，满身带着霜雪，一到昆明，准会叫起来："哎呀！怎么还开花呢？"正开的是茶花。白的，红的，各种各样，色彩那么鲜亮，你见了，心都会乐得发颤。

　　说起昆明的花木，真正别致。最有名的三种花是茶花、杜鹃花，还有报春花。昆明的四季并不明显，年年按节气春天一露头，山脚下，田边上，就开了各种花，有宝蓝色，有玫瑰红，密密丛丛，满眼都是。花好，开的时候也好，难怪人人都爱这种报春花。

91

还有别的奇花异木：昙花本来是稀罕物件，这儿的昙花却长成大树；象鼻莲(仙人掌一类植物)多半是盆栽，这儿的象鼻莲能长到一丈多高，还开大花；茶花高得可以拴马；有一种豌豆也结在大树上。

其实昆明也并非什么神奇的地方，说穿了，丝毫不怪。这儿属于亚热带，但又坐落在云贵高原上，正当着喜马拉雅山的横断山脉，海拔相当高，北面的高山又挡住了从北方吹来的寒风，几方面条件一调节，自然就冷热均匀，长年都像春天了。

可惜我是秋天来的。茶花刚开，滇池水面上疏疏落落浮着雪白的海菜花，很像睡莲。我喜欢昆明，最喜欢的还是滇池，也叫昆明湖。那天，我上了昆明城外的西山，顺着石磴一直爬到"龙门"高头，倚着石栏杆一望：好啊！这方圆二百里的高原上的大湖，浩浩荡荡，莽莽苍苍，湖心飘着几片渔帆，实在好看。

我偏着身子想坐到石栏杆上，一位同伴急忙伸手一拦说："别！别！"原来石栏杆外就是直上直下的峭壁，足有几十丈高，紧临着滇池。

另一位同志笑着接嘴说："你掉下去，就变成传说里的人物了。"跟着指给我看"龙门"附近一个石刻的魁星，又问道："你看有什么缺陷没有？"

我看不出，经他一指，才发觉那魁星原本是整块石头刻的，只有手里拿的笔是用木头另装上的。于是那位同伴说了个故事。传说古时候有个好人，爱上个姑娘，没能达到心愿，一发恨，就到西山去刻"龙门"。刻了个石魁星，什么都完完全全的，刻到最后，单单没有石头来刻笔。那人追求生活不能圆满，又去追求艺术，谁知又不圆满，伤心到极点，就从"龙门"跳下去，跌死了。可见昆明这地方虽美，先前人的生活可并不完美。曾经充满了痛苦，充满了眼泪。痛苦对少数民族的兄弟姐妹来说更深。云南的民族向来多。那云岭，那怒山，那高黎贡山，哪座山上的杜鹃花不染着我们兄弟民族的血泪?

我见到一个独龙族的姑娘,叫嫒娜,是第三的意思。她只有十八岁,梳着双辫,穿着白色长袍,斜披着一条花格子布披肩,脖子上挂着好些串大大小小的玻璃珠子。见了生人也不怯,老是嘻嘻,嘻嘻,无缘无故就发笑。旁人说话,她从旁边望着你的嘴,嗤地笑了。人家对她说:"你穿的真好看啊!"她用手捂着嘴,缩着肩膀,拼命憋住不笑。人家再问她:"你怎么这样爱笑?"她把脸藏到女伴背后,格格地笑出声来。我让她吃糖。她才不会假客气呢,拿起块樱桃糖,用大拇指和食指捏着,送到嘴边上呷一会,抽出来看看,又呷一会,又抽出来看看,忙个不停,一面还要说话,还要笑。她说她的生活。她的性格那么欢乐,你几乎不能相信她会有什么痛苦。

嫒娜用又急又快的调子说:"我家里有母亲,还有兄妹,都住在大山上。早些年平地叫汉人的地主霸占光了,哪有我们站脚的地方?说句不好听的话,我们在大山上,跟野兽也差不多,就在树林子里盖间草房,屋子当中笼起堆火,一家人围着火睡在地上。全家只有一把刀,砍了树,放火烧烧山,种上包谷,才能有吃的。国民党兵一来,还要给你抢光。没办法,只得挖药材,打野兽。用弓弩打。打到麝香、鹿、熊、野猪、飞鼠一类东西,拿到山下,碰上国民党,也给你抢走。那时候,谁见过鞋子?谁穿过正经衣裳?"

说到这里,嫒娜咧开嘴笑了。她把糖完全含到嘴里,腾出手来掩着自己的胸口,歪着头笑道:"你看我现时穿的好不好?"

她说话的口气很怪,总是笑,倒像是谈着跟自己漠不相关的事。实际也不怪,再听下去,你就懂得她的心情了。

嫒娜继续说:"一解放,人民政府每家给了三把锄头,几年光景,我们家开了一百多亩水田,早有稻子吃了。这是几百年几千年也没有的事,好像死了又活了。"

过去的事已经埋葬,这位年轻的独龙姑娘从头到脚都浸到新的欢情里,怎么能怪她老是爱笑?

但是过去的事并不能连根铲掉,痛苦给她刻下了永久不灭的记号。媛娜的脸上刺满绿色的花点,刺的是朵莲花。我很想问问她文面的原因,又怕碰了她的痛处,不大好问。媛娜自动告诉我说:"不刺脸,国民党兵见你年轻,就给拉走。刺上花,脸丑了,就不要了。那工夫,谁不害怕当兵的啊!怕死人了。看见穿黄衣服的大家都往山上跑。"

我故意问她道:"现在你还怕穿黄衣服的么?"

媛娜指着自己的前胸反问道:"你说我么?"便用手背一掩嘴,笑出声说:"我还要相赶着找穿黄衣服的呢。"

媛娜找的自然是解放军。在云南边疆上,我们解放军的战士跟少数民族烧一座山上的柴,喝一条河里的水,多少年来在各民族间造成的隔阂和冤仇逐渐消失,互相建立起手足般的感情。这种感情是从生死斗争里发展起来的。

我想告诉大家一件事情。有一班战士驻扎在边境上一个景颇族的寨子里,隔一条河便是缅甸,那边深山密林里藏着些亡命的蒋军,有时偷过境来打劫人民。这一班战士就为保护人民来的。有一晚上,三百多个匪徒溜过来,突然把寨子围住,天一破亮,开火了。我们只有十几个战士,当时分散开,顶住了敌人。从拂晓足足打到黄昏,战士都坚持在原地上不动,饿了,便拔眼前的野草吃。

班长亲自掌握机枪,一条腿打断,又一条腿也打断,不能动了。

匪徒们觉得这边支持不住,不停地喊:"交枪!交枪!"

班长忍着痛撑起上半身喊:"好,你们过来吧,我们交枪。"

匪徒们涌上来。班长叫:"慌什么?你接着吧!"一阵机枪扫过去,扫倒敌人一大片。这时,又一颗子弹飞过来,打中班长的腰。班长松了机枪,歪到地上,还用两手钩着两颗手榴弹的弦,对他的战士喊:"我们要保卫祖国的社会主义建设!"

最后趁着夜色,党的小组长带着人突出包围圈,占了制高点,打了排手榴弹,朝敌人直冲下去。敌人被冲垮了,乱纷纷逃出国境去。

景颇族的农民围着昏迷不醒的班长说:"都是为的我们啊!"

这些兄弟民族对解放军真是爱护得很,有时成群结队敲着象脚鼓,老远来给军队送东西。譬如有一回,庄稼闹虫灾,战士们帮着打虫子,天天雨淋日晒,脊梁曝了层皮,两条腿站在水田里,蚂蟥又咬,膝盖以下咬的满是血泡,糟的不像样子。虫子打完,赶收成时,农民争着尽先把新米送给战士。按景颇族的老规矩,头一把新米应该先供祖宗,给最有德望的老人吃。战士们不肯收,说是不配先吃。农民嚷着说:"不先给你们吃给谁呢?"

在昆明,我看过一次十分出色的晚会。有阿细跳月,有景颇族的长刀舞,有彝族的屛小细鱼舞,有汉族的采茶花灯,还有许多其他民族的歌舞。这些歌舞是那么有色彩,那么有风情,那么欢乐,而又那么热烈,使你永远也不能忘记。晚会演完谢幕时,所有的演员都站到台前,穿着各式各样的服装,鲜明漂亮,好看极了。

当地一位朋友拉拉我的衣袖笑着说:"你不是想看看云南有名的报春花么?这不是,就在你眼前。"

眼前这样多不同民族的青年紧靠在一起,五颜六色,神采飞舞,一定很像盛开的报春花。只是报的并非自然界的春天,却是各民族生活里的春天。

只有今天,古人追求不到的圆满东西,我们可以追求到了。

也只有今天,昆明才真正出现了长年不谢的春天。

一九五五年

永定河纪行

正当"五一"节,北京天安门前比往年又不同,红旗、鲜花织成一片锦绣,浩浩荡荡的人群大踏步涌过天安门,走上前去——走进更深更远的社会主义里去。我们敬爱的领袖毛主席站立在天安门上,微笑着,朝着滚滚而来的人群扬起那只指引方向的手。正在这当儿,一股水头忽然从天安门前边的金水桥下涌出来,大声欢笑着,水花飞上天安门,洒到领袖的脚前,一面好像发出欢声说:"我代表永定河引水工程的全体工人特意来向您报告:永定河的水已经来到首都了。"

我们的领袖笑了,高声说:"工人同志们万岁。"

于是整个首都腾起了一片欢呼声。工人的机器飞转着,再也不至于缺水停工了。城郊的集体农民引水浇地,再也不愁天干地旱了。在北海划船的游伴从湖里捧起一捧水,乐着说:"多新鲜的水呀!"而北京的每家人家拧开水管子时,到处都听得到永定河波浪的声音。老年人懂的事多,见人点着头叹息说:"唉,北京城什么都好,就是缺一条河。这一下可好啦,整个的北京都成了大花园啦!"

亲爱的读者,如果你还有耐心读到这儿,说不定要皱起眉头想:"这不是说梦话么?永定河离北京总有五十里路,又没有河道,水怎么能流到北京?"

有河道,我指给你看。这股水从京西三家店的进水闸涌进渠道,穿过西山翠微峰下的隧洞,穿过新劈的山峡,变成一道飞

96

瀑，由高头直冲进山脚的一座水电站，然后滚过一带肥壮的大平地，直奔着北京来了。这不是天河一宿落到地面上，这是条新开的运河。原谅我，如果你目前站到北京城墙上，你还看不见这条河。你看见的只是地面上插的一面一面小红旗，只是成千成万的人一锹、一镐、一手车、一土篮，来往弄土。你也能看见甲虫似的推土机和挖土机，隆隆地翻弄着地面，但你看不见河。这条河是未来，也是现实。现实是人创造的。对于我们坚强而勇敢的人民来说，又有什么不能创造出来呢？人民是爱自己的首都的。既然首都需要变得更美更好，他们就要让首都有一条河。现在还是让我们先去见见那些挖河修闸的人吧。

过去，我有种模模糊糊的思想，觉得战士就该端着枪，站在祖国的前哨上，冲锋陷阵。在永定河上，我懂得了战士的真正意义。我站在三家店口的大桥上，往西北一望河流从莽莽苍苍的乱山中一冲而出，气势真壮。正当三冬，天寒河冻，河心里远远移动着十来个小小的人影，还有几台小机器，好像几只蓝靛壳小虫，怪吃力地用嘴拱着河床的沙石。人在伟壮的山川当中，显得有多么渺小啊。

陪我来看河工的是位姓陈的土工队长，脸红红的，带着农民的厚道味儿。我们并着肩膀走下河心。河床子冻的钢硬，皮鞋踩上去，都有点震脚。我们走近那些小小的人影，远远闻见一股汽油的香味，原来正有几台推土机在河心里爬着。有个推土机手戴着藏青帽子，穿着蓝工作服，脖子下头却露出草黄色的军衣领子。不用说，这是个转业军人。他坐在机器上，微微歪着头望着机器前头闪亮的刀片，一面操纵着舵轮，那刀片便切着老厚的冻土，又灵巧、又准确。我觉得，他好像是用手使刀子在削苹果皮。推土机上还有一行白字，写着："一定要把淮河修好"。这是摹仿毛主席的字体写的，字迹褪色了，还是那么惹眼。

我笑着说："你们来的好远啊。"

老陈答道："不远，我们是从官厅水库来的。"

我指指推土机上的白字说："从淮河来，还说不远？"

老陈挺含蓄地笑笑说："照这样讲，我们来的还要远呢。"接着告诉我，他们本来是山东的部队，参加过淮海战役，解放以后逐渐转成工人，到淮河修过薄山水库，梅山水库，后来又到官厅修水力发电站。现时来到永定河，要修一道拦河坝，一道进水闸。他指给我看哪儿是拦河坝，哪儿又是进水闸。他指的地方还是荒凉的沙滩，还是冰封雪冻的河流，但在他微笑的眼神下，我却看见了真正宏伟的工程，平地起来，迎面立在我的眼前。我惊奇地望着那些推土机手，刚才远远看来，他们移动在伟壮的山川里，只是些小小的黑点，但正是这样小黑点似的人开辟山川，改造地球，创造了翻天覆地的历史。人是多么小而又多么伟大呀！

我见到他们许多人，有扎钢筋手，推土机手，开山机手……他们还穿着旧军装，身上多半有点蓝色的东西，看起来像战士，又像工人。他们都是年轻力壮的好小伙子，乍见面腼腼腆腆的，不大好意思开口，一谈起来，却又俏皮得很。

我问道："你们还是头一回到北京来吧？"

不知是谁说："头一回？少说也来了一百回——都在梦里。"

我又问道："还喜欢么？"

又一个说："这是首都，还会不喜欢？我们头来那天，坐着汽车从城里过，看见买卖家都贴着双喜字，敲锣打鼓的。我寻思：怎么娶媳妇都赶到一天了？原来不是娶媳妇，是首都——走进社会主义社会哩。"

我忍不住笑着说："你该多到城里看看啊，喜事多着呢。"

我留心那位扎钢筋手说话时，手总是轻轻抚摸着他的大腿。我明白，他摸的不是大腿，是他那条旧军装裤子。我就问："怎么样？摘下帽徽，摘下胸章，心里有点留恋吧？"

他眼望着地,不说话,旁边的人也不说话。我懂得,这是一个战士的感情,我尊重这种感情。请想想,在部队上多少年,你爱我,我爱你的,乍一转业,还会不留恋?留恋得很啊。看见人家穿军装,就会眼馋得慌。我不觉说出句蠢话:"不要紧,不当战士,我们就当工人,还不是一样?"

一位钢筋混凝土大队长,原先是部队的老营长,忽然插嘴说:"不!我们是喜欢搞建设的。不过搞建设也要走在最前面,做个冲锋陷阵的战士。"

说得好!战士的意义决不限于一套黄军装,而是无论你在什么岗位上,只要你勇于斗争,勇于前进,你就当得起战士这个光彩的称号。

我知道有这样的事:他们在薄山修水渠,西北风里,水大填不上土,一填土就冲走了。几百人立时跳进冷水里,胳臂挽着胳臂,排成一长溜,像柱子一样,修渠的人就在这排人柱子后面堆麻袋,土才填上去。

于今,来到首都,他们正照样用一个战士的勇敢精神来开凿运河。不是不艰难啊。猛一来人多,吃不上饭,喝不上水。你也许奇怪,他们是弄水的人,还会喝不上水?这正是他们的骄傲。他们到的地方往往是荒草石头,他们走过的地方却就水足地肥,人寿年丰。永定河也不是好惹的。石头大,冰又厚,推土机一不小心,刀片都会推裂了,刺刀钝了可以磨,刀片断了就重新电焊好,再上战场。

一位开山机手被人称为土坦克。怎么得的这个外号呢?他的伙伴说:"因为在官厅水电站打洞子,他抱着钻子白天黑夜往石头里钻,钻的比谁都快,大家才叫他土坦克。"土坦克的模样也有点像坦克:宽脸、大嘴、又矮又壮。不管人家问他什么,总是笑笑说:"没什么。"再多的话也没有了。我见到他是在西山翠微峰下,他正打隧洞,可碰上了麻烦事。山洞打进去,是酥岩,动不动就会塌下来，土坦克也不容易往里钻。

我问他："怎么办呢？"

他眼望着天，还是笑笑说："没什么。"

这种十足的信心不但他一个人有，我沿着运河工程遇见的每个人也都有。在翠微峰旁那座刚动工的水电站工地上，我曾经用开玩笑的口气问一个技术人员说："你们靠什么能有这样大的信心？"

那位技术人员手摸着嘴巴，眼望着山下平川上密密麻麻挖河的农民，也用半开玩笑的口气说："靠什么？靠着巩固的工农联盟呗！"

我们实在应该去会会那许许多多来自北京四乡的集体农民。他们在挖河道，也在劈山。翠微峰下隧洞的两口都是山。不劈开山，挖成一道明渠，永定河的水做梦也进不了北京城。我们谁都听过神话，好像劈山的只有神仙。不是神，是人。地球上有不少号称鬼斧神工的奇迹，也无非是古代人民曾经拿手触摸过的痕迹。不同的是古代人民的劳动往往是个痛苦，而今天劳动却变成一种英雄式的欢乐。

有个夜晚，我走到挖河农民住宿的大工棚去。照理说，他们一整天开山挖土，乏的稀透，应该早早歇了才是。且不是呢。老远我就听到锣鼓声。走进一看，每座工棚都是灯火通明，有的窗玻璃上还描着大红大绿的彩画，叫电灯从里边一映，鲜艳得紧。农民们在工棚里有的打扑克，有的下象棋，有的看书写信，也有围在一起说故事的。……不需你多问，每个人都变成集体农民了。要问嘛，你到处准会听到这样的回话："哎呀呀，地都连成片了！"

靠近门口有个青年，趴在蓝花布被卷上，就着灯亮在看书，看的入迷了，好像天塌地陷也碍不着他的事。我问他看的什么书，那青年忽地坐起来，愣了愣，望着我笑了。这是个刚成年的人,还像个孩子,大眼睛,方嘴,脸上抹得浑儿花的,也不洗。他看的是本《北京文艺》。

这位青年赶着告诉我说:"这是今天有个骑自行车的来卖书,我花两毛钱买的。"

旁边他的一位老乡对我说:"这孩子,有了钱舍不得花,光舍得买书。"

青年就抱怨起来:"我才买了几本书? 在家里,想买也买不到,馋死了,也没人管。……"

我插问道:"你家里怎么样?"

他忽然喜的说:"嘻!嘻!你坐着飞机也追不上,快得很哪!我们出来的时候,还是初级合作社,昨天区长来看我们,你猜怎么样,成了高级社了。我只愁没有文化……"

他那位老乡故意逗他说:"没有文化,你还不是照样种地,照样挖河?"

青年鼓着嘴说:"你说的好!没有文化,就没有翅膀,你怎么跟着飞呀?"

在另一座工棚里,有两个略微上点岁数的农民先睡下了,一个盖着褪色的红被,一个盖着蓝被,两人躺在枕头上咕咕哝哝聊着什么闲话儿。旁边铺上坐着个青年,弯下腰就着铺在写信。

我凑上去问:"给谁写信哪?"

那青年赶紧用巴掌掩住信,脸一红说:"给乡长。"

盖红被的农民翻过身笑着说:"给乡长还怕人看?真是个雏儿,从小没出过远门,一出门就想老婆,一天一封信,也不嫌臊!"

那青年辩白说:"我干活比谁赖?写封信你管得着?就你出过远门,炕头走到地头,地头走到炕头,可真不近。"

先前那农民嘿嘿笑了两声说:"想当年打日本鬼子,我抬担架,哪里没去过?那时候你还穿着开裆裤子,满地抓鸡屎吃呢。"

盖蓝被的农民也拖着长音说:"年轻人,别那么眼高!我们见的,不算多,也不算少,你几时经历过?"

那青年不服气说:"往后我们见的,你也见不着。"

盖红被的农民笑起来:"你咒我死啊,我才不死呢。凡是你能看见的,我都看得见。"

我笑着插嘴问:"你能看见什么?"

那个好心情的农民数落开了:"村里要装电灯,装电话,装收音机;还要修澡堂子,修电影院,修学校——反正要完完全全电气化,我都看得见。"

我说:"照这样,这条河挖好了,对你们的好处大啦。"

那农民答道:"河不经过我们村,不关我们的事。"

我奇怪说:"怎么会不关你的事?"

那农民连忙改口说:"这是大家伙的事,自然也是我们的事,我们一定拿着当自己的事一样办。"

我笑着说:"我不是指的这个。你们村不是要用电么?等那座水电站修好了,一发电,你们要多少电没有?"

那农民一翻身肚皮贴着床铺,拍着手说:"对!对!我怎么就没想到呢?"惹得旁边的人一齐笑了。……

在翠微峰下有一处古代遗迹,题做"冰川擦痕"。据说这是几十万年前,冰河流动,在岩石上擦过的痕迹。那些岩石,凡是冰擦过的地方,像刀削的一样平滑。恰恰在"冰川擦痕"的周围,数不尽的工人、农民正用全力在开山劈路,修筑运河。这不止是擦一擦。而是在改造地壳了。

在人面前,大自然的力量显得多么渺小啊。

一九五六年

香山红叶

　　早听说香山红叶是北京最浓最浓的秋色，能去看看，自然乐意。我去的那日，天也作美，明净高爽，好得不能再好了；人也凑巧，居然找到一位老向导。这位老向导就住在西山脚下，早年做过四十年的向导，胡子都白了，还是腰板挺直，硬朗得很。

　　我们先邀老向导到一家乡村小饭馆里吃饭。几盘野味，半杯麦酒，老人家的话来了，慢言慢语说："香山这地方也没别的好处，就是高，一进山门，门坎跟玉泉山顶一样平。地势一高，气也清爽，人才爱来。春天人来踏青，夏天来消夏，到秋天——"一位同游的朋友急着问："不知山上的红叶红了没有？"

　　老向导说："还不是正时候。南面一带向阳，也该先有红的了。"

　　于是用完酒饭，我们请老向导领我们顺着南坡上山。好清静的去处啊。沿着石砌的山路，两旁满是古松古柏，遮天蔽日的，听说三伏天走在树荫里，也不见汗。

　　老向导交叠着两手搭在肚皮上，不紧不慢走在前面，总是那么慢言慢语说："原先这地方什么也没有，后面是一片荒山，只有一家财主雇了个做活的给他种地、养猪。猪食倒在一个破石槽里，可是倒进去一点食，猪怎么吃也吃不完。那做活的觉得有点怪，放进石槽里几个铜钱，钱也拿不完，就知道这是个聚宝盆了。到算工账的时候，做活的什么也不要，单要这个石槽。一个破石槽能值几个钱？财主乐得送个人情，就给了他。石槽太重，做活

103

的扛到山里,就扛不动了,便挖个坑埋好,怕忘了地点,又拿一棵松树和一棵柏树插在上面做记号,自己回家去找人帮着抬。谁知返回来一看,满山都是松柏树,数也数不清。"谈到这儿,老人又慨叹说:"这真是座活山啊。有山就有水,有水就有脉,有脉就有苗,难怪人家说下面埋着聚宝盆。"

这当儿,老向导早带我们走进一座挺幽雅的院子,里边有两眼泉水。石壁上刻着"双清"两个字。老人围着泉水转了转说:"我有十年不上山了,怎么有块碑不见了? 我记得碑上刻的是'梦赶泉'。"接着又告诉我们一个故事,说是元朝有个皇帝来游山,倦了,睡在这儿,梦见身子坐在船上,脚下翻着波浪,醒来叫人一挖脚下,果然冒出股泉水,这就是"梦赶泉"的来历。

老向导又笑笑说:"这都是些乡村野话,我怎么听来的,怎么说,你们也不必信。"

听着这个白胡子老人絮絮叨叨谈些离奇的传说,你会觉得香山更富有迷人的神话色彩。我们不会那么煞风景,偏要说不信。只是一路上山,怎么连一片红叶也看不见?

老人说:"你先别急,一上半山亭,什么都看见了。"

我们上了半山亭,朝东一望,真是一片好景。茫茫苍苍的河北大平原就摆在眼前,烟树深处,正藏着我们的北京城。也妙,本来也算有点气魄的昆明湖,看起来只像一盆清水。万寿山、佛香阁,不过是些点缀的盆景。我们都忘了看红叶。红叶就在高头山坡上,满眼都是,半黄半红的,倒还有意思。可惜叶子伤了水,红的又不透。要是红透了,太阳一照,那颜色该有多浓。

我望着红叶,问:"这是什么树? 怎么不大像枫叶?"

老向导:"本来不是枫叶嘛。这叫红树。"就指着路边的树,说:"你看看,就是那种树。"

路边的红树叶子还没红,所以我们都没注意。我走过去摘下一片,叶子是圆的,只有叶脉上微微透出点红意。

　　我不觉叫："哎呀！还香呢。"把叶子送到鼻子上闻了闻，那叶子发出一股轻微的药香。

　　另一位同伴也嗅了嗅，叫："哎呀！是香。怪不得叫香山。"

　　老向导也慢慢说："真是香呢。我怎么做了四十年向导，早先就没闻见过？"

　　我的老大爷，我不十分清楚你过去的身世，但是从你脸上密密的纹路里，猜得出你是个久经风霜的人。你的心过去是苦的，你怎么能闻到红叶的香味？我也不十分清楚你今天的生活，可是你看，这么大年纪的一个老人，爬起山来不急，也不喘，好像不快，我们可总是落在后边，跟不上。有这样轻松脚步的老年人，心情也该是轻松的，还能不闻见红叶香？

　　老向导就在满山的红叶香里，领着我们看了"森玉笏"、"西山晴雪"、昭庙，还有别的香山风景。下山的时候，将近黄昏。一仰脸望见东边天上现出半轮上弦的白月亮，一位同伴忽然记起来，说："今天是不是重阳？"一翻身边带的报纸，原来是重阳的第二日。我们这一次秋游，倒应了重九登高的旧俗。

　　也有人觉得没看见一片好红叶，未免美中不足。我却摘到一片更可贵的红叶，藏到我心里去。这不是一般的红叶，这是一片曾在人生中经过风吹雨打的红叶，越到老秋，越红得可爱。不用说，我指的是那位老向导。

一九五六年

海天苍苍

傍晚,凉风从台湾海峡吹来。路旁的金合欢花散出甜丝丝的清香。厦门的夏夜是迷人的。我的心却有点发紧,不能平静——我正在一步一步走近吴才良的家。

吴才良是在一九五三年福建乌丘屿海面的一次海战里显露出他的性格。当时他刚上炮艇,当信号兵,年纪轻、个子又矮,一脸稚气,都把他当小孩看。你哪想到就是这样个孩子,当我们的炮艇在海战当中一靠拢敌船,他拿着支冲锋枪,一纵身跳到敌船上。敌人船上掌舵的打死了,船还在转。这个手脚灵活的小水兵三步两步窜到前舱口,正好有个蒋家军官要往上钻,当场叫吴才良一喊,慌慌张张举起手来。紧接着吴才良从舱里又活捉了十几个敌人。懂得一点海战的人都知道:"跳帮"(即跳船)不是件容易事。吴才良的胆气就是这样壮。

我现在要去看的不是吴才良,是他母亲。这位母亲为她儿子的命运该经历过多少不眠的夜晚啊!一颗流过血的母亲的心是神圣的,我不忍心去触动。我最怕见的是母亲的善良的眼泪。

吴妈妈并没用眼泪来迎接我。她有四十几岁,神态很温柔,又透着刚强。屋里已经黑洞洞的了。她点起盏煤油灯,窗口的海风一吹,灯苗冒起黑烟,忽闪地灭了,她就再点。还有好几个小儿女围在她的身前,一个个方头大脸的,都像吴才良一样可爱。她用空洞的眼神望着我,一面沉思,一面轻声谈着她心爱的儿子——才良。我觉得她谈的不只是她的儿子,她谈的是我们年轻一代人的思想和灵魂。

　　才良,我的孩子,已经离开我走到别处去,永远不再回来了。有时我一恍惚,觉得他好像是出门迷了方向,一时找不到回家的路,不定什么时候,门外会传来他的笑声,一转眼他会飞进屋子里来,对着我唱。他总是这样,人没到笑声先来了。他知道我爱听唱歌,一回家就唱。可是才良是不会回来的了。他并没迷失方向,他走的是一条通到很远很远地方的光明大道。他最后给我的一封信里还写着:"妈妈:你能原谅我么? 我们的走,总是使人感到这样的突然……当我想起将来,想起祖国最美丽的那一天,一种新的力量充沛着我,也使我更加劲地工作。我知道只有工作,才能缩短走向幸福的路程。"

　　才良就是这样走了,奔着一个远大的理想往前走了。

　　我爱我的孩子,特别爱他这种刚强性格。我们家的生活先前很苦,靠着他爸和我做鞋油和肥皂卖。孩子从小帮着做。记得有一回才良做鞋油多倒了油,他爸打了他一个耳光子,孩子一生气,跑到他叔父家里去,直到一个多月后,才慢慢回心转意,回到家里来。才七岁一个孩子,就有这大气性。

　　才良顶喜欢他叔父。他叔父叫吴学诚,在国民党《中央日报》做副刊编辑,常给孩子书看,讲故事给孩子听。才良爱书爱的要命,八岁上就抱着一大本《三国演义》死啃,啃不动也啃,看着都叫人发笑。我清清楚楚记得是一九四七年初,正过元宵节,叔父在我们家吃元宵,他的家忽然叫特务搜了。叔父忙着赶回去,就叫国民党的党部"请"去,从此再也没有音信。

　　当时才良已经十二岁,稍微懂点事,仰着脸问我:"妈妈,国民党为什么要杀叔父呢?"

　　我忍着泪悄悄告诉他说:"因为你叔父是个共产党。"

　　孩子又问:"为什么是共产党就要杀呢?"

我悄悄说了点自己懂得的一知半解的革命道理,都是他叔父平时对我讲的。孩子的心是纯洁的,记的也牢。厦门解放那天,解放军一进城,人家孩子就连跑带叫撞进门来:"妈!妈!共产党来了!"

我望着自己的儿子,心里说不出的难过。还能老让孩子天天挑着肥皂上街卖吗?他应该念书,他可想当个解放军。念了两年初中,他到底考进海军去。临走,他只向我要一件东西,这是他叔父活着的时候亲手做的小铁箱。

我说:"要你就拿去吧,可别丢了。"

他拿这个小铁箱装书用。他的书也多,有小说,更多的是诗,每本都包着干干净净的封皮,像新的一样。谁要看就借给谁。可是你要不知道爱惜书,稍微弄脏一点,你看他那个不高兴啊。

才良自己也写诗。他有一本很厚很厚的本子,写满了诗。他抄给我的诗里有这样几句:

> 我们永远不能忘记
> 那死去了的战友的姓名
> 我们永远万分珍惜
> 那在战场里结下的友谊

这个孩子,感情实在重。在许许多多战友当中,跟他顶密的是谢时恒,也是信号兵,两个人常常走在一起,好像你是我的影子,我是你的影子。时恒的身量高,才良又矮又灵活,刚刚到时恒的胸脯。

才良会笑着说:"看你多高!"看电影总坐在时恒的上首,位子高些。

两个人不在一个炮艇上做工作,彼此约好了,谁的艇先靠码头,谁就买两张电影票,一起去看。

买好票才良说："你等着,我找你去。"

时恒说："我找你去。"

常常是你找我,我也找你,两个人走到半路就碰见了。如果时间早,才良准把时恒领到家里来。一进门才良就唱,还喊:"妈!给我们花菜吃。"

夏天,炮艇一靠码头,两个孩子总爱睡在码头上,有时你替我抱被子,有时我替你抱。两个人并排一躺下,望着满天的星星,听着海上的潮水,就该咕咕哝哝谈起来了。谈到东,谈到西,谈到祖国,也谈到自己——总是谈到很远很远的将来。

要是晚间许多信号兵聚到一起,大家一定逼着才良讲故事。才良肚子里的玩意儿也多,故意讲鬼,还专讲顶怕人的鬼。讲到最后,他会把两条胳臂忽然一张,啊地大叫一声,做出吓人的样子,惹得人家都笑起来。

乌丘屿那次海战,才良立下点功劳,你也许在《解放军画报》上看过他的照片。有一天,孩子回家来,四下望望问:"妈妈,报喜的奖状来了么?"

我说:"来了。"

孩子又问:"来了为什么不挂起来?"

我说:"先不忙吧,这么点芝麻粒大的功劳,算什么?等你立了更大的功,再一齐挂起来吧。"

做母亲的心事,你该懂得。我说这话,是怕孩子骄傲。其实我是冤枉了我的孩子。作为个团员,党更会时时刻刻教导他。又过了好些日子,我发现才良瘦了,回家来也唱,也笑,只是不像从前那么欢。我有点担心,他却笑笑说:"一点小病——不碍事。"

还说是小病呢。原来他得了心脏病,起初时常头晕,到后来,有时正在艇上值更,一下子会晕倒,不省人事。中队长几次送他去休养,去了不久又回来,回来就要上艇。有一个晚上,谢时恒的炮艇跟才良的停在一处。时恒值更,才良也值更。到半夜,时恒听见那边艇上喊:"吴才良没气了!"

同志们又把他送到医院去。这次还算好,养了两个多月才回来,气色好了,人也壮了。你当他是养好病回来的么?才不是呢。他是偷偷从医院跑出来的,什么东西都丢了。中队长找他谈话,人家孩子还满有理似的说:"医院里叫我复员,我不跑还等什么?"

中队长说:"你有病就该复员。"

人家孩子就说:"等台湾解放了,我再复员吧。"

不复员也不要紧,还不肯留在陆地指挥所里,偏要求回他的原艇。于是有一天,他跟他那些热爱的战友一起,不声不响又走远了。走到哪儿去?我不知道。我知道他是回到海洋上去了。他爱海洋,正像他爱诗一样,爱的要命。风平浪静的日子,他爱海的温柔;白浪滔天,他又爱海的威严。一到大海上,他就高兴。只要我的孩子高兴,我也高兴。

我不能忘记一九五五年十二月二十五号这个日子。那天上午十点多钟,我在居民委员会里忙了一阵工作,有点累,回到家里,看见桌子上摆着封信,笔迹是生疏的,寄信的番号却是我儿子的。我的心跳得厉害,手也止不住发颤,急忙拆开信看。信上写着:

> 亲爱的好妈妈!当我写这封信时,我的眼泪一直不停地流着,我很悲痛我的好战友吴才良同志已经于本月十九日在保卫祖国的社会主义建设中倒下去了!……

看到这儿,我的眼前一阵黑,什么都不知道了。等苏醒过来,看见几个小儿女围着我,哭着叫妈妈,我的心痛得像锥子扎似的,想哭,又没有眼泪。我用两只胳臂搂着我的小儿女,强忍着说:"不要哭,孩子!不要哭!哭是没有用的。"

　　我还不相信才良会真死了。也许这不是真的吧？寄信给我的是才良的大队长，我找到大队部去。事实终归是事实，我的儿子再也活不过来了。我为我的儿子痛苦，也为我的儿子骄傲。他死得好，死得值得。现在我只有一个心愿：我想看看我儿子牺牲的地方，我想看看我儿子的坟墓。

　　大队的一位同志陪我到了东山岛。我才知道，这些天才良他们那个艇队一直在这一带海面上巡逻，保护海上的运输，运的都是建设祖国的各样器材。冬天，海不是好惹的，一闹天气，浪头会从桅杆上哗地盖过去，哗地又盖过来，炮艇就得打着滚往浪窝里钻。才良是个信号兵，总要站在驾驶台上，站的那么高，瞭望着海面，还得跟别的炮艇拿旗子说着话。炮艇翻来翻去，不牢牢抓住桅杆，准会把他颠到海里去。他呕起来，呕一次又一次，浑身像抽掉筋似的，又酸又软。我的好儿子却从来不肯到舱里去，他要站在他自己应当站的位置上。

　　我儿子出事那天，艇队已经完成护航的任务，开进东山港里。那些日子，敌人的飞机常从台湾绕来，乱闹腾。这一天，从早晨起，对空的战斗就开始了。有一架敌机受了伤，其余的都逃走了。靠近中午，才良站在驾驶台上，拿着望远镜正瞭望，忽然喊："西南方向发现敌机四架！"

　　一掉头，发现八架，再一掉头，变成十二架，围着上空直打转。

　　才良本来有一条清亮的好嗓子，整个艇上都听见他一会报告："左舷十五度敌机两架！"一会又报告："右舷四十五度敌机四架！"……

　　艇上的炮火一齐吼起来。炮弹一时切断敌人从不同高度、不同角度冲击的队形，一时又直冲着敌机飞去。炸弹从高空投下来，海面上激起一根水柱，又一根水柱……比桅杆还高。

　　也不知道我们的炮打出去多少发炮弹，炮筒子发了红，直冒烟,还是打。

你想不到一个孩子会在战斗里有多么沉着。只听见才良对炮手报告:"炮弹离敌机相差五度。"紧接着叫起来:"打得好! 打中了! 打中了!"

果然有一架敌机冒了红,尾巴上拖着一条黑烟,一路嚎叫着摔到大海里去。

不久才良又喊:"打中了! 又打中了!"

又一架敌机晃了晃,像喝醉酒似的,摇摇摆摆的,拖着翅膀子朝东飞了。正在这个当口,另一架敌机忽然从山后翻过来,朝着炮艇扑上来。才良喊了声,举起冲锋枪,对准敌机就打。一颗炸弹落下来。一转眼间驾驶台旁溅起一片水花,才良的声音从此再也听不见了。

战斗结束以后,同志们把他从海里捞出来,浑身上下不见一点伤。可怜的孩子,他是从炮艇高头震到海里去,要是不震昏,他能凫水,还是不会死的。我去看了看他的坟墓,离他牺牲的地方不远,清清静静的,前面就是大海。活着的时候,才良爱海。现在他可以永远听见海潮的声音,永远监视着祖国的海防。

陪我去的同志想要安慰我,说:"才良同志的身体不大好,战斗的头两天,本来决定调他到岸上工作,另派人代替他,他可说什么也不肯离开岗位。"

我说:"我的儿子做得对。如果祖国的事业需要有位母亲献出她的儿子,就让才良去吧。我不愿意别的母亲也像我这样痛心。"

才良写过这样几句诗:

　　如果在一个早晨或者夜晚

　　解放的呼声像雷震的呼喊

　　我们将和祖国一起

就像昨天一样英勇作战

准备着,永远准备着
一旦我们战死
就让同志们踏着胜利的步伐
跨过我们——去消灭敌人

我觉得,这就是我儿子留给我的战斗的誓词。

亲爱的吴妈妈,在她低声谈着儿子的时候,只有一次掏出手绢,轻轻擦了擦眼。从她的性格里,我看见了吴才良的性格。

已经是夜里九点钟,吴妈妈还要赶着去听党课。我向她借到吴才良的诗和照片,回到我的住处。我在灯下读完吴才良的诗,又拿起他的照片。这是个十分清俊的青年,两只明亮的大眼睛里藏着无限美丽的感情,美丽的思想,美丽的灵魂。要判断一个人的健康,我们要摸他的脉。吴才良正是我们这个时代的一处脉搏。接触到他,你能够感到这个时代的生活是怎样的沸腾啊。

我的心不能平静下来,走到露台上去。我的住处在厦门的最高点虎头山上,眼前苍苍茫茫的,海天一片。一时间,我觉得吴才良并没有死。他不过是登上舰艇,挂起旗子,跟他的战友一起,向着海天苍苍的深处远航而去。风浪声里,我恍恍惚惚还听得见他的歌声:

迎着火红的太阳
劈开层层的波浪
我们的炮艇离开了海港
驶向水天相连的远方
再见吧! 亲爱的同志,陆上的朋友们

不要怀念海上的人

愿你们愉快地尽情歌唱……

一九五六年

百 花 山

一

　　京西万山丛中有座最高的山，叫百花山。年年春、夏、秋三季，山头开满各色各样的野花，远远就闻到一股清香。往年在战争的年月里，我们军队从河北平原北出长城，或是从口外回师平原时，时常要经过百花山。战士们走在山脚下，指点着山头，免不了要谈谈讲讲。我曾经听见有的战士这样说："哎，百花山！百花山！我们的鞋底把这条山沟都快磨平啦，可就看不见山上的花。"又有人说："看不见有什么要紧？能把山沟磨平，让后来的人顺着这条道爬上百花山，也是好事。"一直到今天，这些话还在我耳边响。今天，可以说我们的历史正在往百花山的最高头爬，回想起来，拿鞋底，甚而拿生命，为我们磨平道路的人，何止千千万万？

　　梁振江就是千千万万当中的一个。我头一次见到梁振江是在一九四七年初夏，当时井陉煤矿解放不多久，处置一批被俘的矿警时，愿意回家还是参加解放军，本来可以随意，梁振江却头一个参军。应该说是有觉悟吧，可又不然。在班里他跟谁都不合群，常常独个儿闪在一边，斜着眼偷偷望人，好像在窥探什么。平时少开口，开班务会也默不作声，不得已才讲上几句，讲的总是嘴面上的好听话。

　　那个连队的指导员带点玩笑口气对我说："你们做灵魂工作

的人,去摸摸他的心吧,谁知道他的心包着多少层纸,我算看不透。"

我约会梁振江在棵大柳树荫凉里见了面。一眼就看出这是个精明人,手脚麻利,走路又轻又快,机灵得像只猫儿。只有嘴钝。你问一句,他答一句;不问,便耷拉着厚眼皮,阴阴沉沉地坐着。有两三次,我无意中一抬眼,发觉他的厚眼皮下射出股冷森森的光芒,刺得我浑身都不自在。他的脸上还有种奇怪的表情。左边腮上有块飞鸟似的伤疤,有时一皱眉,印堂当中显出四条竖纹,那块疤也像鸟儿似的鼓着翅膀。从他嘴里,我不能比从指导员嘴里知道更多的东西。只能知道他是河北内丘大梁村人,祖父叫日本兵杀了,父亲做木匠活,也死了,家里只剩下母亲和妻子。他自己投亲靠友,十八岁便在井陉煤矿补上矿警的名字,直混到解放。别的嘛,他会说:"我糊糊涂涂白吃了二十几年饭,懂得什么呢?"轻轻挑开你的问话,又闭住嘴。事后我对指导员说:"他的心不是包着纸,明明是有什么见不得人的心病,不好猜。"

此后有一阵,我的眼前动不动便闪出梁振江的影子,心里就想:这究竟是个什么人呢?他的性格显然有两面,既机警,又透着狡猾,可以往好处想,也可以往坏处想。偶然间碰见他那个团的同志,打听起他的消息,人家多半不知道。一来二去,他的影子渐渐也就淡了。

二

一九四七年十一月间,河北平原落霜了。一个飞霜的夜晚,我们部队拿下石家庄,这是第三次国内革命战争期间,首先攻克的大城市。好大一座石家庄,说起来叫人难信,竟像纸糊的似的,一戳便破碎了。外围早在前几天突破,那晚间,市内展开巷战。当时我跟着一个指挥部活动,先在市沟沿上,一会儿往里移，一会儿又往里移，进展的那样快，电话都来不及架，到天亮，已经移到紧贴着敌人"核心工事"的火车站。敌人剩下的也就那么一小股，好像包在皮里的一丁点饺子馅，不够一口吃的了。事实上，石家庄不是纸糊的，倒是铁打的，里里外外，明碉暗堡，数不清有多少。只怪解放军来势猛，打得又巧，铁的也变成纸的了。

一位作战参谋整熬了一夜，眼都熬的发红，迎着我便说："听见没有？昨儿晚间打来打去，打出件蹊跷事儿来。"

旁边另一个参谋蜷在一张桌子上，蒙着日本大衣想睡觉，不耐烦地说："你嚼什么舌头？还不抓紧机会睡一会。"

先前那参谋说："是真的呀。有个班长带着人钻到敌人肚子里去，一宿光景，汗毛没丢一根，只费一颗手榴弹，俘虏五百多人，还缴获枪、炮、坦克一大堆，你说是不是个奇迹？"

我一听，急忙问道："班长叫什么名字？"

那参谋用食指揉着鬓角说："你看我这个记性！等我替你打听打听。"

在当时，我很难料到这个创造奇迹的人是谁，读者看到这儿，却很容易猜到是什么人。正是梁振江。顺便补一笔，自从他参军以后，不久便在保定以北立下战功，因而提拔成班长。当天，我马不停蹄地赶去看他。部队经过一夜战斗，已经撤到城外，正在休息。我去的当儿，梁振江一个人坐在太阳地里，手里拿着件新棉衣，想必是夜来战斗里撕碎了，正在穿针引线，怪灵巧地缝着。我招呼一声，梁振江见是熟人，点点头站起来，回头朝屋里望了一眼，小声说："同志们都在睡觉，咱们外头说话吧。"便把棉衣披到身上，引我出了大门，坐到门口一个碾盘上。

我留心端量着他。看样子他刚睡醒，厚眼皮有点浮肿，不大精神。前次见面时脸上透出的那股阴气，不见了。

我来，自然是想知道夜来的奇迹。梁振江笑笑说："也没什么奇迹的",垂着眼皮想了一忽儿,开口说起来。说得像长江大河,滔滔不绝。先还以为他的嘴钝呢,谁知两片嘴唇皮比刀子都锋利。当天深夜,我坐在农家的小炕桌前,就着菜油灯亮写出他的故事,不多几天便登在《晋察冀日报》上,后来这家报纸和另一家报纸合并,就是《人民日报》。现在让我把那个粗略的故事附在这里:

"石家庄的战斗发展到市内时,蒋匪军做着绝望的挣扎,一面往市中心败退。巷战一开始,梁振江把他那个班分成三个组:一组自己带着,另外两个组的组长是张贵清和孟长生。这支小部队一路往前钻,时而迂回,时而包围,就像挖落花生似的,一嘟噜一串,把敌人从潜伏的角落里掏出来,这些都不必细说。单说天黑以后,又有云彩,黑糊糊的,不辨东西。梁振江私下寻思:这么大一座城市,人地生疏,又不明白敌情,要能有个向导多好!想到这儿,心一动,暗暗骂自己道:'真蠢!向导明摆着在手边,怎么会没想到?'当下叫来一个刚捉到的俘虏,细细一盘问,才知道隔壁就是敌人的师部。梁振江叫人把墙壁轻轻凿开,都爬过去,又把全班分做两路,蹑手蹑脚四处搜索。

"正搜索着,梁振江忽然听见张贵清拍了三下枪把子,急忙奔过去一看,眼前是一道横墙,墙根掏了个大窟窿,隔着墙翘起黑糊糊的大炮,还有什么玩意儿轰隆轰隆响,再一细听,是坦克。靠墙还有个防空洞,里边冒出打雷一样的鼾睡声,猜想是敌人的炮手正在好睡。可真自在!解放军都钻到你们心脏里了,还做大梦呢。

"梁振江这个人素来胆大心细,咬着嘴唇略一思谋,便做手势吩咐二组从墙窟窿钻过去,埋伏在炮后边,三组守住防空洞,他自己带着人从一个旁门绕到坦克正面,大模大样走上前去。

"坦克上有人喝道:'什么人?'

"梁振江低声喝呼说:'敌人都过来了,你咋唬什么!'

"对方慌忙问道:'敌人在哪儿?'

"梁振江说:'快下来!我告诉你。'

"坦克上接连跳下三个人来,不等脚步站稳,梁振江喝一声:'这不在这儿!'早用刺刀逼住。另外两组听见喊,也动了手,当场连人带炮都俘获了。

"不远处三岔路口有座地堡,听见声,打起枪来。梁振江弯着腰绕上去,大声说:'别打枪!净自己人,发生误会了。'趁地堡里枪声一停,冷不防扔过去一颗手榴弹,消灭了这个火力点。

"又继续往前搜索。走不远,有个战士跑过来,指着一个大院悄悄说:'里边有人讲话。'梁振江觑着眼望望那院子,吩咐战士卧倒,自己带着支新缴获的手枪,轻手轻脚摸上去,想先看看动静。可巧院里晃出个人影来,拿着把闪闪发亮的大砍刀,嘴里骂骂咧咧说:'他妈的!什么地方乱打枪?'一面朝前走。

"梁振江伏到地上,等他走到跟前,一跃而起,拿手枪堵住那人的胸口,逼他直退到墙根底下,一边掏出烟说:'抽烟吧,不用害怕。'

"那人吓得刀也掉了,哆哆嗦嗦问:'我还有命么?'

"梁振江笑着说:'你只管放心,解放军从来都宽待俘虏,我本人就是今年二月间才从井陉煤矿解放出来的,怕什么?'又说:'实告诉你吧,我是营长,我们十几个团早把你们师部包围住了,你们师长也抓到了。'

"那人一听,垂头丧气说:'事到如今,我也实说了吧。这是个营,外头有排哨,我是出来看看情况的。'

"梁振江问道:'你愿不愿意戴罪立功?将来还能得点好处。'

"那人见大势已去,就说:'怎么会不愿意?你看我该怎么办?'

"梁振江替他出了个主意,那人便对着远远的排哨喊:'排

长！排长！参谋长叫你。'

"敌人排长听见喊,赶紧跑过来,对着梁振江恭恭敬敬打了个立正说:'参谋长来了么?'

"梁振江说:'来了。'一伸手摘下他的枪,又虚张声势朝后喊道:'通讯员!叫一连向左,二连向右,三连跟我来,把机枪支好点!'

"后面几个战士一齐大声应道:'支好了。'说着跑上来。这一来,弄得敌人排长胆颤心惊。只得乖乖地叫他的排哨都缴了枪。

"院里上房听见动静,一口吹灭灯,打起手榴弹来。梁振江拿枪口使劲一戳敌人排长的肋条,那排长急得叫:'别打!别打!我是放哨的。'梁振江趁势蹿进院,几个箭步闪到上房门边,高声叫道:'缴枪不杀!'先前那个拿砍刀的俘虏也跟着喊:'人家来了十几个团,师长都活捉了,还打什么?'于是里边无可奈何地都放下武器。

"这时天色已经傍明,再向前发展就是敌人最后的核心工事,敌人的残兵败将早被各路解放大军团团围住,剩下的无非是收场的一步死棋了。……"

这一仗,梁振江表现的那样出色,因而记了特功,又入了党。记得萧克将军在一次干部会上,曾经着重谈到梁振江用小部队所创造的巧妙战术,认为这是夺取大城市的带有典范性的巷战。无怪当时有不少人赞美梁振江说:"这是石家庄打出的一朵花!"我当时记下他的故事,可是谁要问我他究竟是怎样个人,我还是不清楚。头一次见到他,他是那么躲躲闪闪的,天知道藏着什么心计,忽然间会变成浑身闪光的英雄,这是容易懂的么?还记得我跟他谈这次战斗时,有几次,他说的正眉飞色舞,冷丁沉默一忽儿,露出一点类似忧愁的神情。再粗心,我也感觉得出。他的心头上到底笼着点什么阴影?直到第三次见面,他才对我掏出心来。

三

我们第三次见面正是在百花山下。那时是一九四八年春天,石家庄解放之后,部队经过一番休整,沿着恒山山脉北出长城,向原察哈尔一带进军。那天后半晌来到百花山脚,山村里许多房屋都被敌人烧毁,只好露营。我在一棵杏花树下安顿好睡处,顺着山沟往下走,看见许多战士坐在河边上洗脚,说说笑笑的,有人还大声念:"铺着地,盖着天,河里洗脚枕着山!"好不热闹。

忽然有个战士蹬上鞋跳起来,叫了我一声,我一看正是梁振江。他的动作灵敏,精神也透着特别轻快,比先前大不相同,冲着我说:"我老巴望着能跟你谈谈,怎么不到我们连队来?"

我也是想见他,便约他一起稍坐坐。梁振江回头对别的战士打个招呼,引我走出十来步远,指着一块石头让我坐,开口先说:"我看见你的文章了,你把我写得太好了。"

我说:"本来好嘛。"

梁振江一摆头说:"不是那么回事。我有一段见不得人的历史,在家里杀过人,一直对党隐瞒着。不是经过这几个月的学习,现在思想还不通。"

我不免一惊。梁振江飞快地瞟我一眼,又垂下眼皮说:"我们家乡一带,土匪多,大半是吸白面的。我父亲活着的时候,挣了十几亩地,日子过得还富余。不想一年当中,三月腊月,挨了两次抢,抢得精光。我那年十八岁,性子暴,不服气,明察暗访,知道土匪跟邻村一个大财主勾着,抢了,也没人敢讲。我告到官府去,官府又跟财主勾着,睁着一个眼闭着一个眼,看见也装看不见。我气极了,几夜不能合眼,恨不能放把火,把这个世界烧个精光。后来一想：你会动枪，我就不会动武的？心一横，卖了两亩地，买了支三八盒子枪，联络上村里一帮青年，专打吸白面的黑枪。有一回，邻村那财主骑着马进城去，也没跟人。我们藏在高粱地里，一打枪，马惊了，财主掉下来，叫我们绑住，系到一眼枯井里，由我下去看着。那家伙认识我，倒骂我是土匪，还威胁我说，要不放他，有朝一日非要了我的命不可。我又急又恨，一时遏不住火，把他打死，连夜逃到煤矿去。这件事我瞒得严密，从来没人晓得，心里可结个疙瘩，特别是在石家庄战役以后，党那么器重我，我对党却不忠诚，更是苦恼得很，终于我都告诉党了。"

我听了笑道："逼上梁山，这正是中国人民光明磊落的历史，有什么见不得人的？"

梁振江也一笑，又说："我的思想更不对头。你记得头一次见面，我对你的态度么？我疑心你是来套我的。我就是多疑，刚解放过来，心里又有病，处处不相信革命。问我参军还是回家，我家里撇下母亲妻子，好几年没有音信，不是不想回去，可是当地有人命案子，回去不行。再说，自个儿是炮灰里清出来的，不参军，肯依我么？干脆抢个先，报了名吧。我又疑心打仗时候，会拿我挡炮眼。临到打保（定）北，一看老兵都在前边，班长倒叫我挖个坑，好好隐蔽。后来一乱，我和本连失掉联络，随着另一个连冲锋，只见连长擎着枪，跑在最前头，这下子鼓起我的决心，猛往上冲，结果立了战功。在革命队伍里受的教育越久，认识越高，赶解放石家庄，就更清楚革命力量有多强大了。"

我笑着说："恐怕还不完全清楚吧？将来我们还要解放北京，解放全国……前途远得很呢。"

梁振江说："你想的倒真远。"

我问道："人都该有理想，你没有么？"

梁振江笑笑说："我也有，想的更玄。我父亲是做木匠活的，

1961年中国作家代表团访问日本东京　（前排左一为杨朔）

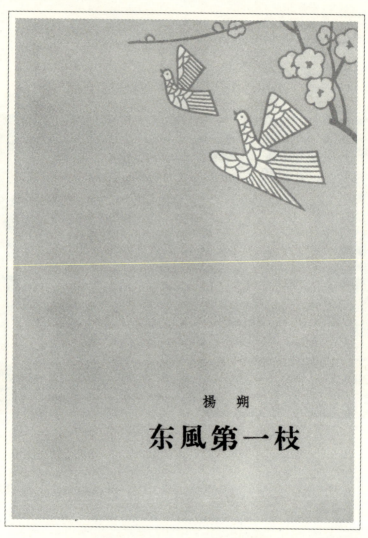

楊　朔

东風第一枝

1961年12月作家出版社版《东风第一枝》封面

喜欢拿树根刻玩意儿,一刻就是神仙驾着云头,缥缥缈缈的。我问他怎么专刻神仙,他说人要能成仙,上了天,什么都不愁,再快活没有了。有时我也会望着云彩痴想:几时能上天就好了。"

我笑道:"人不能上天,可能把想象的天上的生活移到地面上,甚至于更圆满。你懂得我的意思么?"

梁振江说:"懂得。"

前面一片柿子树林里吹起开饭号,一个战士喊:"梁班长!吃饭。"又用筷子敲着搪瓷碗,像唱歌似的念:"吃得饱,睡得足,明天一早好开路。"

我便握着梁振江的手笑道:"去吃饭吧。吃了饭,好好休息,明天再向我们的理想进军。"

进军的速度是惊人的。从我们这回分手后,部队沿着长城线,出出进进,走过无数路,打过许多漂亮仗。一九四八年冬天,在新保安又打了个出色的歼灭战,歼灭敌人一个军部和两个师。我本来知道梁振江那个部队也参加这次战斗,想随他们一起行动,不想临时有别的任务,不得不到别的部队去。这以后,革命部队真是一泻千里,到一九四九年初,便进入北京。北京这个富丽堂皇的古都,谁不想瞻仰瞻仰,于是各部队的干部轮流参观。有一天,在游故宫三殿时,我遇见梁振江那个部队的一位政治工作人员,彼此在胜利中会面,自然格外兴奋,握着手谈起来:谈到一些旧事,也谈到一些熟人。

我问起梁振江,那位同志睁大眼说:"你还不知道么?他已经在新保安牺牲了!"

我的心好像一下子叫人挖掉,空落落的,说不出是什么滋味。对于同志的死,我经历的不止一次,可是在这样万人欢腾的日子里,忽然听见一位同志在胜利的前夕倒下去了,我不能不难过。我极想知道他死前的情形,更想知道他死的经过,无奈一时探听不出,只听说他临牺牲前,躺在指导员怀里,眼望着天说:

"可惜我看不见胜利了！"

我们却能在胜利中，处处看见他。现在是一九五七年"八一"前夕，到处都在庆祝解放军建军三十周年。我写完这篇文章，已经是深夜，窗外的夹竹桃花得到风露，透出一股淡淡的清香。隔着纱窗往外一望，高空是满天星斗。我不觉想起梁振江那种缥缥缈缈的理想。今天在地面上，我们不是已经开始建立起比天上还美妙的生活？这种生活里处处都闪着梁振江的影子，也闪着千千万万人的影子。我们叫不上那千千万万人的名字，他们（包括梁振江）却有一个永世不灭的共同的名字——这就是"人民"。

一九五七年

黄河之水天上来

　　唐朝诗人李白曾经写过这样的诗句:"黄河之水天上来,奔流到海不复回。"意思是说事物一旦消逝,历史就不会再重复。但还是让我们稍稍回忆一下历史吧。千万年来,黄河波浪滔滔,孕育着中国的文化,灌溉着中国的历史,好像是母亲的奶汁。可是黄河并不驯服,从古到今,动不动便溢出河道,泛滥得一片汪洋。我们的祖先在历史的黎明期便幻想出一个神话式的人物,叫大禹。说是当年洪水泛滥,大禹本着忘我的精神,三过家门而不入,终于治好水患。河南和山西交界处有座三门峡,在这个极险的山峡中间,河水从三条峡口奔腾而出,真像千军万马似的,吼出一片杀声。传说这座三门峡就是大禹用鬼斧神工开凿的。

　　其实大禹并没能治好黄河,而像大禹那种神话式的人物却真正出现在今天的中国历史上了。不妨到三门峡去看看,在那本来荒荒凉凉的黄河两岸,甚而在那有名的"中流砥柱"的岩石上面,你处处可以看见工人、技术员、工程师,正在十分紧张地建设着三门峡水利枢纽工程。这是个伟大的征服黄河的计划,从一九五七年四月间便正式动工,将来水库修成,不但黄河下游可以避免洪水的灾害,还能大量发电,灌溉几千万亩庄稼,并且使黄河下游变成一条现代化的航运河流。工程是极其艰巨的,然而我们有人民。人民的力量集合一起,就能发挥出比大禹还强百倍的神力,最终征服黄河。

　　我们不是已经胜利地征服了长江么? 长江是中国最大最长

的一条河流,横贯在中国的腹部,把中国切断成南北两半,素来号称不可逾越的"天堑"。好几年前,有一回我到武汉,赶上秋雨新晴,天上出现一道彩虹。我陪着一位外国诗人爬到长江南岸的黄鹤楼旧址上,望着濛濛的长江,那位诗人忽然笑着说:"如果天上的彩虹落到江面上,我们就可以踏着彩虹过江去了。"

今天,我多么盼望着那位外国诗人能到长江看看啊。彩虹果然落到江面上来了。这就是新近刚刚架起来的长江大桥。这座桥有一千六百多公尺长,上下两层:上层是公路桥面,可以容纳六辆汽车并排通过;下层是铺设双轨的复线铁道,铁道两侧还有人行道。从大桥的艰巨性和复杂性而论,在全世界也是数得上的。有了这座桥,从此大江南北,一线贯穿,再也不存在所谓长江天堑了。你如果登上离江面三十五公尺多高的公路桥面,纵目一望,滚滚长江,尽在眼底。

我国的江河,大小千百条,却有一个规律,都往东流,最终流入大海里去——这叫做"万水朝宗"。我望着长江,想到黄河,一时间眼底涌现出更多的河流,翻腾澎湃,正像万河朝宗似的齐奔着一个方向流去——那就是我们正在建设的像大海一样深广的社会主义事业。

在祖国西北部的戈壁滩上,就有无数条石油的河流。这些河流不在地面,却在地下。只要你把耳朵贴到油管子上,就能听到石油掀起的波浪声。采油工人走进荒无人烟的祁连山深处,只有黄羊野马做伴,整年累月钻井采油。他们曾经笑着对我说:"我们要把戈壁滩打透,祁连山打通,让石油像河一样流。"石油果然就像河一样,从遥远的西北流向全国。

我也曾多次看见过钢铁的洪流。在那一刻,当炼钢炉打开,钢水喷出来时,我觉得自己的心都燃烧起来。这简直不是钢,而是火。那股火的洪流闪亮闪亮,映得每个炼钢手浑身上下红彤彤的。这时有个青年炼钢手立在我的身边,眼睛注视着火红的钢水,嘴里不知咕哝什么。我笑着问道:"同志,你唧咕什么?"那青年叫我问得不好意思起来,笑着扭过脸去。对面一个老工人说:"嘻,快别问啦,人家是对自己心爱的人说情话,怎么叫你偷听了去?"接着又说:"这孩子,简直着迷啦,说梦话也是钢呀钢的,只想缩短炼钢的时间。"我懂得这些炼钢手的心情。他们爱钢,更爱我们的事业。他们知道每炉钢水炼出来,会变成什么。

会变成钢锭,会变成电镐,会变成各式各样的机器。……还会变成汽车。

看吧,那不是长春汽车制造厂新出的解放牌卡车?汽车正织成另一条河流,满载着五光十色的内地物资,滔滔不绝地跑在近年来刚修成的康藏公路上。凉秋九月,康藏高原上西风飒飒,寒意十足。司机们开着车子,望着秋草中间雪白的羊群,望着羊群中间飘动着彩色长袍的藏族姑娘,不禁要想起汽车头一回开到高原的情形。以往几千年,这一带山岭阻塞,十分荒寒。人民解放军冒着千辛万苦,开山辟路,最后修成这条号称"金桥"的公路。汽车来了。当地的藏族居民几时见过这种轰隆轰隆叫着的怪物?汽车半路停下,他们先是远远望着,慢慢围到跟前,前后左右摸起来。一个老牧人端量着汽车头,装作满内行的样子说:"哎!哎!这物件,一天得吃多少草啊。"可是今天,他们对汽车早看熟了。就连羊群也司空见惯,听凭汽车呜呜叫着从旁边驶过去,照样埋着头吃草。

年轻人总是想望幸福的。一瞭见草原上飘舞着的藏族牧女的彩衣,汽车司机小李的心头难免要飘起另一件花衫子。天高气爽,在他的家乡北京,正该是秋收的季节。小李恍惚看见在一片黄茏茏的谷子地里,自己心爱的姑娘正杂在集体农民当间,飞快地割着谷子。割累了,那姑娘直起腰,掏出手绢擦着脸上的汗,笑嘻嘻地望着远方。……其实小李完全想错了。再过两天就是国庆节,他心爱的姑娘正跟几个女伴坐在院里,剪纸着色,别出心裁地扎着奇巧的花朵,准备进城去参加游行。

　　在国庆节那天,她擎着花朵到北京来了,许许多多人也都来了。从长江来的,从黄河来的,从全国各个角落来的,应有尽有。这数不尽的人群汇合成一条急流,真像黄河之水天上来,浩浩荡荡涌向天安门去。我觉得,每个人都可以跟传说中的神话人物大禹媲美。

一九五七年

杨朔散文

《铁流》的故事

　　直到如今,我的旧"家当"里还藏着个皮背包,底差不多快要磨透,用是不能再用了,可总舍不得丢。细算一算,这个背包跟我足有十六年了。想当年在那风雨茫茫的战争年月里,我曾经用它装过介绍信、粮票、菜金、笔记本……还装过一本苏联小说《铁流》。提起《铁流》,当中还有些周折。远在二十多年前,当时日寇还侵占着我们东北的国土,我在哈尔滨度过一段黑暗的日子。最难忘的是失去自由后头一个严酷的冬天。我的住处紧临着一条比较热闹的大街,一到黑夜,时间却像倒退到几万万年前的洪荒时代,四下里一点动静都听不见,只听见风卷着大雪,呜呜地哭嚎着,一阵又一阵扑到楼窗上。时常睡到半夜,忽然惊醒,耳边上轰隆轰隆响着敌人过路的坦克。我睁大眼,瞪着漫漫无边的黑夜,觉得坦克好像从我胸口碾过去,把我的心都碾碎了。

　　就在这样艰难的日子里,我无意中从一家外国书店得到一册英译本的《铁流》。早就渴望着读读这本小说了,一旦到手,自然喜欢,便像一只蠹鱼似的,一头钻进书里去。又不敢大张旗鼓地读,只能在夜晚,反锁上门,拥着被看,常常直看到深更半夜,还舍不得放下。从小说里,我看见苏联人民在人类历史上那场翻天覆地的革命中,曾经走过多么艰苦的道路,阅历过多么激烈的战斗。他们离我那么远,却又那么近。我仿佛感觉得到他们的呼吸,摸得到他们跳动的心脏。要想象出苏联该是个什么样

129

子,在我当时是不容易的。可是一想到这个国家在地球上的存在,想到苏联人替人类所开辟出来的道路,我的眼前便闪着亮光。夜黑得像墨,窗外正飘着大雪。一时间,我却觉得不再有风雪,不再是冬天,好像窗外满地正照耀着暖洋洋的太阳光,漫天正飞着软绵绵的柳絮——春天透进我的精神里了。

我在旧背包里曾经装过的《铁流》,并不是那册英译本,而是抗日战争期间,在河北敌后游击根据地一个干部家里得来的。书搓弄得像是烙糊的千层饼,边边角角都卷着。可是,久别的老朋友啊,有你在战争的年月里贴在身边,就是个鼓舞。我爱惜这本书,每每在游击战争的空隙里,夜晚挑亮小菜油灯,歪在农家的土炕上随意读几段。不想一天出了乱子。

当时跟我一起工作的有个饲养员,姓刘,叫老三。老三是四十以上的人了,生得矮矮的,脸上有几颗浅麻子。人极其忠实,又能吃苦耐劳,可就有一宗,最怕学习。闲常喂完牲口,总爱蹲在墙根晒太阳。嘴里咬着小旱烟袋,跟农民家长里短地谈些庄稼话。再就是爱跟马大声小气地说话。有一次,我听见他吆吆喝喝的,不知生了多大的气。去一看,原来他正替马梳啊,刮呀,还替马顺着脖子打了一溜光滑的小辫子,实在耐烦。

不记得确定的时间了,反正有那么一个白天,我有点空,从背包里抽出《铁流》,打算看几页,忽然听见老三在院里喊,跑出去一看:马卧在栏里,起不来了。得的是"瞥眼"症,最急,救的稍微一慢,会糟蹋牲口的。幸亏老三是内行,会治。我把《铁流》搁到牲口槽边上,急忙去借剪刀一类家伙。老三剪了马耳朵梢,又刺马的前胸,给马放血。血是黑的,流得到处都是。老三一转身抓到一团烂纸,替马擦着前胸,又擦自己的手。忙乱一阵,马算是不要紧了。我回头去拿书,却见书上沾着好大一片血,生生撕掉十来多页。

我急得说:"老三,你怎么把书撕啦?"

老三漫不经意说:"等纸用嘛!撕几页有什么关系?"

我说:"怎么没关系?你撕了,我看什么?"

老三见我生了气,咧开嘴笑着,搭讪着躲到一边去,悄悄对房东老大娘唧咕说:"一本破书,值个什么?饿了不能当饭吃,烧水还烧不开半壶水!牲口没出漏子,比什么都好。"

我也不耐烦再理他,弯着腰拾起那一团一团擦马血的书页,几乎都烂了,只剩三五页还能勉强认出字来。这晚间,我从房东找到点糨糊,动手把那三五页再贴到书上去。老三盘着腿坐在炕头上,闭着一只眼引上针,借着灯亮缝马褡子。忽然嗤地一声笑着问:"你那到底是本什么书?走到哪里背到哪里,也不嫌沉。"

我说:"哈,别看它破,又不能当饭吃,可敌得住十万支枪,能打击敌人。"

老三眨巴着眼睛问:"是真的么?你念一段咱听听好不好?"

我担心照着字句念,他未必能接受,便翻着书,简单扼要地从头讲起《铁流》的故事。起初,老三一面缝马褡子,一面听,听到后来,不觉抬起头,停下针线,聚精会神地望着我,完全叫故事迷住了。我有心逗他,讲着讲着,不讲了。老三急得催我,我说:"还讲什么?这有好几页都叫你撕啦。"

老三一听,懊悔地咕哝着:"真倒霉!前面不撕,后面不撕,偏在热闹的节骨眼上,撕啦!"

不要紧,撕了我也记得。打这天起,我算叫老三粘上了。本来老三最怕上文化、政治课,一上课头就晕忽忽的,不知怎的却对《铁流》那么着迷。无论白天黑夜,见我一空,准在我身边磨磨蹭蹭的,一会就揉搓着耳朵笑啦:"再来一小段好不好?"

我就陆陆续续接着讲。不料这时,河北平原上的军民对日寇展开一次反"扫荡"。部队的行动更飘忽,战斗更频繁。凡是多余的东西,都要"坚壁"起来,免得累赘。我收拾起一些笔记日记,连同那本《铁流》，还有点衣服，托一家可靠的老乡就地埋起来。不久，反"扫荡"胜利结束，部队重新转到先前那个村，一问老乡，谁知我埋的东西叫日伪军掘个精光。别的倒不要紧，唯独那本《铁流》，老三一听说丢了，你瞧他那个抱怨我吧，怪我为什么不把书交给他保管。要是交给他，他说命丢了，也有法儿叫书不丢。

我说："别的都可惜，《铁流》丢了，倒好。"老三紧眨巴着眼望着我，我便破解说："你不懂么？这本书如果落到伪军手里，比宣传弹都厉害，岂不正好？"

老三听了，噢噢地点着头笑，可总掩不住那种失望的神情。我摸得准他的心事。便根据自己记得的，终于把《铁流》的故事给他讲完。我也曾问过老三，为什么那样爱听。老三揉搓着耳朵，嘴里咝咝地笑着说："谁知道呢。反正一听，就觉得特别够味，好像喝了四两白干，浑身上下都是力气，你叫我跳到火里去打鬼子，我也敢去。"

这就是《铁流》给我们战士的力量。

说到老三，这个勤劳朴素的饲养员，早在抗日战争末期便复员回家了。我只记得他是河北顺德人，家里还有个老哥哥。到底是顺德什么地方人，可惜记不清了。分别以后，十多年来，常想打听到他的消息。可是人海茫茫，又从哪儿打听得到呢。算起来，他现在也该是六十岁左右的人了。如果我能知道你在哪个农业合作社里当老饲养员或是干别的什么营生，我一定买一本新出的《铁流》，亲自去送给你。

一九五七年

蓬莱仙境

夜来落过一场小雨，一早晨，我带着凉爽的清气，坐车往一别二十多年的故乡蓬莱去。

许多人往往把蓬莱称做仙境。本来难怪，古书上记载的所谓海上三神山不就是蓬莱、方丈、瀛洲？民间流传极广的八仙过海的神话，据白胡子老人家说，也出在这一带。二十多年来，我有时怀念起故乡，却不是为的什么仙乡，而是为的那儿深埋着我童年的幻梦。这种怀念有时会带点苦味儿。记得那还是朝鲜战争的年月，一个深秋的傍晚，敌机空袭刚过去，我到野地去透透气。四野漫着野菊花的药香味，还有带水气的蓼花味儿。河堤旁边，有两个面黄肌瘦的朝鲜放牛小孩把洋芋埋在沙里，下面掏个洞，正用干树枝烧着吃。看见这种情景，我不觉想起自己的童年。我想起儿时家乡的雪夜，五更天，街头上远远传来的那种怪孤独的更梆子声；也想起深秋破晓，西北风呜呜扑着纸窗，城头上吹起的那种惨烈的军号声音。最难忘记的是我一位叫婀娜的表姐，年岁比我大得多，自小无父无母，常到我家来玩，领着我跳绳、扑蝴蝶，有时也到海沿上去捡贝壳。沙滩上有些小眼，婀娜姐姐会捏一根草棍插进去，顺着草棍扒沙子。扒着扒着，一只小螃蟹露出来，两眼机灵灵地直竖着，跟火柴棍一样，忽然飞也似的横跑起来，惹得我们笑着追赶。后来不知怎的，婀娜姐姐不到我们家来了。我常盼着她，终于有一天盼来，她却羞答答地坐在炕沿上，看见我，只是冷淡淡地一笑。

我心里很纳闷,背后悄悄问母亲道:"婀娜姐姐怎么不跟我玩啦?"

母亲说:"你婀娜姐姐定了亲事,过不几个月就该出阁啦,得学点规矩,还能老疯疯癫癫的,跟你们一起闹。"

婀娜姐姐出嫁时,我正上学,没能去。听说她嫁的丈夫是个商店的学徒,相貌性情都不错,就是婆婆厉害,常给她气受。又过几年,有一回我到外祖母家去,看见炕上坐着个青年妇女,穿着一身白,衣服边是毛的,显然正带着热孝。她脸色焦黄,眼睛哭的又红又肿,怀里紧紧搂着一个吃奶的男孩子。我几乎认不出这就是先前爱笑爱闹的婀娜姐姐。外祖母眼圈红红的,告诉我说婀娜姐姐的丈夫给商店记账,整年整月伏在桌子上,累的吐血,不能做事,被老板辞掉。他的病原不轻,这一急,就死了。婀娜姐姐把脸埋在孩子的头发里。呜呜咽咽只是哭。外祖母擦着老泪说:"都是命啊!往后可怎么过呢!"

再往后,我离开家乡,一连多少年烽火遍地,又接不到家乡的音信,不知道婀娜姐姐的命运究竟怎样了。

这许多带点苦味的旧事,不知怎的,一看见那两个受着战争折磨的朝鲜小孩,忽然一齐涌到我的脑子里来。我想:故乡早已解放,婀娜姐姐的孩子也早已长大成人,她的生活该过得挺不错吧?可是在朝鲜,在世界别的角落,还有多少人生活在眼泪里啊!赶几时,我们才能消灭战争,我可以回到祖国,回到故乡,怀着完全舒畅的心情,重新看看家乡那像朝鲜一样亲切可爱的山水人物呢?一时间,我是那样的想念家乡,想念得心都有点发痛。

而在一九五九年六月,石榴花开时,我终于回到久别的故乡。车子沿着海山飞奔,一路上,我闻见一股极熟悉的海腥气,听见路两边飞进车来的那种极亲切的乡音,我的心激荡得好像要融化似的,又软又热。路两旁的山海田野,处处都觉得十分熟悉,却又不熟悉。瞧那一片海滩,滩上堆起一道沙城,仿佛是我小时候常去洗澡的地场。可又不像。原先那沙城应该是一道荒岗子,现在上面分明盖满绿葱葱的树木。再瞧那一个去处,仿佛是清朝时候的"校场",我小时候常去踢足球玩。可又不像。原先的"校场"根本不见,那儿分明立着一座规模满大的炼铁厂。车子东拐西拐,拐进一座陌生的城市,里面有开阔平坦的街道,亮堂堂的店铺,人烟十分热闹。我正猜疑这是什么地方,同行的旅伴说:"到了。"

想不到这就是我的故乡。在我的记忆当中,蓬莱是个古老的小城,街道狭窄,市面冷落,现时竟这样繁华,我怎能认识它呢?它也根本不认识我。我走在街上,人来人往,没有一个人认识我是谁。本来嘛,一去二十多年,当年的旧人老了,死了,年轻的一代长起来,哪里会认识我?家里也没什么人了,只剩一个出嫁的老姐姐,应该去看看她。一路走去,人们都用陌生的眼神望着我。我的心情有点发怯:只怕老姐姐不在,又不知道她的命运究竟怎样。

老姐姐竟不在。一个十六七岁的姑娘迎出屋来,紧端量我,又盘问我是谁,最后才噢噢两声说:"原来是二舅啊。俺妈到街上买菜去啦,我去找她。"

等了好一阵,一个五十岁左右的妇女走进屋来,轻轻放下篮子,挺温柔地盯着我说:"你是二兄弟么?我才在街上看见你啦。我看了半天,心想:'这可是个外来人',就走过去了——想不到是你。"

刚才我也没能认出她来。她的眼窝塌下去,头发有点花白,一点不像年轻时候的模样。性情却没变,还是那么厚道,说话慢言慢语的。她告诉我自己有三个闺女,两个大的在人民公社里参加农业劳动,刚拔完麦子,正忙着在地里种豆子,栽花生;刚才那个是最小的,在民办中学念书,暑假空闲,就在家里给烟台手工艺合作社绣花。我们谈着些家常话,到末尾,老姐姐知道我住在县委机关里,便叫我第二天到她家吃晚饭。我怕她粮食不富裕,不想来。她说:"来嘛! 怕什么?"便指一指大笸箩里晾的麦子笑着说:"你看,这都是新分的,还不够你吃的? 去年的收成,就不错,今年小麦的收成比往年更强,你还能吃穷我?"

我只得答应。原以为是一顿家常便饭,不想第二天一去,这位老姐姐竟拿我当什么贵客,摆出家乡最讲究的四个盘儿:一盘子红烧加级鱼,一盘子炒鸡蛋,一盘子炒土豆丝,一盘子凉拌粉皮。最后吃面,卤子里还有新晒的大虾干。

我不禁说:"你们的生活不错啊。"

老姐姐漫不经心一笑说:"是不错嘛,你要什么有什么。"

我们一面吃着饭菜,喝着梨酒,一面谈着这些年别后的情况,也谈着旧日的亲戚朋友,谁死了,谁还活着。我忽然想起婀娜姐姐,就问道:"可是啊,咱们那个表姐还好吧?"

老姐姐问道:"哪个表姐?"

我说:"婀娜姐姐呀。年轻轻的就守寡,拉着个孩子,孩子早该长大成人啦。"

老姐姐说:"你问的是她呀。你没见她那孩子,后来长的可壮啦,几棒子也打不倒。那孩子也真孝顺,长到十几岁就去当学徒的,挣钱养活他妈妈。都说:'这回婀娜姐姐可熬出来了!'——不曾想她孩子又死了。"

我睁大眼问:"怎么又死了?"

老姐姐轻轻叹口气说:"嘻! 还用问,反正不会是好死。听说是打日本那时候,汉奸队抓兵,追的那孩子没处跑,叫汉奸队开枪打死,尸首扔到大海里去了。"

我急着问道:"后来婀娜姐姐怎么样啦?"

老姐姐说:"她呀,孩子一死,丢下她一个人,孤苦伶仃,无依无靠,就像痴子似的,一个人坐在大海边上,哭了一天一夜,哭到最后说:'儿啊,你慢走一步,等着你娘!'就拿袄襟一蒙脸,一头碰到大海里了。"

我听了,心里好惨,半天说不出话。

老姐姐又轻轻叹口气说:"嘻!她从小命苦,一辈子受折磨,死的实在可怜。"

这时候,我那最小的外甥女瞟我一眼说:"妈!你怎么老认命?我才不信呢。要是婀娜表姨能活到今天,你看她会不会落得这样惨?"

说得对,好姑娘。命运并非有什么神灵在冥冥中主宰着,注定难移。命运是可以战胜的。命运要不是捏在各色各样吃人妖精的手心里,拿着人民当泥团搓弄,而是掌握在人民自己的手里,人民便能够创造新的生活,新的历史,新的命运。且看看故乡人民是怎样在催动着千军万马,创造自己金光闪闪的事业吧。

他们能在一片荒沙的海滩上到处开辟出碧绿无边的大果园,种着千万棵葡萄和苹果。葡萄当中有玫瑰香,苹果里边有青香蕉、红香蕉,都是极珍贵的品种。杂果也不少:紫樱桃、水蜜桃、大白海棠等,色色俱全。海上风硬,冬天北风一吹,果树苗会冻死半截,到春天又发芽,再一经冬,又会死半截。人民便绕着果园外边的界线造起防风林,栽上最耐寒的片松、黑松和马尾松,以及生长最泼的刺槐和紫穗槐,差不多一直把树栽到海里去。于是公社的社员便叫先前的荒滩是金沙滩,每棵果木树都叫摇钱树。……

他们还能把先前荒山秃岭的穷山沟,变成林木苍翠的花果山。蓬莱城西南莱山脚下的七甲公社便是这样的奇迹之一。原先农民都嫌这里没出息:要山山不好,要地地不好,要道道不好——有什么指望?水又缺,种庄稼也会瘦死。莱山下有个村庄叫郭家村,多年流传着四句歌谣:

有姑娘不给郭家村

抬水抬到莱山根

去时穿着绣花鞋

回来露着脚后跟

可见吃水有多难。不过这都是旧事了。目前你要去看看，漫坡漫岭都是柿子、核桃、山楂、杜梨一类山果木。风一摇，绿云一样的树叶翻起来，叶底下露出娇黄新鲜的大水杏，正在大熟。顺着山势，高高低低修了好多座小水库，储存山水，留着浇地，你一定得去看看郭家村，浇地的水渠正穿过那个村庄，家家门前都是流水。一个五十多岁的老大娘盘着腿坐在蒲垫子上，就着门前流水洗衣裳，身旁边跑着个小孙女，拿着一棵青蒿子捕蜻蜓。说不定为吃水，这位老大娘当年曾经磨破过自己出嫁的绣花鞋。我拿着一朵红石榴花要给那小女孩。老大娘望着小孙女笑着说："花！花！"自己却伸手接过去，歪着头斜插到后鬓上，还对水影照了照。也许她又照见自己当年那俊俏的面影了吧。

顶振奋人心的要算去年动工修筑的王屋水库，蓄水量比十三陵水库还要大，却由一个县的力量单独负担着。山地历来缺雨，十年九旱，有一年旱的河床子赤身露体，河两岸的青草都干了。人民便选好离县城西南七十多里一个叫王屋的地方，开凿山岚，拦住来自栖霞县境蚕山的黄水河，造成一片茫茫荡荡的大湖。我去参观时，千千万万农民正在挖溢洪道。水库李政委是个热情能干的军人，领我立在高坡上，左手叉腰，右手指点着远山近水，告诉我将来哪儿修发电站，哪儿开稻田；哪儿栽菱角荷花，哪儿喂鸡子养鱼。说到热烈处，他的话好像流水，滔滔不绝。结尾说："再住几年你回家来，就可以吃到湖边上栽的苹果，湖里养的鱼和水鸭子蛋，还可以在水库发电站发出的电灯光下写写你的故乡呢——不过顶好是在那湖心的小岛子上写，那时候准

蓬莱阁（全景.二十世纪七十年代）

蓬莱阁（局部·二十世纪七十年代）

有疗养所。"

　　说着,李政委便指着远处一块翠绿色的高地给我看。原是个村儿,于今围在湖水当中。我问起村名,李政委又像喷泉一样说:"叫常伦庄,为的是纪念抗日战争时期一个英雄。那英雄叫任常伦,就出在那个村儿。任常伦对党对人民,真是赤胆忠心,毫无保留。后来在一九四三年,日本鬼子'扫荡'胶东抗日根据地,任常伦抱着挺机枪,事先埋伏在栖霞一个山头上堵住敌人,打死许多鬼子,末尾跟鬼子拼了刺刀,自己也牺牲了。人民怀念他的忠烈,还在当地替他铸了座铜像呢。"

　　我听着这些话,远远望着那山围水绕的常伦庄,心里说不出的激荡。这个人,以及前前后后许多像他同样的人,为着掀掉压在人民头上的险恶大山,实现一个远大的理想,曾经付出多么高贵的代价,战斗到死。他们死了,他们的理想却活着。请看,任常伦家乡的人民不是正抱着跟他同样的信念,大胆创造着自己理想的生活?

　　而今天,在这个温暖的黄昏里,我和老姐姐经过二十多年的乱离阔别,又能欢欢喜喜聚在一起,难道是容易的么?婀娜姐姐死而有知,也会羡慕老姐姐的生活命运的。

　　那小外甥女吃完饭,借着天黑前的一点暗亮,又去埋着头绣花。我一时觉得,故乡的人民在不同的劳动建设中,仿佛正在抽针引线,共同绣着一幅五色彩画。不对。其实是全中国人民正用祖国的大地当素绢,精心密意,共同绣着一幅伟大的杰作。绣的内容不是别的,正是人民千百年梦想着的"蓬莱仙境"。

一九五九年

海　市

　　我的故乡蓬莱是个偎山抱海的古城,城不大,风景却别致。特别是城北丹崖山峭壁上那座凌空欲飞的蓬莱阁,更有气势。你倚在阁上,一望那海天茫茫、空明澄碧的景色,真可以把你的五脏六腑都洗得干干净净。这还不足为奇,最奇的是海上偶然间出现的幻景,叫海市。小时候,我也曾见过一回。记得是春季,雾濛天,我正在蓬莱阁后拾一种被潮水冲得溜光滚圆的玑珠,听见有人喊:"出海市了"。只见海天相连处,原先的岛屿一时不知都藏到哪儿去了,海上劈面立起一片从来没见过的山峦,黑苍苍的,像水墨画一样。满山都是古松古柏;松柏稀疏的地方,隐隐露出一带渔村。山峦时时变化着,一会山头上幻出一座宝塔,一会山洼里又现出一座城市,市上游动着许多黑点,影影绰绰的,极像是来来往往的人马车辆。又过一会儿,山峦城市慢慢消下去,越来越淡,转眼间,天青海碧,什么都不见了,原先的岛屿又在海上重现出来。

　　这种奇景,古时候的文人墨客看到了,往往忍不住要高声咏叹。且看蓬莱阁上那许多前人刻石的诗词,多半都是题的海市蜃楼,认为那就是古神话里流传的海上仙山。最著名的莫过于苏东坡的海市诗,开首几句写着:"东方云海空复空,群仙出没空明中,摇荡浮世生万象,岂有贝阙藏珠宫⋯⋯"可见海市是怎样的迷人了。

　　只可惜这种幻景轻易看不见。我在故乡长到十几岁,也只见过那么一回。故乡一别,雨雪风霜,转眼就是二十多年。今年夏天重新踏上那块滚烫烫的热土,爬到蓬莱阁上,真盼望海上能再出现那种缥缥缈缈的奇景。偏我来的不是时候。一般得春景天,雨后,刮东风,才有海市。于今正当盛夏,岂不是空想。可是啊,海市不出来,难道我们不能到海市经常出现的地方去寻寻看么?也许能寻得见呢。

于是我便坐上船,一直往海天深处开去。好一片镜儿海。海水碧蓝碧蓝的,蓝得人心醉,我真想变成条鱼,钻进波浪里去。鱼也确实惬意。瞧那海面上露出一条大鱼的脊梁,像座小山,那鱼该有十几丈长吧?我正看得出神,眼前刺溜一声,水里飞出另一条鱼,展开翅膀,贴着水皮飞出去老远,又落下去。

我又惊又喜问道:"鱼还会飞么?"

船上掌舵的说:"燕儿鱼呢,你看像不像燕子?烟雾天,有时会飞到船上来。"那人长的高大健壮,一看就知道是个航海的老手,什么风浪都经历过。他问我道:"是到海上去看捕鱼的么?"

我说:"不是,是去寻海市。"

那舵手瞭我一眼说:"海市还能寻得见么?"

我笑着说:"寻得见——你瞧,前面那不就是?"就朝远处一指,那儿透过淡淡的云雾,隐隐约约现出一带岛屿。

那舵手稳稳重重一笑说:"可真是海市,你该上去逛逛才是呢。"

赶到船一靠近岛屿,我便跨上岸,走进海市里去。

果然不愧是"海上仙山"。这一带岛屿烟笼雾绕,一个衔着一个,简直是条锁链子,横在渤海湾里。渤海湾素来号称北京的门户,有这条长链子挂在门上,门就锁的又紧又牢。别以为海岛总是冷落荒凉的,这儿山上山下,高坡低洼,满眼葱绿苍翠,遍是柞树、槐树、杨树、松树,还有无数冬青、葡萄以及桃、杏、梨、苹果等多种果木花树。树叶透缝的地方,时常露出一带渔村,青堂瓦舍,就和我小时候在海市里望见的一模一样。先前海市里的景物只能远望,不能接近,现在你却可以走进渔民家去,跟渔民谈谈心。岛子上四通八达,到处是浓荫夹道的大路。顺着路慢慢走,你可以望见海一般碧绿的庄稼地里闪动着鲜艳的衣角。那是喜欢穿红挂绿的渔家妇女正在锄草。有一个青年妇女却不动手,鬓角上插着枝野花,立在槐树凉影里,倚着锄,在做什么呢?哦!原来是在听公社扩音器里播出的全国麦收的消息。

说起野花,也是海岛上的特色。春天有野迎春;夏天太阳一西斜,漫山漫坡是一片黄花,散发着一股清爽的香味。黄花丛里,有时会挺起一枝火焰般的野百合花。凉风一起,蟋蟀叫了,你就该闻见野菊花那股极浓极浓的药香。到冬天,草黄了,花也完了,天上却散下花来,于是满山就铺上一层耀眼的雪花。

立冬小雪,正是渔民拉干贝的季节。渔船都扬起白帆,往来拉网,仿佛是成群结队翩翩飞舞的白蝴蝶。干贝、鲍鱼、海参一类东西,本来是极珍贵的海味。你到渔业生产队去,人家留你吃饭,除了鲐鱼子、燕儿鱼丸子而外,如果端出雪白鲜嫩的新干贝,或者是刚出海的鲍鱼,你一点不用大惊小怪,以为是大摆筵席,其实平常。

捕捞这些海产却是很费力气的。哪儿有悬崖陡壁,海水又深,哪儿才盛产干贝鲍鱼等。我去参观过一次"碰"鲍鱼的。干这行的渔民都是中年人,水性好,经验多,每人带一把小铲,一个葫芦,葫芦下面系着一张小网。趁落潮的时候,水比较浅,渔民戴好水镜,先在水里四处游着,透过水镜望着海底。一发现鲍鱼,便丢下葫芦钻进水底下去。鲍鱼也是个怪玩意儿,只有半面壳,附在礁石上,要是你一铲子铲不下来,砸烂它的壳,再也休想拿得下来。渔民拿到鲍鱼,便浮上水面,把鲍鱼丢进网里,扶着葫芦喘几口气,又钻下去。他们都像年轻小伙子一样嬉笑欢闹,往我们艇子上扔壳里闪着珍珠色的鲍鱼,扔一尺左右长的活海参,扔贝壳像蒲扇一样的干贝,还扔一种叫"刺锅"的怪东西,学名叫海胆,圆圆的,周身满是挺长的黑刺,跟刺猬差不多,还会爬呢。

最旺的渔季自然是春三月。岛子上有一处好景致,叫花沟,遍地桃树,年年桃花开时,就像那千万朵朝霞落到海岛上来。桃花时节,也是万物繁生的时节。雪团也似的海鸥会坐在岩石上自己的窝里,一心一意孵卵,调皮的孩子爬上岩石,伸手去取鸥蛋,那母鸥也只转转眼珠,动都懒得动。黄花鱼起了群,都从海底浮到海面上,大鲨鱼追着吃,追的黄花鱼噉噉叫。听见鱼叫,渔民就知道是大鱼群来了,一网最多的能捕二十多万条,倒在舱里,一跳一尺多高。俗话说得好:"过了谷雨,百鱼上岸。"大对虾也像一阵乌云似的涌到近海,密密层层。你挤我撞,挤的在海面上乱蹦乱跳。这叫桃花虾,肚子里满是子儿,最肥。渔民便用一种网上绑着罈子做浮标的"罈子网"拉虾,一网一网往船上倒,一网一网往海滩上运,海滩上的虾便堆成垛,垛成山。渔民不叫它是虾山,却叫做金山银山。这是最旺的渔季,也是最热闹的海市。

现在不妨让我们走进海市的人家里去看看。老宋是个结实精干的壮年人,眉毛漆黑,眼睛好像瞌睡无神,人却是像当地人说的:机灵得像海马一样。半辈子在山风海浪里滚,斗船主,闹革命,现时是一个生产大队的总支书记。他领我去串了几家门子,家家都是石墙瓦房,十分整洁。屋里那个摆设,更考究:炕上铺的是又软又厚的褥子毯子;地上立的是金漆桌子、大衣柜;迎面墙上挂着穿衣镜;桌子上摆着座钟、盖碗、大花瓶一类陈设。起初我还以为是谁家新婚的洞房,其实家家如此,毫不足奇。

我不禁赞叹着说:"你们的生活真像神仙啊,富足得很。"

老宋含着笑,也不回答,指着远处一带山坡问:"你看那是什么?"

那是一片坟墓，高高低低，坟头上长满蒿草。

老宋说："那不是真坟，是假坟。坟里埋的是一堆衣服，一块砖，砖上刻着死人的名字。死人呢，早埋到汪洋大海里去了。渔民常说：情愿南山当驴，不愿下海捕鱼——你想这捕鱼的人，一年到头漂在海上，说声变天，大风大浪，有一百个命也得送进去。顶可怕的是龙卷风，打着旋儿转，能把人都卷上天去。一刮大风，妇女孩子都上了山头，烧香磕头，各人都望着自己亲人的船，哭啊叫的，凄惨极啦——别说还有船主那把杀人不见血的刀逼在你的后脖颈子上。"

说到这儿，老宋低着瞌睡眼，显然在回想旧事，一面继续讲："都知道蝎子毒，不知道船主比蝎子更毒。我家里贫，十二岁就给船主做零活。三月，开桃花，小脚冻的赤红，淋着雨给船主从舱里往外舀潮水，舀的一慢，船主就拿铅鱼浮子往你头上磕。赶我长的大一点，抗日战争爆发了，蓬莱一带有共产党领导的游击队，需要往大连买钢，大约是做武器用。当时船主常到大连去装棒子面，来往做生意，我在船上替人家做饭。大连有个姓鲍的，先把钢从日本厂子里偷出来，藏到一家商店里。船主只是为财，想做这趟买卖，叫我去把钢拿回船来。你想日本特务满街转，一抓住你，还用想活命么？仗着我小，又有个小妹妹，当时住在大连我姐姐家里，我们兄妹俩拐进那家商店，妹妹把钢绑到腿上，我用手提着，上头包着点心纸，一路往回走，总觉得背后有狗腿子跟着，吓得提心吊胆。赶装回蓬莱，交给游击队，人家给两船麦子当酬劳。不想船主把麦子都扣下，一粒也不分给我。我家里净吃苦橡子面，等着粮食下锅，父亲气的去找船主，船主倒提着嗓门骂起来：'麦子是俺花钱买的，你想讹诈不成。你儿子吃饭不干活，还欠我们的呢，不找你算账就算便宜你。'这一口气，我窝着多年没法出，直到日本投降，共产党来了，我当上民兵排长，斗船主，闹减租减息，轰轰烈烈干起来啦。我母亲胆小，劝我说：'儿啊，人家腿上的肉，割下来好使么？闹不好？怕不连命都赔上。'到后来，果真差一点赔上命去。"

我插嘴问："恐怕那是解放战争的事吧？"

老宋说："可不是！解放战争一打响，我转移出去，经常在海上给解放军运粮食、木料和硫磺。我是小组长。船总是黑夜跑。有一天傍亮，我照料一宿船，有点累，进舱才打个盹儿，一位同志对着我的耳朵悄悄喊：'快起来看看吧，怎么今天的渔船特别多？'我揉着眼跑出舱去，一看，围着我们里里外外全是小渔船。忽然间，小渔船一齐都张起篷来。渔船怎么会这样齐心呢？我觉得不妙，叫船赶紧靠岸。晚了，四面的船早靠上来，打了几枪，一个大麻子脸一步跨上我们的船，两手攥着两支枪，堵住我的胸口。原来这是个国民党大队长。他先把我绑起来，吊到后舱就打，一面打一面审问。吊打了半天，看看问不出什么口供，只得又解开我的绑，用匣子枪点着我的后脑袋，丢进舱里去。舱里还关着别的同志。过了一会，只听见上面有条哑嗓子悄悄说：'记着，可千万别承认是解放军啊。'这分明是来套我们，谁上你的圈套？舱上蒙着帆，压着些杠子，蒙的漆黑，一点不透气。我听见站岗的还是那个哑嗓子的人，仰着脸说：'你能不能露点缝，让我们透口气？'那个人一听见我的话，就蹑手蹑脚挪挪舱板，露出个大口子。想不到是个朋友。我往外一望，天黑了；辨一辨星星，知道船是往天津开。我不觉起了死的念头。既然被捕，逃是逃不出去的，不如死了好。一死，我是负责人，同志们把责任都推到我身上，什么也别承认，兴许能保住性命。说死容易，当真去死，可实在不容易啊。我想起党，想起战友，想起家里的老人，也想起孤苦伶仃的妻子儿女，眼泪再也忍不住，吧嗒吧嗒直往下滴。我思前想后的一阵，又再三再四嘱咐同志们几句话，然后忍着泪小声说：'同志们啊，我想出去解个手。'一位同志说：'你解在舱里吧。'我说：'不行，我打的满身是火，也想出去凉快凉快。'

就从舱缝里探出头去，四下望了望，轻轻爬上来，一头钻进海里去，耳朵边上还听见船上的敌人说：'大鱼跳呢。'

"那时候已经秋凉，海水冷得刺骨头，我身上又有伤，海水一泡，火辣辣地痛。拼死命挣扎着游了半夜，力气完了，人也昏了，随着涨潮的大流漂流下去。不知漂了多长时候，忽然间醒过来，一睁眼，发觉自己躺在一条大船上，眼前围着一群穿黄军装的人，还有机关枪。以为是又落到敌人网里了！问我话，只说是打鱼翻了船。船上给熬好米汤，一个兵扶着我的后脖颈子，亲自喂我米汤，我这才看清他戴的是八一帽徽，心里一阵酸，就像见到最亲最亲的父母，一时忍不住放声大哭起来。

"我就这样得了救，船上的同志果然把责任都推到我身上，挨了阵打，死不招认，敌人也只得放了他们。这件事直到许久才探听清楚：原来就是那船主怀恨在心，不知怎么摸到了我们活动的航线，向敌人告了密，才把我们半路截住。你看可恶不可恶！"

讲到末尾，老宋才含着笑，回答我最初的话说："你不是说我们的生活像神仙么？你看这哪点像神仙？要不闹革命，就是真正神仙住的地方，也会变成活地狱。"

我问道："一闹革命呢？"

老宋说："一闹革命，就是活地狱也能变成像我们岛子一样的海上仙山。"

我不禁连连点着头笑道："对，对。只有一点我不明白：我们现在革了船主的命，可不能革大海的命。大海一变脸，岂不是照样兴风作浪，伤害人命么？"

老宋又是微微一笑，笑得十分自信。他说："明天你顶好亲自到渔船上去看看。现在渔船都组织起来，有指导船，随时随地广播渔情风情。大船都有收音机，一般的船也有无线报话机，不等风来，消息先来了，船能及时避到渔港里去，大海还能逞什么威风？——不过有时意料不到，也会出事。有一回好险，几乎出大事。那回气象预报没有风，渔民早起看看太阳，通红通红的，云彩丝儿不见，也不像有风的样子，就有几只渔船出了海。不想过午忽然刮起一种阵风，浪头卷起来比小山都高，急得渔民把桅杆横绑在船上，压着风浪。这又有什么用？浪头一个接着一个打到船上来，船帮子都打坏了，眼看着要翻。正在危急的当儿，前边冷丁出现一只军舰。你知道，这里离南朝鲜不太远，不巧会碰上敌人的船。渔民发了慌。那条军舰一步一步逼上来，逼到跟前，有些人脱巴脱巴衣裳跳下海，冲着渔船游过来。渔民一看，乐得喊：是来救我们的呀！不一会儿，渔民都救上军舰，渔船也拖回去。渔民都说：'要不是毛主席派大兵舰来，这回完了。'"

原来这是守卫着这个京都门户的人民海军专门赶来援救的。

看到这里，有人也许会变得不耐烦：你这算什么海市？海市原本是虚幻的，正像清朝一个无名诗人的诗句所说的："欲从海上觅仙迹，令人可望不可攀。"你怎么倒能走进海市里去？岂不是笑话！原谅我，朋友，我现在记的并不是那渺渺茫茫的海市，而是一种真实的海市。如果你到我的故乡蓬莱去看海市蜃楼，时令不巧，看不见也不必失望，我倒劝你去看看这真实的海市，比起那缥缈的幻景还要新奇，还要有意思得多呢。

这真实的海市并非别处，就是长山列岛。

一九五九年

泰山极顶

杨朔散文

泰山极顶看日出历来被描绘成十分壮观的奇景。有人说：登泰山而看不到日出，就像一出大戏没有戏眼，味儿终究有点寡淡。

我去爬山那天，正赶上个难得的好天，万里长空，云彩丝儿都不见，素常烟雾腾腾的山头，显得眉目分明。同伴们都喜得说："明儿早晨准可以看见日出了。"我也是抱着这种想头，爬上山去。

一路从山脚往上爬，细看山景，我觉得挂在眼前的不是五岳独尊的泰山，却像一幅规模惊人的青绿山水画，从下面倒展开来。最先露出在画卷的是山根底那座明朝建筑岱宗坊，慢慢地便现出王母池、斗母宫、经石峪。……山是一层比一层深，一叠比一叠奇，层层叠叠，不知还会有多深多奇。万山丛中，时而点染着极其工细的人物。王母池旁边吕祖殿里有不少尊明塑，塑着吕洞宾等一些人，姿态神情是那样有生气，你看了，不禁会脱口赞叹说："活啦。"

画卷继续展开，绿荫森森的柏洞露面不太久，便来到对松山。两面奇峰对峙着，满山峰都是奇形怪状的老松，年纪怕不有个千儿八百年，颜色竟那么浓，浓得好像要流下来似的。来到这儿，你不妨权当一次画里的写意人物，坐在路旁的对松亭里，看看山色，听听流水和松涛。也许你会同意乾隆题的"岱宗最佳处"的句子。且慢，不如继续往上看的为是……

一时间，我又觉得自己不仅是在看画卷，却又像是在零零乱乱翻着一卷历史稿本。在山下岱庙里，我曾经抚摸过秦朝李斯小篆的残碑。上得山来，又在"孔子登临处"立过脚，秦始皇封的五大夫松下喝过茶，还看过汉枚乘称道的"泰山穿雷石"，相传是晋朝王羲之或者陶渊明写的斗大的楷书金刚经的石刻。将要看见的唐代在大观峰峭壁上刻的《纪泰山铭》自然是珍品，宋元明清历代的遗迹更像奇花异草一样，到处点缀着这座名山。一恍惚，我觉得中国历史的影子仿佛从我眼前飘忽而过。你如果想捉住点历史的影子，尽可以在朝阳洞那家茶店里挑选几件泰山石刻的拓片。除此而外，还可以买到泰山出产的杏叶参、何首乌、黄精、紫草一类名贵药材。我们在这里泡了壶山茶喝，坐着歇乏，看见一堆孩子围着群小鸡，正喂蚂蚱给小鸡吃。小鸡的毛色都发灰，不像平时看见的那样。一问，卖茶的妇女搭言说："是俺孩子他爹上山挖药材，拣回来的一窝小山鸡。"怪不得呢。有两只小山鸡争着饮水，蹬翻了水碗，往青石板上一跑，满石板印着许多小小的"个"字。我不觉望着深山里这户孤零零的人家想："山下正闹大集体，他们还过着这种单个的生活，未免太与世隔绝了吧？"

从朝阳洞再往上爬，渐渐接近十八盘，山路越来越险，累得人发喘。这时我既无心思看画，又无心思翻历史，只觉得像在登天。历来人们也确实把爬泰山看做登天。不信你回头看看来路，就有云步桥、一天门、中天门一类上天的云路。现时悬在我头顶上的正是南天门。幸好还有石磴造成的天梯。顺着天梯慢慢爬，爬几步，歇一歇，累的腰酸腿软，浑身冒汗。忽然有一阵仙风从空中吹来，扑到脸上，顿时觉得浑身上下清爽异常。原来我已经爬上南天门，走上天街。

黄昏早已落到天街上，处处飘散着不知名儿的花草香味。风一吹，朵朵白云从我身边飘浮过去，眼前的景物渐渐都躲到夜色里去。我们在青帝宫寻到个宿处,早早睡下,但愿明天早晨能看到日出。可是急人得很,山头上忽然漫起好大的云雾,又浓又湿,悄悄挤进门缝来,落到枕头边上,我还听见零零星星几滴雨声。我有点焦虑,一位同伴说:"不要紧。山上的气候一时晴,一时阴,变化大得很,说不定明儿早晨是个好天,你等着看日出吧。"

等到明儿早晨,山头上的云雾果然消散,只是天空阴沉沉的,谁知道会不会忽然间晴朗起来呢?不管怎样,我们还是冒着早凉,一直爬到玉皇顶,这儿便是泰山的极顶。

一位须髯飘飘的老道人陪我们立在泰山极顶上,指点着远近风景给我们看,最后带着惋惜的口气说:"可惜天气不佳,恐怕你们看不见日出了。"

我的心却变得异常晴朗,一点都没有惋惜的情绪。我沉思地望着极远极远的地方,我望见一幅无比壮丽的奇景。瞧那莽莽苍苍的齐鲁大原野,多有气魄。过去,农民各自摆弄着一小块地,弄得祖国的原野像是老和尚的百衲衣,零零碎碎的,不知有多少小方块拼织到一起。眼前呢,好一片大田野,全联到一起,就像公社农民联的一样密切。麦子刚刚熟,南风吹动处,麦浪一起一伏,仿佛大地也漾起绸缎一般的锦纹。再瞧那渺渺茫茫的天边,扬起一带烟尘。那不是什么"齐烟九点",同伴告诉我说那也许是炼铁厂。铁厂也好,钢厂也好,或者是别的什么工厂也好,反正那里有千千万万只精巧坚强的手,正配合着全国人民一致的节奏,用钢铁铸造着祖国的江山。

你再瞧,那在天边隐约闪亮的不就是黄河,那在山脚缠绕不断的自然是汶河。那拱卫在泰山膝盖下的无数小馒头却是徂徕山等许多著名的山岭。那黄河和汶河又恰似两条飘舞的彩绸,正有两只看不见的大手在耍着;那连绵不断的大小山岭却又像许多条龙灯,一齐滚舞——整个山河都在欢腾着啊。

如果说泰山是一大幅徐徐展开的青绿山水画，那么这幅画到现在才完全展开，露出画卷最精彩的部分。

如果说我在泰山路上是翻着什么历史稿本，那么现在我才算翻到我们民族真正宏伟的创业史。

我正在静观默想，那个老道人客气地赔着不是，说是别的道士都下山割麦子去了，剩他自己，也顾不上烧水给我们喝。我问他给谁割麦子，老道人说："公社啊。你别看山上东一户，西一户，也都组织到公社里去了。"我记起自己对朝阳洞那家茶店的想法，不觉有点内愧。

有的同伴认为没能看见日出，始终有点美中不足。同志，你还有什么不满意的？其实我们分明看见另一场更加辉煌的日出。这轮晓日从我们民族历史的地平线上一跃而出，闪射着万道红光，照临到这个世界上。

伟大而光明的祖国啊，愿你永远"如日之升"！

一九五九年

万丈高楼平地起

　　山东半岛和辽东半岛遥遥对峙,形成渤海海峡,正是兵书上所说的咽喉地带,无怪乎都称这儿是京都的门户。1959 年初夏,我来到海峡,爬上一座高山,想瞭望瞭望海山的形势。山上是一座阵地,只有守卫京都门户的战士,没有人家。一到山顶,却听见几声清亮的鸡叫,使人想起温暖的乡村生活。接着便看见一只芦花大公鸡,冠子火红,昂然立在山头,旁边是只母鸡,带着一大群唧唧喳喳的小鸡,四处觅食吃。

　　我感到怪有趣的,便对同来的赵团长说:"你们在阵地上还养鸡,真有意思。"

　　赵团长笑着说:"也不光养鸡,还有别的呢。"

　　还有羊。有山羊,也有绵羊,它们白天由着意满山游荡,拣最鲜嫩的青草吃。天一黑,自己便回到战士们砌的羊圈去,倒也省心。在背风的山洼里,战士们栽上苹果树,结的苹果已经有小孩拳头大。又在阵地前面种满黄花,一到傍晚,满山香喷喷的。战士们下山顺便总采一包半开的黄花,带下山去,晒干了,可以当菜吃。至于在近海养海带,出海捕鱼,更是战士们出力经营的事业。

　　我对赵团长说:"我们的战士不仅是兵,倒更像瓦工,手儿巧得很。"

　　赵团长说:"是啊,这是咱们军队的老传统,不光会打仗,还会建设——走到哪里建设到哪里。"

赵团长的话并不错。我们不会忘记,抗日战争时期,战士们在陕北南泥湾开出了大片大片的稻田,把一向干旱的西北高原变成陕北江南。我们也不会忘记在朝鲜战场上,炮兵经过一场激烈的战斗后,立时又栽花植树,把阵地调理得跟花园差不多。

可是赵团长并未完全理会我的意思。战士们平时自然是在建设,其实,即使在冲锋陷阵,斩将夺旗的当儿,又何尝不是在建设呢。我觉得,自从解放军的前身红军诞生那一天起,战士们一直在进行着庄严无比的建设——建设我们的理想,建设我们的生活。

这是一个最普通的战士给我的启示。那个战士姓什么,叫什么,直到现在我也不知道。他的模样儿却一直刻在我的心上:长方脸,红红的,聪俊的大眼,一见人就笑。我是在解放战争当中北出长城,路过紫荆关时碰见他的。当时军队翻到紫荆关顶,都坐着休息。那个年轻的战士坐的离我不远,两手捧着一个搪瓷碗喝开水,一面喝,一面嘻嘻嘻不住嘴地笑。

另一个脸色阴沉的老战士说:"瞧你!咧着个嘴,光会笑,有什么好笑的!"

那小战士说:"我就是笑你——你的脸怎么总像老阴天,一辈子不带笑的?"

我看得出这个青年参军不久,浑身带着股可爱的稚气,便问他先前在家干什么。

那老战士哼了一声说:"种地呗!他还能干什么。"

青年战士抢着辩解说:"你知道啥?我跟我爹学过瓦工,我还会盖房子呢!"

那老战士说:"你歇着去吧!现在咱们是打仗,谁用你盖房子!"

小战士急得说:"怎么不用我盖房子?往后,都住大高楼,你瞧是怎么盖起来的吧!"

老战士说:"可眼下我就瞧不见什么大楼。"

小战士笑起来说:"那算你是睁眼瞎子。万丈高楼平地起——现在正在打地基呢。明儿就要盖起一百层的高楼,你想来住,怕没有你的份儿。"

我听了,心里一动。这虽是几句半开玩笑的话,却含着耐人寻味的思想。从这个青年身上,我看出了战士们那种远大的理想。于是,我眼前仿佛现出一座正在修建的大厦,大得看不见边。在建筑者的行列里,有工人、农民,也有战士。他们每个人都在一铲土、一滴汗、一滴血地劳动着。为着这座大厦,他们还有什么代价不肯付出去呢?回想一下,有多少战士,勇敢地付出自己的生命,用整个身体当基石,为大厦打基础。如果要在这座大厦上题字,那就应当是:"社会主义大厦"。

这段插话,相隔已经十年多。自从紫荆关分手后,我也再没有碰见过那个叫人喜欢的青年。不想十几年以后,在渤海海峡上,当我看见战士们是那样热情地建设着自己的生活,忽然间又想起了他的话来。他的话给我的启示那样深,今天想起来,还像昨天一样新鲜。我不知道那青年现时在哪儿。如果他还健在,算来也是将近三十的人了,也许会对人说:"你瞧,大楼不是盖起来啦!"

是初步盖起来了。比起天安门,比起天安门前新修的"人民大会堂"和"革命历史博物馆",这座祖国大厦不知要大多少倍。可是这座大厦还远远没有完工,还得付出更大的劳力,才能建筑得更美、更高,高得一直顶着太阳。

今天,当我们庆祝建国十周年的时候,我愿意记下我在渤海海峡上所深切感到的,献给那无数曾经为这座"社会主义大厦"奠基的战士,也献给那无数正在继续建设这座大厦的同志。

一九五九年

龙 马 赞

我们正生活在毛泽东时代。什么是这个时代的精神特色呢？值得反复深思。

我刚刚到张家口一带作了一次短短的旅行，足迹到处，只觉得生活好似漫山漫野蒸发着的春雾，腾腾上升，充满青春的生命力。当然，我看见的，只不过是我们时代的一些小小的投影，但从这些投影里，或许也能反映出这个时代的精神面貌吧。

且让生活本身出来说话。

我到了蔚县。这个不大的古城坐落在河北西部太行山脉的山口上。当年解放战争时期，人民受着国民党反动派的压榨，不知有多少白天和黑夜，苦痛地望着那片莽莽苍苍的大南山，盼望解放军有一天能从南山翻过来，把他们从苦难中拯救出来。一九四八年初春，我就是随着解放军翻过南山，踏到这片千疮百孔的土地上来的。现在相隔十二年，又是初春，旧地重来，我觉得每个人，每座山，每棵树，都十分熟悉。可又一点都不熟悉。早先是一片荒凉的山谷，今天不管是平川或是坡地，田亩都经过细心的翻耕，那么精致，那么匀称，远远一看，好像一匹一匹展开的灯芯绒一样。而在这偏僻的川原上，人民还开起煤矿，建起水泥厂、造纸厂、纤维板厂。……尤其有意思的是挖掘南山的地下水。南山历来缺水，打井也打不出水，山脚下的农民得赶着小毛驴跑到几里外去驮水，才能有吃的，否则就得喝烂泥坑里存的又黄又臭的雨水，当地农民叫做"麻潢水"。水缺，庄稼自然种不好。蔚县川最有名的白麻,南山脚也无法种。其实南山的水并不缺,只是都渗到地下,流不出。大跃进以来,公社的农民开始挖掘地下水,沿着南山的重要孔道,像北口、九宫口、松枝口,到处一齐动手。我特意跑到北口看了看。地下水早已挖出,碧粼粼的一片,好似一湾小湖。还得把水引出山,农民就开山凿洞,打成一条一千多米长的隧道。过不了几天,那地下水就可以穿过山洞,滚滚滔滔涌进渠道,一直流到蔚县城。

开山的农民正在歇息,有些人挤到风机房里,围着一炉子煤火取暖。施工所的支部书记老何,将近四十岁,当年担任过区小队的指导员,围着南山打游击。我极想知道挖掘地下水的详细经过,请老何说说。他蹲在煤火跟前,潦潦草草谈不几句,话头一转,兴高采烈地说:"你等着瞧吧,这水一出山,蔚县川就会是另一个样儿。万世千秋,再也不愁水了。"

我想把话头稍微往后拉一拉,问道:"挖地下水该遇到些困难吧!"

老何说:"有是有,一克服,又没有了。你看没看见,我们正在下头修发电站,一放水,有了电,村村户户亮堂堂的,万世千秋,再也不愁黑夜了。哎,哎,你想想,那时候该是个什么样儿呢?"说着,他笑了,旁边听的农民也笑了。

我注意到,"万世千秋"是老何爱用的口头语。他最关心的也确实是万世千秋的事业。昨天已经过去,今天就要变成昨天,明天才是无限远大的。当我觉察到我们的人民竟是生活在理想的明天里,我的心都震动得有点儿发颤。

难道不是这样么?不信请再会一会龙烟铁矿烟筒山的电工梁荣。没到烟筒山之前,先就听说工人们创造出种种奇迹。一到,亲眼看见的竟比耳闻的还要新奇。我看见一台绞车,机器闸和控制器都拆了。机房的门挂上锁,根本无人管,只在路旁电线杆子上装着个小木头盒儿,上头有几个电钮。谁要用绞车,一按电钮,绞车的钢绳便会自动上下,搬运矿石。我又看见一台抽风机和一台压风机,两座机房都紧锁着,窗上严严实实地钉着油毡,显得怪荒凉的,机器却在日夜转动,原来在另一间压风机房里装着个控制盘,可以用电钮同时控制这三间机房的机器。本来每天要三十人轮流管理三个机房,现在只需三个人便绰绰有余了。又省人,又省事,效率提高不知多少倍,岂不是奇迹。创造这些奇迹的便是普普通通的电工梁荣。

梁荣才三十一岁,生得瘦嶙嶙的,举动挺安静。他告诉我他在钻研使这些机器自动化时,怎样焦思苦虑,夜晚睡不着觉,披着衣裳站在机器旁边苦捉摸。我问他为什么要这样,他淡淡一笑说:"为什么? 为的是一个理想呗。"

正是这种光辉灿烂的理想鼓舞着我们的人民,大家才一齐放开大步,想尽方法用最高的速度,向着理想飞奔。你看吧,从农村到城市,从工厂到矿山,到处蓬蓬勃勃,真是万马奔腾,气象万千。在张家口一带,一个人只要稍微细心点,准会时常发现工人或者农民的左胸上钉着一小块红布,上写着"赛跑运动员"的字样。谁要以为这真是体育场上的运动员,那才笑话呢。这其实是生产战线上举行的一次别出心裁的赛跑运动会,参加的人都订出自己的生产指标,凡是能按期完成的,都算夺得冠军。在这场轰轰烈烈的竞赛当中,每个人都想争第一,夺冠军,争先恐后,表现出极强烈的荣誉感。他们要荣誉,要的不是那种个人的荣誉,而是集体的荣誉。这从龙烟铁矿庞家堡的矿工张振旺的行动中就充分地显现了出来。

张振旺还很年轻,生得眉眼细致,十分精干。人聪明,又肯钻,最擅长打眼放炮的诀窍,采矿的进度比一般人高出许多,因此大家都叫他神炮手。领导上见他有能耐,叫他去帮助别人。他丝毫不隐藏自己在技术上的心得,实心实意地推动落后的矿工前进,使别人的纪录也在不断上升。当他听说有个红旗快速

掘进队,采矿的成绩远远赶到他前头去,他乐得闭不上嘴。当
然,他心里也在使劲,定要不断前进,紧追上去。想懂得张振旺
的心情,并不难。他爱的不是自私的个人荣誉。有人能超过他,
创造出更大的成绩,为无产阶级争得更大的荣誉,作为无产阶级
的一员,他也感到光荣。张振旺是这样,许许多多先进的人物又
何尝不是这样。

　　这就是我们的人民。他们具有高贵的品质,都愿意为着明
天的理想献出自己最大的力量,做出最出色的贡献。我看,这也
就是毛泽东时代最突出的精神特色。亲爱的同志们,你说是不
是呢?

　　从张家口去蔚县的路上,路过一座堡子,堡子大门的墙上画
着幅彩画:一匹宝马驮着极珍贵的财富,四蹄腾空,飞奔向前。
题的字是"龙马驮宝"。我感到画意新鲜,因而写成这篇《龙马
赞》,赞颂我们像龙马一般飞奔的人民。

一九六〇年

荔 枝 蜜

　　花鸟草虫,凡是上得画的,那原物往往也叫人喜爱。蜜蜂是画家的爱物,我却总不大喜欢。说起来可笑。孩子时候,有一回上树捅海棠花,不想叫蜜蜂螫了一下,痛得我差点儿跌下来。大人告诉我说:蜜蜂轻易不螫人,准是误以为你要伤害它,才螫。一螫,它自己耗尽生命,也活不久了。我听了,觉得那蜜蜂可怜,原谅它了。可是从此以后,每逢看见蜜蜂,感情上疙疙瘩瘩的,总不怎么舒服。

　　今年四月,我到广东从化温泉小住了几天。四围是山,怀里抱着一潭春水,那又浓又翠的景色,简直是一幅青绿山水画。刚去的当晚,是个阴天,偶尔倚着楼窗一望:奇怪啊,怎么楼前凭空涌起那么多黑黝黝的小山,一重一重的,起伏不断。记得楼前是一片比较平坦的园林,不是山。这到底是什么幻景呢? 赶到天明一看,忍不住笑了。原来是满野的荔枝树,一棵连一棵,每棵的叶子都密得不透缝,黑夜看去,可不就像小山似的。

　　荔枝也许是世上最鲜最美的水果。苏东坡写过这样的诗句:"日啖荔枝三百颗,不辞长作岭南人",可见荔枝的妙处。偏偏我来的不是时候,满树刚开着浅黄色的小花,并不出众。新发的嫩叶,颜色淡红,比花倒还中看些。从开花到果子成熟,大约得三个月,看来我是等不及在从化温泉吃鲜荔枝了。

　　吃鲜荔枝蜜,倒是时候。有人也许没听说这稀罕物儿吧? 从化的荔枝树多得像汪洋大海,开花时节,满野嘤嘤嗡嗡,忙得那蜜蜂忘记早晚,有时趁着月色还采花酿蜜。荔枝蜜的特点是成色纯,养分大。住在温泉的人多半喜欢吃这种蜜,滋养精神。热心肠的同志为我也弄到两瓶。一开瓶子塞儿,就是那么一股甜香;调上半杯一喝,甜香里带着股清气,很有点鲜荔枝味儿。喝着这样的好蜜,你会觉得生活都是甜的呢。

我不觉动了情,想去看看自己一向不大喜欢的蜜蜂。

荔枝林深处,隐隐露出一角白屋,那是温泉公社的养蜂场,却起了个有趣的名儿,叫"蜜蜂大厦"。正当十分春色,花开得正闹。一走进"大厦",只见成群结队的蜜蜂出出进进,飞去飞来,那沸沸扬扬的情景,会使你想:说不定蜜蜂也在赶着建设什么新生活呢。

养蜂员老梁领我走进"大厦"。叫他老梁,其实是个青年人,举动很精细。大概是老梁想叫我深入一下蜜蜂的生活,小小心心揭开一个木头蜂箱,箱里隔着一排板,每块板上满是蜜蜂,蠕蠕地爬着。蜂王是黑褐色的,身量特别细长,每只蜜蜂都愿意用采来的花精供养它。

老梁叹息似的轻轻说:"你瞧这群小东西,多听话。"

我就问道:"像这样一窝蜂,一年能割多少蜜?"

老梁说:"能割几十斤。蜜蜂这物件,最爱劳动。广东天气好,花又多,蜜蜂一年四季都不闲着。酿得蜜多,自己吃得可有限。每回割蜜,给它们留一点点糖,够它们吃的就行了。它们从来不争,也不计较什么,还是继续劳动、继续酿蜜,整日整月不辞辛苦……"

我又问道:"这样好蜜,不怕什么东西来糟害么?"

老梁说:"怎么不怕?你得提防虫子爬进来,还得提防大黄蜂。大黄蜂这贼最恶,常常落在蜜蜂窝洞口。专干坏事。"

我不觉笑道:"噢!自然界也有侵略者。该怎么对付大黄蜂呢?"

老梁说:"赶!赶不走就打死它。要让它待在那儿,会咬死蜜蜂的。"

我想起一个问题,就问:"可是呢,一只蜜蜂能活多久?"

老梁回答说:"蜂王可以活三年,一只工蜂最多能活六个月。"

我说:"原来寿命这样短。你不是总得往蜂房外边打扫死蜜蜂么?"

老梁摇一摇头说:"从来不用。蜜蜂是很懂事的,活到限数,自己就悄悄死在外边,再也不回来了。"

我的心不禁一颤:多可爱的小生灵啊,对人无所求,给人的却是极好的东西。蜜蜂是在酿蜜,又是在酿造生活;不是为自己,而是在为人类酿造最甜的生活。蜜蜂是渺小的;蜜蜂却又多么高尚啊!

透过荔枝树林,我沉吟地望着远远的田野,那儿正有农民立在水田里,辛辛勤勤地分秧插秧。他们正用劳力建设自己的生活,实际也是在酿蜜——为自己,为别人,也为后世子孙酿造着生活的蜜。

这黑夜,我做了个奇怪的梦,梦见自己变成一只小蜜蜂。

一九六〇年

茶　花　赋

　　久在异国他乡，有时难免要怀念祖国的。怀念极了，我也曾想：要能画一幅画儿，画出祖国的面貌特色，时刻挂在眼前，有多好。我把这心思去跟一位擅长丹青的同志商量，求她画。她说："这可是个难题，画什么呢？画点零山碎水，一人一物，都不行。再说，颜色也难调。你就是调尽五颜六色，又怎么画得出祖国的面貌？"我想了想，也是，就搁下这桩心思。

　　今年二月，我从海外回来，一脚踏进昆明，心都醉了。我是北方人，论季节，北方也许正是搅天风雪，水瘦山寒，云南的春天却脚步儿勤，来得快，到处早像催生婆似的正在催动花事。

　　花事最盛的去处数着西山华庭寺。不到寺门，远远就闻见一股细细的清香，直渗进人的心肺。这是梅花，有红梅、白梅、绿梅，还有硃砂梅，一树一树的，每一树梅花都是一树诗。白玉兰花略微有点儿残，娇黄的迎春却正当时，那一片春色啊，比起滇池的水来不知还要深多少倍。

　　究其实这还不是最深的春色。且请看那一树，齐着华庭寺的廊檐一般高，油光碧绿的树叶中间托出千百朵重瓣的大花，那样红艳，每朵花都像一团烧得正旺的火焰。这就是有名的茶花。不见茶花，你是不容易懂得"春深似海"这句诗的妙处的。

　　想看茶花，正是好时候。我游过华庭寺，又冒着星星点点细雨游了一次黑龙潭，这都是看茶花的名胜地方。原以为茶花一定很少见，不想在游历当中，时时望见竹篱茅屋旁边会闪出一枝猩红的花来。听朋友说:"这不算稀奇。要是在大理,差不多家家户户都养茶花。花期一到,各样品种的花儿争奇斗艳,那才美呢。"

我不觉对着茶花沉吟起来。茶花是美啊。凡是生活中美的事物都是劳动创造的。是谁白天黑夜,积年累月,拿自己的汗水浇着花,像抚育自己儿女一样抚育着花秧,终于培养出这样绝色的好花?应该感谢那为我们美化生活的人。

普之仁就是这样一位能工巧匠,我在翠湖边上会到他。翠湖的茶花多,开得也好,红通通的一大片,简直就是那一段彩云落到湖岸上。普之仁领我穿着茶花走,指点着告诉我这叫大玛瑙,那叫雪狮子;这是蝶翅,那是大紫袍……名目花色多得很。后来他攀着一棵茶树的小干枝说:"这叫童子面,花期迟,刚打骨朵,开起来颜色深红,倒是最好看的。"

我就问:"古语说:看花容易栽花难——栽培茶花一定也很难吧?"

普之仁答道:"不很难,也不容易。茶花这东西有点特性,水壤气候,事事都得细心。又怕风,又怕晒,最喜欢半阴半阳。顶讨厌的是虫子。有一种钻心虫,钻进一条去,花就死了。一年四季,不知得操多少心呢。"

我又问道:"一棵茶花活不长吧?"

普之仁说:"活的可长啦。华庭寺有棵松子鳞,是明朝的,五百多年了,一开花,能开一千多朵。"

我不觉噢了一声;想不到华庭寺见的那棵茶花来历这样大。

普之仁误会我的意思,赶紧说:"你不信么?大理地面还有一棵更老的呢,听老人讲,上千年了,开起花来,满树数不清数,都叫万朵茶。树干子那样粗,几个人都搂不过来。"说着他伸出两臂,做个搂抱的姿势。

我热切地望着他的手,那双手满是茧子,沾着新鲜的泥土。

我又望着他的脸,他的眼角刻着很深的皱纹,不必多问他的身世,猜得出他是个曾经忧患的中年人。如果他离开你,走进人丛里去,立刻便消逝了,再也不容易寻到他——他就是这样一个极其普通的劳动者。然而正是这样的人,整月整年,劳心劳力,拿出全部精力培植着花木,美化我们的生活。美就是这样创造出来的。

正在这时,恰巧有一群小孩也来看茶花,一个个仰着鲜红的小脸,甜蜜蜜地笑着,唧唧喳喳叫个不休。

我说:"童子面茶花开了。"

普之仁愣了愣,立时省悟过来,笑着说:"真的呢,再没有比这种童子面更好看的茶花了。"

一个念头忽然跳进我的脑子,我得到一幅画的构思。如果用最浓最艳的朱红,画一大朵含露乍开的童子面茶花,岂不正可以象征着祖国的面貌?我把这个简单的构思记下来,寄给远在国外的那位丹青能手,也许她肯再斟酌一番,为我画一幅画儿吧。

一九六一年

秋 风 萧 瑟

　　夜来枕上隐隐听见渤海湾的潮声,清晨一开门,一阵风从西吹来,吹得人通体新鲜干爽。楼下有人说:"啊,立秋了。"怪不得西风透着新凉,不声不响闯到人间来了。

　　才是昨儿,本是万里无云的晴天,可是那天,那山,那海,处处都像漫着层热雾,粘粘渍渍的,不大干净。四野的蝉也作怪,越是热,越爱噪闹,噪得人又热又烦。秋风一起,瞧啊:天上有云,云是透明的;山上海上明明罩着层雾,那雾也显得干燥而清爽。我不觉想起曹孟德的诗来。当年曹孟德东临碣石,望见沧海,写过这样悲壮的诗句:"秋风萧瑟,洪波涌起……"于今正当新秋好景,恰巧我又在碣石山旁,怎会不想望着去领略一番那壮观的山海,搜寻搜寻古人遗失的诗句?

　　我们便结伴去游山海关。一路上,看不尽的风光景色,很像王昌龄在《塞上曲》里写的:"蝉鸣空桑林,八月萧关道",自然另有一种幽燕的情调。

　　山海关是万里长城尽东头的重镇,人烟不算少,街市也齐整,只是年深日久,面貌显得有点儿苍老。关上迎面矗起一座两层高的箭楼,恶森森地压在古长城上,那块写着"天下第一关"著名的横匾就挂在箭楼高头,每个字都比笸箩还大,把这座关塞烘染得越发雄壮。根据记载,明朝以前,这里没有城廓,只有一道城墙。明朝初年大将徐达才创建山海关,并且派重兵把守。登上箭楼,但见北边莽莽苍苍的,那燕山就像波浪似的起伏翻滚;

南边紧临渤海,海浪遇上大风,就会山崩地裂一般震动起来。我曾经上过长城极西的嘉峪关,关前是一片浩浩无边的戈壁大沙漠,现在又立在山海关上,我的想象里一时幻出一道绵亘万里的长城,也跳出一些悲歌慷慨的古代游侠儿,心情就变得飞扬激荡,不知不觉念出陈琳的诗句:"饮马长城窟,水寒伤马骨……"

身后好像有人在看我,一回头,近处果然站着个人,二十六七年纪,穿着件茧绸衬衫。他生得骨骼结实,面貌敦厚,眉目间透出股英飒的俊气。从他那举动神态里,一眼就辨别出他是个什么人。他的眼神里含着笑意问:"是头一回来吧?"

我说:"是啊。你呢?"

"来过不知几回了。"

"那么你该熟得很,讲点长城的故事好不好?"

那青年人稳稳重重一笑说:"故事多得很,可惜我的嘴笨,不会讲。"

我说:"实在可惜。要是长城也懂人事,每块砖,每粒沙土,都能告诉我们一段惊心动魄的故事。"

那青年人的脸色一下子开朗起来,笑着说:"你以为长城不懂人事么? 懂的。听一位老人家说,每逢春秋两季,月圆的时候,你要是心细,有时会听见长城上发出很低很低的声音,像吟诗一样。老人说:这是长城在唱歌,唱的是古往今来的英雄好汉。"

我听了笑起来:"有意思。叫你这一讲,长城还真懂感情呢。"

青年人也笑着说:"感情还挺丰富。有时也发怒。遇上月黑风高的晚上,飞沙走石,满地乱滚,长城就在咬牙切齿骂人了。"

"骂谁呢?"

"骂的是吴三桂那类卖身投靠的奴才,当年把清兵引进山海关,双手把江山捧给别人。"

我就说:"长城自然也会哭了。"

青年人带着笑答道:"长城倒不会哭,另有人哭。夜静更深,你要是听见海浪哗啦哗啦拍着长城脚,据说那是孟姜女又哭了。"

关于孟姜女,这儿有不少牵强附会的事迹。近海露出两块礁石,高的像碑,矮的像坟,说是孟姜女坟。出关不远有座庙,内里塑着面色悲愁的孟姜女像。庙后有块大石头,上面刻着"望夫石"三个字。据说孟姜女本姓许,因为是长女,才叫她孟姜女。她丈夫范郎被征去修长城,孟姜女受尽折磨,万里寻夫。范郎死了,她坐在长城根下,哭啊哭啊,哭倒了万里长城,自己也跳海自尽了。古代有关长城的故事或是诗文,多半是描叙筑城戍边撇妻离家的痛苦,孟姜女是其中流传最广的一个故事。文天祥题孟姜女庙的楹联里也有这样一句:"万里长城筑怨"。

今天我们登上长城,感情却全是另一样:多雄伟壮丽的奇迹啊。这是我们祖先用智慧、勇敢、毅力,积年累代修起来的。这不仅是捍卫过我们民族的古垒,也是人类历史上绝世的创造之一。我们为自己祖先所付出的生命血汗感到无上光彩。

我跟那青年正谈着,一个结伴来的女孩子跑过来,红领巾像片火云似的飘拂着。她欢蹦乱跳问:"你们谈什么?这样有趣。"

我说:"谈长城。你看了长城有什么感想?"

女孩子用右手食指按着脸腮,歪着头想了想笑道:"我也不知道,反正有意思。不过我想,现在咱们再不必修什么长城了,没有半点用处。"

我说:"修这样长城,是没用处。不过还是得修。应该用我们的思想信仰修另一种长城。这道长城不修在山海关,不修在嘉峪关,修在你的肩上,我的肩上,特别是在他的肩膀上。"说着我指了指那眉目英飒的青年。

那青年望着我笑问道:"为什么特别在我肩上呢?"

我说:"因为我知道你是个什么人。"

"你说我是个什么人?"

"你讲话很有浪漫主义的诗意,像个诗人,可是你的举动神态告诉我你是个军人——对不对?"说得那青年含蓄而亲热地笑了。

正当中午,太阳有点毒。一阵风斜着从关外吹来,凉爽的紧。我不觉吟咏着毛主席的词:"萧瑟秋风今又是,⋯⋯"

那青年军人和女孩子一齐应声念道:"换了人间。"

一九六一年

渔　笛

起　调

　　我有一种癖好,见了新奇花草,喜欢掐一枝半朵,夹在书页里,觉得这样可以在自己身边多留住一分春光,两分秋色。来到渤海湾不久,就发觉满野深绿浅翠的树木丛里,远远摇摆着一棵树,满树开着粉红色的花。说是马缨吧,马缨花早已谢了;有点像海棠,更不是开海棠的时候。究竟是什么花儿,得到跟前去看看。

　　隔一天黄昏,我扑着那棵红树走去,走近一个疏疏落落的渔村。村边上有一户人家,满整洁的砖房,围着道石头短墙,板门虚掩着,门外晾着几张蟹网。那棵红树遮遮掩掩地从小院里探出身来。院里忽然飘出一阵笛子的声音,我不觉站着脚。乍起先,笛子的音调飞扬而清亮,使你眼前幻出一片镜儿海,许多渔船满载着活鲜鲜的鱼儿,扬起白帆,像一群一群白蝴蝶似的飞回岸来。不知怎的,笛音一下子变了,变得哀怨而幽愤,呜呜咽咽的,想是吹笛子的人偶然间想起什么痛心的旧事,心血化成泪水,顺着笛子流出来,笛音里就溅着点点的泪花。这是个什么人,吹得这样一口好笛子? 也许是个不知名的乡村老艺人,一生经历过无数忧患,在这秋天的黄昏里,正用笛子吹着他今天的欢乐,也吹出他早日不能忘记的苦痛。我极想见见这位乐师,便去叩那两扇板门。

笛音断了,门打开,站在我眼前的是个二十来岁的女子,手里拿着支古旧的横笛。

笛子吹出的故事

十四年前,这支横笛是一个叫宋福的渔民心爱的物件。别的渔民从大风大浪里一回到岸,不知明儿是死是活,常常是喝酒赌钱,醉心地贪恋着眼前的欢乐。宋福独独不然。宋福最迷的是丝竹弹唱,一支笛子吹得更出色。正月新春,元宵灯节,哪儿有热闹,你叫他走几十里路,赶去扮演上一出戏文,或是吹着笛子替人托腔,他从来没有不肯的。出海打鱼,笛子也不离身。风平浪静的日子,如果海上飘来一阵悠扬的笛音,人们准知道这是宋福扬帆回来了。宋福就是这样一个心境开朗的人。他生得方面大耳,心肠又热,伙伴们谁都喜爱他。

不幸的是正当宋福壮年时候,妻子死了,跟前只剩下个十多岁的小女儿。

女儿叫翠娥,生得很秀气,是个灵巧孩子,长年受到她爹爹的熏染,也爱摆弄笛子。耳韵极强,悟性又好,春天听见鸟啸,秋天促织唱,或是海潮的声音,翠娥都能吹进笛子里去。正是贪玩的年龄,生活却把孩子磨炼得很懂人事。妈妈一死,做饭、做针线,样样都得翠娥动手。幸亏邻舍家有个夏大嫂,常来帮着她缝缝洗洗,料理家务。这个中年寡妇来得脚步儿勤,宋福一有空也去帮着她推磨压碾子,做些力气活,这就不免要惹起一些风言风语。

有一回翠娥到井边去打水,一个妇女笑着说:“小娥呀,你爹是不是要给你寻个后娘呀?”

另一个妇女接口说:“你瞧着吧,不烧火的冰炕后娘的心,都是冷的。后老婆一进门,翠娥就该遭罪啦。”

在加纳阿克拉街头（二十世纪六十年代）

1957年北京出版社版《亚洲日出》封面

第三个妇女就说:"依我看,夏家的倒不是那种歪辣货,只怕船主刘敬斋不甘心。你没见,那老色鬼就是那偷腥的猫儿,整天跟在夏家的后头,恨不能扑上去,一下子把人吞到肚子里去。宋福跟夏家的相好,那老东西就掉到醋坛子里,酸溜溜的不是滋味。"

翠娥听在心里,又是高兴,又是担忧。夏家大婶心肠好,人又精明利落,她早盼望着能跟她常住在一起,省得她爹五更半夜出海去,丢下她孤孤零零一个人,听见耗子啃锅盖,也害怕。只是又管刘敬斋什么事?这个船主养着十几条渔船,她爹跟别人合伙租的就是他的船。要是船主一翻脸,可怎么好?

吃午饭的时候,宋福捡了一盘子新蒸的红薯,对翠娥说:"给你夏大婶送去吧。昨儿吃了人家煮的花生,也该送人家点东西。"

翠娥端着那盘子红薯刚走到夏大嫂门口,听见院里正吵嘴。从门缝一望,只见夏大嫂站在房檐下,满脸怒气,指着刘敬斋高声说:"你给我滚出去!我一不租你的船,二不欠你的债,你凭什么欺负人?"

刘敬斋的几根老鼠胡子都翘起来,恶狠狠地骂:"臭娘们,你装什么假正经?让你再泼,刀把握在我手里,也跳不出我的手心。姓宋的那穷鬼敢沾你一沾,我不给你们点颜色看才怪。"

翠娥吓得连忙跑回家去。宋福问是怎么回事,翠娥红着脸讲不出口,吞吞吐吐半天,才把自己听见的都告诉了她爹爹。

宋福听了冷笑一声,沉默了一会说:"小孩儿家,少听这类闲话。"也不再说别的,接过那盘子红薯,亲自给夏大嫂送去。

村里传开了流言蜚语,说什么夏家的寡妇不正派,伤风败俗,有人亲眼看见宋福半夜从她家里跳墙出来。夏大嫂性子刚强,气得哭。宋福一想:你姓刘的无非利用我和夏大嫂常来常往,就背后造谣,索性挑明我们两人的感情,看你还有什么花招。

于是请人作媒，要娶夏大嫂。

事情并不像宋福想的那样轻而易举。夏大嫂的婆家人不知叫谁挑唆的，非先要四十块现洋的彩礼，不准媳妇改嫁。一个卖力气挣饭吃的渔民，一时哪里掏得出？刘敬斋又三番两次到宋福家来，说是明年开春要把租给宋福的渔船收回去，自己用，不过看在乡里乡亲的面上，事情还可以商量。

宋福气呼呼地对渔船上的伙伴儿说："要收船随他收去，这口怨气我吞不下去。我宋福生平走得直，坐得正，大天白日见得人，怕他什么？"便趁着落雪以前，不管好天坏天，差不多天天出海捕鱼，指望多分几个钱，再借点债，早早成全他和夏大嫂的心愿。

深秋晚景，海上风浪特别大。这一天后半夜，翠娥起来，扒着窗户眼一望，一颗星星都不见，恐怕要变天，怯生生地问道："爹，你还出海不？"

宋福走到门外望望天，迟疑一下，还是穿上老棉袄，带着应用的东西走了。翠娥关上门，吹灭小煤油灯，又躺下，可睡不着。一颗心悬空挂着，摇摇晃晃不能安定。这一阵子，爹的性情好像有点改变，常常一个人坐着发愣，笛子挂在墙上，蒙着层灰尘，也不爱吹了。翠娥是大海喂养起来的孩子，爱海，也懂得大海的脾气最暴躁，翻脸无情，什么悲惨的事都做得出来。这样天气爹还出海，谁料得到会发生什么事呢？

翠娥最忧虑的事情终于来了。天亮不久，刮起狂风来，平地卷起滚滚的黄沙，一直卷到半天空去。大海变了脸，黑沉沉的，波浪像无数山峰似的忽而立起来，忽而又倒下去。全村凡是能动的人都跑到海边上，有的站到山头上，望着大海哭啊，叫啊，烧纸啊，磕头啊……海上出现一只渔船的影子，四面八方都叫起来：叫儿的，叫丈夫的，叫爹的……一片凄凄惨惨的声音——但愿是自己的亲人回来吧！翠娥跪在海滩上，也哭着叫，叫的嗓音都哑了。

那条船到底从狂风大浪里逃出来,停到岸上。原来是宋福的渔船。翠娥乐的满脸是泪,喊着爹爹冲上去,又看见了那几个跟爹合伙的叔叔大爷,可是她爹在哪儿呢?

一个渔民拧着湿淋淋的衣裳冲着翠娥就问:"你爹是怎么回事?害得我们白等了他大半夜,也不上船。算他走运,少受这一场惊。"

翠娥睁大眼说:"我爹四更天就离开家,怎么会没上船来?"

那渔民瓮声瓮气说:"就是没来嘛。你回家找找吧,说不定在哪儿睡香觉呢。"

翠娥一口气奔回家,又奔到夏大嫂家去,到处不见爹的影儿。有人揣测:也许他进城借债去了。翠娥放下点心来,只得等着。赶过晌,一位大爷走来说:"你爹找到啦。"

翠娥喜的问:"在哪儿?"

那位大爷低着眼说:"跟我来吧。"就把翠娥领到海滩上。

沙滩上躺着宋福的尸体,两手反绑着,嘴里塞满乱棉花,脖子上结着根绳子,脖颈子叫绳子磨得稀烂。显然,他是叫人在脖子上坠了个什么东西,丢到海里淹死的。这一阵大风大浪把那东西冲掉了,尸体便潮上岸来。

翠娥一见,昏过去了……

尾　音

不用说,我遇见的那个吹横笛的女子正是翠娥。事情已经过去十四年,她心上受的伤也已结疤。可是,每当秋风海浪,一吹笛子,又会触痛她旧日的伤口,不知不觉便吹出呜呜咽咽的音调。

这件凶案的内情究竟怎样?翠娥告诉我说,当时大家就看得清清楚楚。不久,刘敬斋家里果然有人泄露出一个秘密:他后院原本有一盘磨,有一晚间,上半扇磨不知怎的忽然不见了。又不久,夏大嫂的婆家人逼着她改嫁给刘敬斋当小老婆,逼得她无路可走,投井死了。

　　翠娥的故事很悲惨,却也平常。旧时候,这类惨事还不是到处发生?她爹的案情明明像雪一样白,却又跟无数旧日的冤仇一样,凭你喊冤告状,也得不到昭雪。直到一九四八年冬天,翠娥一睁眼,在她生命的海平线上忽然泛起红光,一轮红日腾空跳出生活的海洋,于是上天下地闪射着一片光明。这是翠娥生命史上的一次日出,也是中国人民历史上的一次光辉灿烂的日出。坏人都得到应有的惩罚,好人也踏上幸福的道路。翠娥的生活怎样?有些话我不便多问,但从她屋里那种布置看来,她不再是孤孤零零一个人,而是生活在有别于父亲的男性抚爱中。

　　至于我探索的那棵红树,是木槿。花色有粉的、红的、紫的、白的,初秋就开,一朵连着一朵,好像永久也开不尽。朝鲜的无穷花,正是它。

一九六一年

雪　浪　花

凉秋八月,天气分外清爽。我有时爱坐在海边礁石上,望着潮涨潮落,云起云飞。月亮圆的时候,正涨大潮。瞧那茫茫无边的大海上,滚滚滔滔,一浪高似一浪,撞到礁石上,唰地卷起几丈高的雪浪花,猛力冲激着海边的礁石。那礁石满身都是深沟浅窝,坑坑坎坎的,倒像是块柔软的面团,不知叫谁捏弄成这种怪模怪样。

几个年轻的姑娘赤着脚,提着裙子,嘻嘻哈哈追着浪花玩。想必是初次认识海,一只海鸥,两片贝壳,她们也感到新奇有趣。奇形怪状的礁石自然逃不出她们好奇的眼睛,你听她们议论起来了:礁石硬得跟铁差不多,怎么会变成这样子? 是天生的,还是錾子凿的,还是怎的?

"是叫浪花咬的,"一个欢乐的声音从背后插进来。说话的人是个上年纪的渔民,从刚拢岸的渔船跨下来,脱下黄油布衣裤,从从容容晾到礁石上。

有个姑娘听了笑起来:"浪花也没有牙,还会咬? 怎么溅到我身上,痛都不痛? 咬我一口多有趣。"

老渔民慢条斯理说:"咬你一口就该哭了。别看浪花小,无数浪花集到一起,心齐,又有耐性,就是这样咬啊咬的,咬上几百年,几千年,几万年,哪怕是铁打的江山,也能叫它变个样儿。姑娘们,你们信不信?"

说得妙,里面又含着多么深的人情世故。我不禁对那老渔民望了几眼。老渔民长得高大结实,留着一把花白胡子。瞧他那眉目神气,就像秋天的高空一样,又清朗,又深沉。老渔民说完话,不等姑娘们搭言,早回到船上,大声说笑着,动手收拾着满船烂银也似的新鲜鱼儿。

我向就近一个渔民打听老人是谁,那渔民笑着说:"你问他呀,那是我们的老泰山。老人家就有这个脾性,一辈子没养女儿,偏爱拿人当女婿看待。不信你叫他一声老泰山,他不但不生气,反倒摸着胡子乐呢。不过我们叫他老泰山,还有别的缘故。人家从小走南闯北,经的多,见的广,生产队里大事小事,一有难处,都得找他指点,日久天长,老人家就变成大伙依靠的泰山了。"

此后一连几日,变了天,飘飘洒洒落着凉雨,不能出门。这一天晴了,后半晌,我披着一片火红的霞光,从海边散步回来,瞭见休养所院里的苹果树前停着辆独轮小车,小车旁边有个人俯在磨刀石上磨剪刀。那背影有点儿眼熟。走到跟前一看,可不正是老泰山。

我招呼说:"老人家,没出海打鱼么?"

老泰山望了望我笑着说:"嘻,同志,天不好,队里不让咱出海,叫咱歇着。"

我说:"像你这样年纪,多歇歇也是应该的。"

老泰山听了说:"人家都不歇,为什么我就应该多歇着?我一不瘫,二不瞎,叫我坐着吃闲饭,等于骂我。好吧,不让咱出海,咱服从;留在家里,这双手可得服从我。我就织鱼网,磨鱼钩,照顾照顾生产队里的果木树,再不就推着小车出来走走,帮人磨磨刀,钻钻磨眼儿,反正能做多少活就做多少活,总得尽我的一份力气。"

"看样子你有六十了吧?"

"哈哈!六十?这辈子别再想那个好时候了——这个年纪

啦。"说着老泰山捏起右手的三根指头。

我不禁惊疑说:"你有七十了么?看不出。身板骨还是挺硬朗。"

老泰山说:"嘻,硬朗什么?头四年,秋收扬场,我一连气还能扬它一两千斤谷子。如今不行了,胳臂害过风湿痛病,抬不起来。磨刀磨剪子,胳臂往下使力气,这类活儿还能做。不是胳臂拖累我,前年咱准要求到北京去油漆人民大会堂。"

"你会的手艺可真不少呢。"

"苦人哪,自小东奔西跑的,什么不得干。干的营生多,经历的也古怪。不瞒同志说,三十年前,我还赶过脚呢。"说到这儿,老泰山把剪刀往水罐里蘸了蘸,继续磨着,一面不紧不慢地说:"那时候,北戴河跟今天可不一样。一到三伏天,来歇伏的差不多净是蓝眼珠的外国人。有一回,一个外国人看上我的驴。提起我那驴,可是百里挑一:浑身乌黑乌黑,没一根杂毛,四只蹄子可是白的。这有个讲究,叫四蹄踏雪,跑起来,极好的马也追不上。那外国人想雇我的驴去逛东山。我要五块钱。他嫌贵。你嫌贵,我还嫌你胖呢。胖的像条大白熊,别压坏我的驴。讲来讲去,大白熊答应我的价钱,骑着驴逛了半天,欢欢喜喜照数付了脚钱。谁料想隔不几天,警察局来传我,说是有人把我告下了,告我是红胡子,硬抢人家五块钱。"

老泰山说的有点气促,喘嘘嘘的,就缓了口气,又磨着剪子说:"我一听气炸了肺。我的驴,你的屁股,爱骑不骑,怎么能诬赖人家是红胡子?赶到警察局一看,大白熊倒轻松,望着我乐得闭不拢嘴。你猜他说什么?他说:你的驴快,我要再雇一趟去秦皇岛,到处找不着你。我就告你。一告,这不是,就把红胡子抓来了。"

我忍不住说:"瞧他多聪明!"

老泰山说:"聪明的还在后头呢,你听着啊。这回倒省事,也不用争,一张口他就给我十五块钱。骑上驴,他拿着根荆条,抽着驴紧跑。我叫他慢着点,他直夸奖我的驴有几步好走,答应回头再加点脚钱。到秦皇岛一个来回,整整一天,累得我那驴浑身湿淋淋的,顺着毛往下滴汗珠——你说叫人心疼不心疼?"

我插问道:"脚钱加了没有?"

老泰山直起腰,狠狠吐了口唾沫说:"见他的鬼!他连一个铜子儿也不给,说是上回你讹诈我五块钱,都包括在内啦,再闹,送你到警察局去。红胡子!红胡子!直骂我是红胡子。"

我气得问:"这个流氓,他是哪国人?"

老泰山说:"不讲你也猜得着。前几天听广播,美国飞机又偷着闯进咱们家里。三十年前,我亲身吃过他们的亏,这笔账还没算清。要是倒退五十年,我身强力壮,今天我呀——"

休养所的窗口有个妇女探出脸问:"剪子磨好没有?"

老泰山应声说:"好了。"就用大拇指试试剪子刃,大声对我笑着说:"瞧我磨的剪子,多快。你想剪天上的云霞,做一床天大的被,也剪得动。"

西天上正铺着一片金光灿烂的晚霞,把老泰山的脸映得红通通的。老人收起磨刀石,放到独轮车上,跟我道了别,推起小车走了几步,又停下,弯腰从路边掐了枝野菊花,插到车上,才又推着车慢慢走了,一直走进火红的霞光里去。他走了,他在海边对几个姑娘讲的话却回到我的心上。我觉得,老泰山恰似一点浪花,跟无数浪花集到一起,形成这个时代的大浪潮,激扬飞溅,早已把旧日的江山变了个样儿,正在勤勤恳恳塑造着人民的江山。

老泰山姓任。问他叫什么名字,他笑笑说:"山野之人,值不得留名字。"竟不肯告诉我。

一九六一年

画 山 绣 水

自从唐人写了一句"桂林山水甲天下"的诗,多有人把它当做品评山水的论断。殊不知原诗只是出力烘衬桂林山水的妙处,并非要褒贬天下山水。本来天下山水各有各的特殊风致,桂林山水那种清奇峭拔的神态,自然是绝世少有的。

尤其是从桂林到阳朔,一百六十里漓江水路,满眼画山绣水,更是大自然的千古杰作。瞧瞧那漓水,碧绿碧绿的,绿得像最醇的青梅名酒,看一眼也叫人心醉。再瞧瞧那沿江攒聚的怪石奇峰,峰峰都是瘦骨嶙嶙的,却又那样玲珑剔透,千奇百怪,有的像大象在江边饮水,有的像天马腾空欲飞,随着你的想象,可以变幻成各种各样神奇的物件。这种奇景,古往今来,不知有多少诗人画师,想要用诗句、用彩笔描绘出来,到底谁又能描绘得出那山水的精髓?

凭着我一枝钝笔,更无法替山水传神,原谅我不在这方面多费笔墨。有点东西却特别触动我的心灵。我也算游历过不少名山大川,从来却没见过一座山,这样凝结着劳动人民的生活感情;没有过一条水,这样泛滥着劳动人民的智慧的想象。只有桂林山水。

如果你不嫌烦,且请闭上眼,随我从桂林到阳朔去神游一番,看个究竟。最好是坐一只竹篷小船,正是顺水,船稳,舱里又眼亮,一路山光水色,紧围着你。假使你的眼福好,赶上天气晴朗,水面平得像玻璃,满江就会画着一片一片淡墨色的山影,晕糊糊的,使人恍惚沉进最恬静的梦境里去。

　　这种梦境往往要被顽皮的鱼鹰搅破的。江面上不断漂着灵巧的小竹筏子,老渔翁戴着尖顶竹笠,安闲地倚着鱼篓抽烟。竹筏子的梢上停着几只鱼鹰,神气有点迟钝,忽然间会变得异常机灵,抖着翅膀扑进水里去,山影一时都搅碎了。一转眼,鱼鹰又浮出水面,长嘴里咬着条银色细鳞的鲢子鱼,咕嘟地吞下去。这时渔翁站起身伸出竹篙,挑上鱼鹰,一捏它的长脖子,那鱼便吐进竹篓里去。你也许会想:鱼鹰真乖,竟不把鱼吞进肚子里去。不是不吞,是它脖子上套了个环儿,吞不下去。

　　可是你千万不能一味贪看这类有趣的事儿,怠慢了眼前的船家。他们才是漓江上生活的宝库。那船家或许是位手脚健壮的壮族妇女,或许是位两鬓花白的老人。不管是谁,心胸里都贮藏着无数迷人的故事,好似地下的一股暗水,只要戳个小洞,就要喷溅出来。

　　你不妨这样问一句:"这一带的山真绝啊,都有个名儿没有?"那船家准会说:"怎么没有? 每个名儿还都有来历呢。"

　　这以后,横竖是下水船,比较消闲,热心肠的船家必然会指点着江山,一路告诉你那些山的来历:什么象鼻山、斗鸡山、磨米山、螺蛳山……大半是由山的形状得到名字。譬如磨米山头有块岩石,一看就是个勤劳的妇女歪着身子在磨米,十分逼真。有的山不但象形,还流传着色彩极浓的神话故事。

　　迎面来了另一座怪山,临江是极陡的悬崖,船家说那叫父子岩。悬崖上不见近似人的形象,为什么叫父子岩,就难懂了。你耐心点,且听船家说吧。

　　船家轻轻摇着橹,会告诉你说:古时候有父子二人,姓龙,手艺巧,最会造船,造的船装得多,走起来跟箭一样快。不料圩子上一个万员外看中了,死逼着龙家父子连夜替他赶造一条大船,准备把当地粮米都搜括起来,到合浦去换珠子,好献给皇帝买官做。粮米运空了,岂不要闹饥荒,饿死人么?龙家父子不肯干,藏到这儿的岩洞里,又缺吃的,最后饿死了。父子岩就这样得了名,到如今大家还记得他们的义气……前面再走一段水路,下几个险滩,快到寡婆桥了,也有个故事……

究竟从哪年哪代传下来这么多故事,谁也说不清。反正都说早年有这样个善心的老婆婆,多年守寡,靠着种地打草鞋,一辈子积攒几个钱。她见来往行人从江边过,山路险,艰难得很,便拿出钱,请人贴着江边修一座桥。修着修着,一发山水,冲垮了,几年也修不成。可巧歌仙刘三姐路过这儿,敬重寡婆婆心地善良,就亲自参加砌桥,一面唱歌,唱得人们忘记疲乏,一鼓气把桥修起来。刘三姐展开歌扇,扇了几扇,那桥一眨眼变成石头的,永久也不坏。

……前边那不就是寡婆桥?你看临江拱起一道石岩,下头排着几个岩洞,乍一看,真像桥呢。岩上长满绿盈盈的桉树、杉树、凤尾竹,清风一吹,萧萧飒飒的,想是刘三姐留下的袅袅的歌音吧?

船到这儿,渐渐接近阳朔境界,江上的景色越发奇丽。两岸都是悬崖峭壁,累累垂垂的石乳一直浸到江水里去,像莲花,像海棠叶儿,像一挂一挂的葡萄,也像仙人骑鹤,乐手吹箫……说不定你忘记自己是在漓江上了呢!觉得自己好像走进一座极珍贵的美术馆,到处陈列着精美无比的石头雕刻。可不是嘛,右首山顶那块石头,简直是个妙手雕成的石人,穿着长袍,正在侧着头往北瞭望。下边有个妇人,背着娃娃,叫做望夫石。不待你问,船家又该对你说了:早年闹灾荒,有一对夫妇带着小孩,背着点米,往桂林逃荒。逃到这里,米完了,孩子饿得哭,哭得夫妇心里像刀绞似的。丈夫便爬上山顶,想瞭望瞭望桂林还有多远,妻子又从下边望着丈夫。刚巧在这一刻,一家人都死了,化成石头。这是个神话,却又是多么痛苦的事实。

　　江山再美,谁知道曾经洒过多少劳动人民斑斑点点的血泪。假如你听见船家谈起媳妇娘(新娘)岩的事情,你更能懂得我的意思。媳妇娘岩是阳朔境内风景绝妙的一处,杂乱的岩石当中藏着个洞,黑黝黝的,洞里是一潭深水。

　　船家指点着山岩,往往叹息着说:"多可怜的媳妇娘啊! 正当好年龄,长得又俊,已经把终身许给自己心爱的情郎了,谁料想一家大财主仗势欺人,强逼着要娶她。那姑娘坐在花轿里,思前想后,赶走到岩石跟前,她叫花轿停下,要到岩石当中去拜神。一去,就跳到岩洞里了。"

　　到这儿,你兴许会说:"这都是以往的旧事了,现在生活变了样儿,山也应该改改名儿,别尽说这类阴惨惨的故事才好。"

　　为什么要改名儿呢? 就让这极美的江山,永久刻下千百年来我们人民艰难苦恨的生活吧,这是值得引起我们的深思的。今后呢,人民在崭新的生活里,一定会随着桂林山水千奇百怪的形态,展开他们丰富的想象,创造出新的神话,新的故事。你等着听吧。

一九六一年

海 罗 杉

——井冈山写怀之一

　　大井深藏在井冈山的腹心地带,四面紧围着层层叠叠的高山,朝上望去,那一片明净的天,确有些儿像井口。一九二七年十月,寒霜打红了枫叶,毛泽东同志率领着湖南秋收起义的健儿,上了井冈山,建立起孕育着中国革命的摇篮——井冈山根据地,当时毛泽东同志就落脚在大井,这里变成开展武装斗争的神经中枢。事隔三十多年了,我有幸能踏着红军的脚印,登上井冈山,来到大井,依旧感觉得到一股沉郁磅礴的气息,冲洗着我的心灵。

　　时当初夏,山地的节气晚,稻田水冷,刚插上秧,细得像钢针一样。桐花正在盛开,飘着雪,点染在苍松翠柏中间,煞是惹眼。毛泽东同志的旧居靠着山根,一片青瓦房,白粉墙,是江西的格局。看管房子的是位六十多岁的老人,叫邹文楷,身材矮小,模样儿寻常。他领我们满室看,指指点点讲着些旧事,还带我们绕到后墙根,指着两棵树说:"好好看一看吧,可是两棵稀奇物儿。"

　　一棵是海罗杉,另一棵是凿树,并排长着,树皮结着老疤,挂满苍苔,论年龄,都在百年以上,枝叶却极茂盛。特别是那棵海罗杉,针叶铺展着,像是凤尾,疏疏落落的,别有一种潇洒的风情。但我看不出究竟有什么稀奇之处。

　　邹文楷似乎识透我的意思,说:"嘻,这叫常青树,经历的世情变故,比人都多。可惜树不会说话,要会说话,也该讲一讲这几十年来它们心头上酸甜苦辣的滋味……”

树不会说话，人会说。且听听邹文楷老人家是怎样说的吧：

唉，日子过得好快，比飞还快，多少事摆在眼前，好像昨天刚发生似的，一看自己，头发却白了。想当年毛泽东同志乍上井冈山，山也发出欢呼。你想想，无数年来，劳苦人民踩在别人脚下，跟路边的野草一样，是死是活，人家眼皮儿眨都不眨，谁管你呢。忽然有一天，这个人来了，红旗一招，人民齐崭崭地挺起腰板，成立暴动队、赤卫队，建立起自己的政权，跟红军一道，干着轰轰烈烈的革命。天开始打转，地也打旋，蒋介石觉出他脚下的地面有点摇晃，睡不稳了，就接二连三派出大军攻打井冈山。

井冈山属于罗霄山脉，当着江西湖南两省的要冲，山势险恶，四周有五大哨口：黄洋界，双马石，桐木岭，八面山，朱砂冲。朱砂冲更是险绝。当地农民自古编成歌唱道："一天养一个，也不要从朱砂冲过。"要过，一失脚，会从悬崖峭壁上滚下去的。红军凭着天险，仰仗着人民的支持，接二连三把进攻的敌人收拾个干净。最著名的是永新柒溪岭战斗。进犯的敌人两个师，师长都姓杨，一战而在龙源口大桥被消灭净尽。井冈山军民作歌道："不费红军两分力，消灭江西两只羊。"仗一结束，战士一色换上精良的武器，原来用的梭镖插满山头。现在三元人民币票面上的花纹正是龙源口大桥，特意纪念这次历史性的战斗。

革命的声势一天天翻腾汹涌，山周围多少县的农民纷纷暴动起来，打土豪，分田地，好一番炽烈气象。红军也不断壮大，上山时不足一千人，一年多中间超过了七千。一九二九年一月，毛泽东同志亲率主力向赣南进军，终于在瑞金建立起第一个红色首都。这是后话，回头再说井冈山。

敌人见红军主力转移，山里空虚，便调集江西、湖南、广东三省反革命武装，从四面八方再一度围攻井冈山。单说八面山前，敌人连营六十里,兵力不算不厚,我们却只有一个团把守五个哨口。结果呢,整整打了七天七夜,敌人寸步难前。山里的妇女都忙着做"米果",送到阵地上去。红军守着哨口,吃着"米果",朝山下喊:"赶快过来吧,给米果吃。"一面又笑。

一天拂晓前,八面山哨口上的红军听见山半腰草响,看又看不清。山里是有老虎、山牛、猴子一类野兽,兵火正急,决不肯闯进是非之地来的。准是敌人摸上来了。且等一等瞧,自有巧计安排。这当儿,山坡上忽然发出一片哀叫,乱哄哄的。果然是敌人偷袭。红军这才开了枪。偷袭的一连敌人更加慌乱,扭头就跑。风急月黑,山下边的敌人又误以为红军冲下山,也开了火,两面夹击,那一连敌人自相践踏,活着回去的剩不几个。你猜是怎么回事?原来红军先在山腰险地的乱草堆里布满竹钉,尖尖刺刺,好像刀山。敌人踩着竹钉,痛得叫,才有这一场好杀。

不幸打到第八天,黄洋界哨口失守。是出了叛徒。这是最可恨的。那条狗本来是侦察员,被敌人捉住。敌人在他面前摆着雪花花的二百元光洋,问道:"你要钱还是要死,由你自己挑。"叛徒最怕死,能保住自己的命,还管什么革命不革命呢?那癞狗原不是什么务正的农民,曾经沿着黄洋界山后一条小河沟捉田鸡,知道这条小河直通到山顶。那天,满山漫着白茫茫的大雾,几步以外看不见人。叛徒领着敌人,顺着小河沟偷上山,绕到黄洋界哨口背后。哨口的工事一失灵,黄洋界便失守,其他的哨口也只得跟着撤退。当时红军立忙采取紧急措施,掩护着人民撤往深山密林里去。

敌人一进井冈山,见一个杀一个,见一村烧一村。茨坪住着一百多伤病员,来不及转移,都遭到屠杀。今天在茨坪,不是有一座革命先烈纪念塔么?就为他们修的。那一年也怪,井冈山大雪纷飞,连下四十天,山岭树木,一片白色,都为死难的革命人民挂孝。

敌人还叫嚷什么："山石要过刀,茅草要过火,人要换种!"妄想扑灭革命的火种。扑得灭么?是井冈山点起的火种,蔓延成燎原大火,烧到瑞金,烧到延安,烧到北平,最终烧红了整个中国。

大井的毛泽东同志旧居,原也烧了,仅仅剩下一段焦煳的断墙。井冈山的人民朝夕怀念他,怀念得心痛,拿树皮盖住墙头,不让风吹霜打,雨淋日晒,总算保存下来。解放后,房子按原样重修起来,断墙也原封不动修在原处。你瞧,就是这儿。人们每逢一抚摸那墙,觉得像抚摸自己身上的伤疤似的,就要想起许许多多往日的旧事,想起今天……

这段史实,邹文楷老人家说得那么清晰,那么动心,听了,使人沉吟回味,久久不能忘怀。但我还是不懂,两棵常青树究竟奇在哪儿。

邹文楷咧开略微发瘪的嘴,笑着说:"听我讲下去啊。两棵树当年都烧得半枯,像是死了,其实没死。这几十年来,每年树枝上总挂着零零落落几片叶儿,活得有点憔悴,可总硬挺着活下去,不肯低头。赶一解放,井冈山的人民重见天日,两棵树一下子抖擞起精神,抽枝发芽,一天比一天长得茂盛起来,到今天,你看,简直变成两条年轻轻的壮汉,肩膀抱着肩膀,好不威风。"

听到这儿,我不觉凝视着邹文楷问道:"当年你老人家干什么呢?"

邹文楷答道:"我是大井乡苏维埃的暴动队长,管修路,送粮,闹土地革命。还亲自参加过八面山战斗,那一仗打得真激烈呀。"

"经过那场大烧杀以后,井冈山变成什么样儿啦?"

"人民还不是照样坚持斗争。"

"你哪儿去啦?"

二十世纪六十年代

埃及舞蹈家送给作者的"埃及灯"

日本友人送给作者的"鹤首瓶"

邹文楷摸摸下巴说："我啊，敌人搜捕得紧，就翻山到了湖南，在外头活动将近二十年，临解放才回来。我儿子的胡子也长得多长，家里人都不认识我了，只当我死了。我活得满好呢，敌人能把我怎的？"说着老人家笑起来，两只手交插在袖口里，挺着腰板站在海罗杉树下。我亲切地望着他。他的脸上刻着又粗又深的皱纹，跟海罗杉的老树皮相仿佛；他的眼睛闪着锐光，使我想象得出当年英武的暴动队长。

山风飒飒吹来，那棵海罗杉迎着风，喊喊喳喳响起来。我觉得，树是会说话的。它不正像树下的老人一样，絮絮叨叨在谈着自己的身世，谈着井冈山的今昔。

一九六三年

西 江 月

——井冈山写怀之二

山下旌旗在望，
山头鼓角相闻。
敌军围困万千重，
我自岿然不动。

早已森严壁垒，
更加众志成城。
黄洋界上炮声隆，
报道敌军宵遁。

    毛泽东同志这首词，横写在一座朱红色的木碑上，竖在井冈山的黄洋界哨口高头，常年云雾漫漫，风雷纵横。一九六三年初夏，当我爬上黄洋界，拂开云雾，念着这首词，我觉得，这不是写在碑上，而是写在天上，从那雄伟豪放的诗情里，我又觉得，词人的胸襟是可以把五百里井冈山都装进去的。

    黄洋界坐落在井冈山的西北角上，经常漫着浓雾，白茫茫的，像海一样，所以又叫汪洋界。那形势，真是气象万千。透过漠漠的烟雾，朝前望去，一片缭乱的云山，厮缠在一起：浓云重得像山，远山又淡得像云，是云是山，分辨不清。有时风吹云散，满山满岭的松杉、毛竹和千百种杂树便起伏摇摆，卷起一阵滚滚滔

188

滔的黑浪,拍击着黄洋界前的断崖绝壁。

一根细线从断崖绝壁挂下去,风一急,好像会吹断的。其实不是线,是一条羊肠小道。当年谁要想越过黄洋界,这是独一无二的绝路。谁知道曾经有多少红军战士,下山上山,来来往往,踏着这条小路,脚底的汗水差不多把石磴都渍透了。

红军从黄洋界下山,多次是到宁冈去挑米,替根据地储备粮食。天不亮下山,回来时,每人挑着两谷箩米,一百多斤重,颤颤悠悠挑上山,已经是暮色苍然了。上山以后,每次总有人要在哨口附近一棵大槲树下卸了担子,歇歇脚儿。当中常有一个中年人,看来是位忠厚长者。如果你认不出他是谁,不妨去看看他的扁担,扁担当腰写着"朱德的"三个墨笔字。红军战士作歌唱道:

朱德挑粮上坳,
粮食绝对可靠,
大家齐心合力,
粉碎敌人"围剿"。

到今天,那槲树依旧无恙地挺立在山顶上,枝干显得有点苍老,生机却是茁壮得很。

毛泽东同志那首西江月词,描写的正是井冈山军民齐心合力,打垮敌人进攻,保卫根据地的一场恶战。可是,要不是我在当日战场上听人谈起当年的战绩,讲解着那首词,真猜想不到里头还那样富有喜剧色彩呢。

我们正站在黄洋界哨口最前沿的悬崖上,风云撩拨着衣襟和鬓发。井冈山管理局的一位老金同志指点着山上山下残存着的壕堑说:

"现在让我领你们回到一九二八年间去,那时候,毛主席带着主力到湖南打茶陵去了。只留下一个连守山。敌人得到这个信儿,以为有机可乘,自然不肯放松,就连夜调来两个团,把黄洋界围得里三层,外三层,水泄不通。敌人的前哨部队就扎在半山腰那一带红树林里,看得清清楚楚,气焰可高啦。山上呢,一个连还得分兵把守几个哨口,实在空虚,真有点唱空城计呢。不要紧,得想个法儿。兵少,老百姓不有的是?于是乎许多老百姓都上了山,分散在各个山头上,这个山头敲锣,那个山头打鼓,另一个山头又吹号。只见满山都是红旗,搅得敌人也摸不清虚实。这不能不让人想到西江月的起首两句:'山下旌旗在望,山头鼓角相闻。'

"老百姓还给红军送茶送饭,帮着修工事,运子弹。年纪大的,不能上战场,就削竹钉,好让年轻人趁着黑夜布置到工事外头,敌人踏上去,脚心都给它扎烂。军民那种劲头,真是众志成城。

"像这样壁垒森严,敌人要攻黄洋界,是得拿出点本钱来的。红军凭着天险,个个斗志昂扬,以一当十,以十当百,接连打退敌人好多次进攻。半山坡摆满敌人的尸体,横躺竖卧,下决心赖着不走了。

"整整打了一天一夜,黄洋界还是黄洋界,岿然不动。敌人攻吧,攻不上来;退吧,又不甘心。正在进退两难的当儿,我们帮他下了决心。

"山上只有一门迫击炮,何不试试炮的本领呢?就把那门炮拉到阵地上,对准敌人集中的红树林那一带,轰隆一声……这下子不要紧,敌人当晚上就偃旗息鼓,逃得无影无踪。事后才弄清楚,敌人挨了那一炮,伤亡很大,以为红军主力回山,一刻也不敢多停了。"

老金同志说完这段有趣的故事,我忍不住笑着念道:"黄洋界上炮声隆,报道敌军宵遁。"

老金说:"你也是诗人,也想写一首么?"

面对着这样壮丽的山川,沉浸在这样激昂的历史斗争里,我怎敢下笔？诗的幻想却在我心里奔腾着。我一时觉得，黄洋界前那条小路不只通往山脚，而是通往瑞金，通往延安，通往北京。井冈山的主峰拔海只有一千八百米，我却又觉得，这是中国历史上的高峰，不愧称做"天下第一山"。站在这高峰上，我清清楚楚望得见中国红军沿着黄洋界前的小路，迈着大步，走向更远更宽的道路，一直走进北京。走在这个行列里的无数英雄是在进军，在战斗，也在写诗。他们是用自己整个的生命在创造一部空前壮丽的史诗。这部史诗有开篇，西江月便是伟大的序曲之一，但却永远不会有尾声。人民永久不停地在斗争，在创造，也就永久不停地在写着这部空前雄伟的诗篇。……

一九六三年

黄海日出处

杨
朔
散
文

在那水天茫茫的黄海深处,一个马蹄形的岛子跳出滚滚滔滔的波浪。据白胡子老渔人说:这是很古很古以前,一匹天神骑的龙马腾跃飞奔,在海面上踏出的一个蹄子印儿。于今的人却不这么说。于今说这是一扇屏风,影着祖国的门户;这是一双明亮透澈的眼睛,日夜守望着祖国的海洋。

岛子的尽外头都是悬崖绝壁,险得很。年年春季,海鸭子在悬崖上产卵孵雏,算是寻到最牢靠的窠。就在这样的险地方,背山临海,藏着个小小的渔村。青石头墙,好像挂着白霜的海带草屋顶,错错落落遮掩在山洼的槐树、榆树林里,另有一番景色。

这些渔民都是老辈从山东漂洋过海,流落到这儿来安家的。算来有几百年了。你要问这渔村有多少人家,渔民会伸出双手,卷起两根指头说:"八户——不多不少整八户。"

怪事就出在这上头。你看那一带山坡下,有座崭新的石头房,上下两层,大门上挂着一块匾,画着一轮红日,刚刚跳出碧蓝的海面,映照着一片苍松翠柏。匾上横写着几个字:"第九户。"

不是说全村只有八户人家么,从哪儿钻出来个第九户?我们不妨透过玻璃窗,望望屋里。怪呀,怎么看不见渔家惯有的渔网渔钩,闻不到渔家惯有的海洋味儿?里边住的不是渔民,是一小群年轻轻的战士。原来"第九户"并非什么渔家,是岛子上最前沿的一个哨所。

哨所又为什么变成渔村的"第九户"呢?要揭开这个谜,不能不搜寻一下这几年围着哨所发生些什么故事。

第 一 个 故 事

且让我们把时针倒拨一下,回到一九六〇年夏天。那年,一春雨水缺,入了伏更旱。哨所的战士来时,满山的树叶都干得卷了边儿。战士们潦潦草草搭起营房,又挖阵地,日夜站岗巡逻,还得翻山越岭,到连部去背粮背煤,生活不是容易的。这小村子孤零零地蹲在岛子的尖上,抬头是山,低头是海,实在僻远。要不是偏远,有什么必要设这个哨所?战士们懂得他们肩上挑的是多重的担子,不发半句怨言,却有点别的埋怨情绪。村子里的乡亲们是怎么的,见了你躲躲闪闪的,把你当成外人。战士们初来乍到,人地生疏,加上村里的渔民常年远洋捕鱼,不在家,家里剩下的多半是妇女,想多接近,又觉得不方便。于是战士们的心情有点别扭。

副哨长王长华发觉这种不正常的情绪,就说:"我们是战斗队,也是工作队。你要不关心群众的痛痒,群众一辈子也不会亲近你。自从来到这里,我们这方面做了什么?"

其实没做什么。王长华又说:"不但没做,倒跟群众争水吃。"

一提起水,战士的心眼都发干。这一夏天,好旱啊。村里只有一眼井,又浅。水像油一样贵,一点一点从井底渗出来,刚够一瓢,守在井边等水的人赶紧舀走,井又干了。渔民自己吃水还不足,哨所好几条壮小伙子也伸着脖子分水吃。于是井边上总有人等水,深更半夜也有人等,个个满脸都笼罩着一层愁雾。后来不知是谁的主意,在井口扣上一个锅,贴上封条,不许任意打水,等水满了,大家再平分。现在经王长华一提,战士都寻思起来。人能不喝水么? 要喝,一个人民战士,怎忍心从渔民渴得干裂的嘴边上争那么一滴半滴？眼前是大海，水有的是，能喝有多好啊。这一天，战士们足足议论到深夜。……

第二天早晨，锅揭开了，水攒了一夜，也不满井。一位老渔民出面分水。每户分几瓢，瓢沿上滴滴答答的水珠，也有人连忙用掌心接住，舔进嘴里去。乡亲们并没忘记分水给哨所，可是哨所的同志竟不在场，喊喊吧。

不用喊，来了。只见村后那座大山梁，有几个战士翻过来，每人都挑着东西，颤颤悠悠走下羊肠小道。乡亲们喊他们来取水。战士们满头冒着热汗走下山，放下担子，当头的战士笑着说："大婶大娘们，水留着你们吃吧，我们在后沟找到一条小泉水，这不是挑来啦。"说着挑起水又走。

大婶大娘们望着战士的背影，啧啧着舌头称赞着，一直拿眼睛送他们到哨所门口。却又怪，他们竟不进哨所，挑着水往邻家去了。当头那战士绕到哨所后，走进一个叫魏淑勤的媳妇家去。

魏淑勤出嫁不久，人来人往，常有外村的亲戚来道喜。这天家里又来了客，魏淑勤的妈妈要做饭给客人吃，水缸干了，正焦急，迎面见战士挑着水进来，惊得瞪大眼，说不出话。

战士说："大娘，给你送水来了。"

喜得魏妈妈逢人就说："龙王爷到俺家来了。"

第 二 个 故 事

那被称做龙王爷的战士叫黄世杰，六月的一个夜晚，正在哨位上。黄世杰生得中等身材，很精壮，眉目之间淳朴里透着俊气。两只手看起来特别坚硬。本来嘛，他是撂下电焊工的一套家伙拿起枪杆的，自小磨出一手硬茧子。论年纪，黄世杰不过二十岁，做人却是胆大心细，好样儿的。

且说黄世杰立在岩石上，机警地望着大海。夏天，亮得早，下半夜三点来钟,已经透明。大海灰沉沉的,一时儿平得像镜子面,一时儿闹得像滚了锅;一时儿飕飕跳起几尾银光闪闪的大鱼,一时儿波浪上涌起一座小山,慢慢移动着——那是黄海有名的长须鲸,大得出奇,能把船顶翻。最得警惕的是敌人的潜水艇,也曾出现在公海上,水面上露出对物镜,偷偷窥伺着。……今儿黎明,那海怪得紧,先是平平静静,一会儿从水天相连处绽开一朵朵白花,越开越快,越开越密,转眼光景,整个海洋上卷起千万堆雪浪,简直就像那刚刚裂桃的大片棉花田,白花花的,一望无边。

黄世杰看得出神,一阵狂风猛扑上岸,差一点把他吹倒。黄世杰心里喊:"台风来了!"就在这一刻,一把什么东西掠过他的眼前,卷到海浪里去。只见魏春大娘家房子顶上的海带草叫大风撕下一把,又撕下一把,转眼撕开个窟窿,眼看房子要撕碎了。

黄世杰心里立刻涌起魏春大娘那张慈祥的脸,涌起她那对双生小外孙的伶俐聪俊的娇样儿,就喊着往几十步开外的哨所跑。

哨所的战士从甜梦里惊醒,穿着短裤,顶着大风跑到魏春大娘家。老大娘坐在院里,浑身发抖,怀里搂着两个哭哭啼啼的小外孙。

王长华搭上梯子,领头爬上房顶,大风呛得他喘不出气。下面的战士往房顶上递木头,左一根,右一根,拿木头压海带草,不让台风吹走。王长华压好一处,想爬到另一处,台风刮得更猛,把他只一搅,骨碌碌从房顶跌下来。

魏春大娘丢下小外孙,扶起王长华,拿手一试他的嘴,没气了。就把王长华紧紧抱在怀里,摇着,一面哭着叫:"孩子!孩子!你醒醒吧!"眼泪扑落落滴到王长华的脸上。

王长华缓过气来,睁开眼就问:"房子怎么样?"挣着命站起身。

魏春大娘拉住他说:"别管我的房子啦,你的命要紧。"

王长华说:"不要紧。"便挣脱身,又爬上房顶。血从他的耳朵里往外流,他忘了痛。和别的战士一起,又跟台风搏斗起来。

……

风是雨头。台风刮得猛,暴雨来了,连风加雨,一霎时搅得翻江倒海,天昏地暗。

黄世杰已经下了哨位,浑身湿淋淋的挨家挨户检查渔民的房子。忽然听见一阵求救的声音从魏淑勤家飞来。黄世杰只当又是屋顶的草被风吹走了,喊来几个战士一齐去救。刚迈进院,只听见哗啦啦一阵响,魏家的一面山墙倒了,狂风暴雨灌进屋去。

魏妈妈站在院里,两手拍着膝盖喊:"老天爷呀!……"

屋里,魏淑勤伏在红漆箱子上,哭得像个泪人儿。

黄世杰冲进屋喊:"房子要塌了,快出去吧!"连说带劝把魏淑勤拖出去,接着紧忙往外搬东西。有箱子、大柜,有衣服被窝、锅碗瓢盆。黄世杰等人跑出跑进,抢粮食,搬箱子,抬柜子。那破房子在台风暴雨中摇摇晃晃,像纸扎的。

魏妈妈拦住黄世杰说:"可不能再进去啦,房子要压死人的。"

黄世杰摆摆手,又冲进屋去。当他抱着魏淑勤的梳妆匣子,一条腿刚跨出门坎,又一阵暴风雨猛然袭来,房子忽隆隆塌下来了。

魏家母女失声叫起来。赶一定神,却见黄世杰立在眼前,脸上挂着笑,神色十分镇定。

魏淑勤不觉拉住他说:"你什么都帮着抢出来了,真是比亲兄弟还亲啊!"

黄世杰抹去满脸的泥水,微微笑着说:"只差房子抢不出来。

不过不用愁,天一晴,我们帮你另盖新房。"

风势煞下去,雨也变得零零落落。但在这场大风雨的搏斗当中,哨所的战士跟渔民风雨同舟,结下了生死的感情。

奇 迹

这样,无怪乎哨所加修营房阵地时,出现了奇迹。

你看,修阵地用的是洋灰水泥,得使淡水合,用的水又多,战士们挑水累得头昏眼花,还是供应不上,眼看要停工,群众一齐涌来了,有壮年妇女,也有扎着两根小辫的十来岁的小姑娘,人人从战士手里抢扁担,夺筲,帮着挑水。你说不用,她们说:"只许你给俺们送水,不许俺们给你挑水,太不平等。"

可是水用得多,用得急,再多一些人挑水,也不顶事。大家正焦急,忽然看见一条小船转过山嘴,从海上远远荡来了。

船头上站着个姑娘,两手拢着嘴,拖着长音喊:"送水来了……"

那姑娘生得高鼻梁,大眼睛,身材高高的,壮健得很。不用说,是她知道哨所急着用水,才从远处装满一舱水,运来了。那姑娘摇着船,刚想靠岸,忽然刮来一阵风,把船刮得横过来。岸上的战士和群众急了,纷纷跳下海,往岸上推船。魏淑勤怀着五个月的身孕,也跳下海。一个浪头卷起来,把魏淑勤打倒,船也被打得歪歪斜斜,眼看要翻。

那姑娘高声叫:"往海里推!"

战士们一愣:怎么倒往海里推?那姑娘又叫:"快往海里推啊!"大家就依着她的话把船推进海里,浪倒平了。

那姑娘横拿着橹,观察一下潮水,驾着风势,只几摇,船便平平稳稳靠了岸。要问那姑娘是谁,她就是黄海上有名的神炮手张凤英。

你再看，修营房得用砖，上级给运来好几万块，不能靠岸，卸不下来。群众又来了，驾着六条小渔船，像海燕穿梭似的，不消一天光景，砖都卸到岸上。

到第二天，战士正要把砖运到哨所，一看，从海岸到哨所，一条上百米长的路，穿过险礁，爬过巉岩，一路站满了人，老人、妇女、小学生、光着屁股的小孩；有在本村住的，也有远村来的。一个挨一个，织成一条人的传送带。砖头一手传一手，不消半天都堆到哨所跟前。

战士们也曾说："乡亲们啊，生产正忙，别误了你们的活。"

群众嘻嘻哈哈笑："俺们是志愿军，又不是请来的，你磨破嘴唇，也动员不回去。俺也不是替你干的，建设海岛，人人有份。"

你听听这些话，好像平常，却含着多么耐人深思的味儿。

又一个奇迹

村子里原有民兵，都是女的，张凤英要算出色的一个。父亲母亲，生来就在海浪里滚，就张凤英一个女儿，自然疼爱。张凤英却没一点儿娇气。穷人家的女儿，风里生，雨里长，磨得泼泼辣辣，敢说敢为。乍当上民兵，张凤英心眼儿灵，瞄准找靶子，学得特别快。见人有枪，从心里羡慕，只想：几时发枪，拿手摸摸，多好啊。终于发给她一支枪，不知怎的，她忽然变得胆虚起来，拿着枪心直跳，只怕响了。头一次打靶，她心慌意乱。枪后膛不会冒出火来吧？闭着两眼打完三发子弹。子弹飞得不见影儿。不过这都是废话，现在她已经练成一把满好的射击手。

哨所修起阵地，运来两门炮。战士们天天练炮，女民兵总爱凑在一边看热闹，交头接耳说着悄悄话。

战士问："你们也想学炮么？"

张凤英笑着回答说："敢情想。"心里痒痒的，恨不能去摸摸那溜光锃亮的大炮。别的女民兵也掩着嘴笑。

隔不几天,哨长曾国强来说:"成立个女炮兵班好不好? 两门炮可以拨一门给你们。"

张凤英先以为是说笑话,一看哨长那严肃认真的样子,赶紧去跟女伴商量。女民兵原觉得大炮怪好玩的,真让她们学,又有些迟疑。炮那么重,壮小伙子去摆弄,还累得满头大汗,一群媳妇姑娘哪里调理得动? 既然让学,试试看吧。

一试更觉得难。女炮长叫王玉香,学着喊口令,什么"瞄准手注意,正前方敌舰!"又是什么"榴弹全装药,瞬发引信!"尽是些莫名其妙的怪口令,记也记不住。张凤英是瞄准手,战士把着手教她,半天看不见标尺,看见了也不懂,更别说什么"测提前量"呀等等,直搅得她晕头转向。装填手魏淑勤个子矮,搬不动炮弹,搬起来又装不上膛,气得索性坐下去。

张凤英说:"别坐在大腿上呀。"

魏淑勤说:"谁坐了你的大腿?"

张凤英说:"这不是大腿是什么?"便指一指魏淑勤坐的炮架子。

魏淑勤伸出脚说:"大腿把俺的新鞋都碰破了,坐它一坐怕什么?"

哨长见大家撅着嘴,心情不好,对魏淑勤说:"唉! 新鞋破了,真可惜。要是'一只脚穿三只鞋',破了倒不算什么。"

哨长点的是张凤英她母亲的故事。早年张凤英的父亲给渔霸出海打鱼,干了一年,到年底,她母亲去算工钱。渔霸不给钱,放出恶狗咬伤她母亲的脚后跟,把鞋也咬丢了。这只鞋是把三只破鞋拼到一起缝起来的。这一下,不觉勾起魏淑勤、王玉香等人的苦楚,你一言,我一语,说起当年国民党反动派占领岛子时,封锁粮食,饿死她们家好几口人。

张凤英性子爽快,听了哨长的话,说:"哨长,你放心,俺们不是那种好了伤疤忘了痛的人。蒋介石仗着他美国老子,吹牛说要窜犯大陆。再怎么雪,怎么风,怎么水烫火烧,俺也得练好武艺,来了好揍他。"

几句话激起女炮手的劲儿,在阵地上练,在家里也练。孩子们淘气,听见王玉香在屋里喊口令,从门缝一望,原来她正做饭,对着灶火口喊。张凤英学瞄准,一遍不会,学两遍;十遍不会,学二十遍。魏淑勤的小孩生下来,不满周岁,练炮时放在阵地上。小孩哭了,魏淑勤抱起喂奶,一面哼着:"孩子孩子你别哭,妈妈为你来练武";张凤英等人接着哼:"练好本领保祖国,使你将来更幸福。"哼完大家又笑着一齐再哼。

一个连阴天,落着绵绵雨。张凤英在家替老父亲缝新裰子,听见哨所哨子响,吹得挺急,赶忙撂下针线往阵地跑。别的女炮手也顶着雨赶来,转眼都各就各自的炮位。一看那另一门炮,战士们早已集合齐全。

雨落得急,女炮手们穿得单薄,又淋着雨,有点发抖,但也许是初次上阵的缘故。战士们把仅有的一件雨衣赶紧送过来给她们穿。

张凤英说:"俺不穿,你们穿吧。"把雨衣又送回去。

送来送去,两边推了好几回。

忽然听见王玉香喊:"正前方发现敌舰!"……

从瞄准镜里,张凤英望见那烟雨蒙蒙的大海上,隐隐现出几条敌船,也说不清是哪类船,悄悄往近处滑,是想趁着雨雾天偷袭。

这当儿,战士那门炮先响了,一条船中了弹,烧起一团火。张凤英急切间瞄好距离,接着听见王玉香一声口令,轰隆一声,一股烤人的气浪把张凤英推了个筋斗,耳朵震得嗡嗡响。她的心里却异常镇定,忘了自己,爬起来又扑到炮位上,接连又打出一炮、两炮……

海面上冒起一团团烈火,乌黑的浓烟旋卷着,冲上天空。不知几时,村里人都围上来,拍手叫好。哨所的战士一齐跑过来,争着跟女炮手们握手,不住嘴地说:"你们打得好啊!首发命中,发发命中。"

张凤英兴奋地问道:"敌舰怎么样啦?"

战士们笑着说:"你问那些靶船嘛,烧不坏,玉皇大帝正拿水龙帮咱灭火呢。"

这时候,战士才发觉女民兵个个淋得湿透,好像刚从水里爬出来,可一点不打哆嗦。

"给你们雨衣,为什么不穿呢?"

张凤英笑着说:"你们为什么也不穿?"

两边都没穿,雨衣叫谁穿了? 给场地穿了。

第 九 户

"第九户"的谜到此应该揭开了。

正是播种的季节,潇潇洒洒落着一场春雨。细雨里,有两个人抬着东西,翻山越岭来到哨所。

战士们探头往窗外一望,是当地生产大队的支部书记夫妇,抬着棵叶大枝肥的柏树。

支部书记迎着战士说:"你看,同志,这是俺祖父当年在老坟上栽的一棵柏树,有年数了。俺是想,你们正修整哨所,不如给你们移来。今天下雨,正好移树栽花,俺又有空,就送来了。"说着,也不去多听战士的感激话,亲自把柏树栽上。那柏树披着丝丝的细雨,翠绿鲜活,散出一股淡淡的清香。

又过些日子,村里人敲锣打鼓,给哨所送来两样礼品:一样是那块写着"第九户"的横匾,另一样是幅对联,题着:

秋霜难落高山松

千难不分一家人

一九六五年新秋,我有机会来到"第九户"。原来的正副哨长都调走,黄世杰提拔做哨长。战士们个个生龙活虎似的,使我一到哨所,仿佛晚凉新浴,深深浸到一种新鲜而又清爽的气息里。哨所也真洁净,院子里种着各色花木,堆着像昆明石林一样奇丽的山子石,门口左右分写着两行字:

依靠群众

同守共建

八个字十足显出海岛部队的特色。可是我总觉得哨所别有一种亲切的乡土味儿,这是乡亲们带来的。一走上岛子,迎接我们的不只战士,还有当村的婶子大娘,当中就有魏春大娘。我渴望能见见女炮兵班,特别是得到神炮手称号的张凤英。不巧她们到大陆上去参加民兵表演。其实我早已见到她们。我看了那次表演,她们四发四中,摧毁了四辆坦克靶,武艺可算练到火候。

在哨所勾留一天一宿,我发觉"第九户"的故事多得很呢。张凤英的妈妈走来,说:"小黄啊,给你钥匙,等你大叔回来给他,俺到合作社去了。"就把家门的钥匙丢给黄世杰。一会,又一个什么大娘在窗外招呼说:"谁在家啊?给俺看看门,俺一会就回来。"

到夜晚,哨所别有一番特殊情景。全村的老老少少,流水似的汇集到哨所,每每有从远村披着星星赶来的,大家学歌子,听北京广播,更多的时候是由黄世杰领着读毛主席著作。看看每人脸上那种如饥似渴探索真理的神情,我的心不觉一震:这些战士和渔民啊,怀着深刻的阶级感情,浑身浸透了毛泽东思想,看起来极其简单平凡,他们的一言一行,却闪着多么耀眼的光彩!"第九户"的灵魂正藏在这儿。

二十世纪六十年代

非洲雪山

　　这一夜,我宿在哨所,枕上听着潮音,心境是又舒畅,又酣甜。天刚放亮,走出哨所,一股新鲜得发甜的清气灌满我的心肺。在那蓝蔚蔚的晨光里,一个哨兵挺然而立,面对着波浪滚滚的大海。

　　我说:"夜里冷吧? 你辛苦了。"

　　战士回答说:"做祖国的眼睛,是个光荣。"

　　如果说这海岛是祖国的眼睛,哨所就该是那亮晶晶的眸子。

　　这时,东方水天极处,染上一片橙红色,一会染成橘红色。一会又暗下去,暗成浅灰色。就在这片浅灰色里,慢慢烘出一个半圆形的浅红色轮光,轮光下面骨突地冒出半边鲜红鲜红的太阳,越冒越高,转眼跳出水面,于是一轮又红又大的太阳稳稳当当搁在海面上。再往上升,太阳便射出万道光芒,照耀着金浪滔滔的汪洋大海——这是一片包涵着中国人民的肝胆和智慧的汪洋大海,足以吞没任何吃人的长鲸恶鲨。

　　　　　　　　　　　一九六五年写于霜叶红透的北京西山

埃及灯

　　我从火一样燃烧着的游行队伍里走出来，浑身发燥，胸口跳得厉害。迎面起了风，一阵落叶扑到我的身上。我仰起头一望：街道两旁的树木都黄了，太阳光一映，显出一片透明的金色——多美啊，北京的初冬。

　　刚才在埃及大使馆前的情景还牢牢铸在我的心上。人，怎么说好呢，真像是山，像是海，一眼望不见边。只望见飞舞的纸旗，只听见激昂的喊声。有一处扬起歌声，到处立时腾起慷慨的壮歌，于是人们拥抱着，满脸流着纵横的热泪。我懂得这种眼泪，这是埃及人民英勇地反抗英法侵略的行动所激起的中国人民最高贵的感情。怀着这种感情，我们什么都愿意拿出来，什么都愿意做，只要为的是埃及人民的自由。

　　走回家来，累是有点累，我的感情里还是翻腾着狂风暴雨，不知不觉走到玻璃书橱前，不转眼地望着里面摆的一盏小灯。这盏灯是平平常常的铁皮做的，半尺来高，四面鼓起来，镶着玻璃，玻璃上涂着红绿颜色。灯是灵巧、好看，可是过去也无非像别的小纪念品一样，我爱惜它，但也并不特别爱惜它。看见灯，我的脑子里常常要闪出个人影来。

　　事情相隔有好几年了，那时候我到罗马尼亚去参加一个国际性的大会，碰见了许多来自世界各个角落的宾客，都住在一家大旅馆里。有一天晚饭后，我在客厅里闲坐，望着壁上挂的喀尔巴阡山风景画，一位脸色淡黑的人走到我跟前，拿指头一点我问："中国？"

我笑着站起来，没等开口，又有好几位陌生的朋友围上来，当中有位妇女特别惹眼。她约莫三十岁左右，高身段，戴着墨镜，耳朵上摇着两只金色大耳环，怪好看的。

脸色淡黑的人说："允许我介绍一下吧，这是我们埃及的代表，非常著名的舞蹈家。"

那女舞蹈家握住我的手，忽然说："你等一等"，一转身上楼去了。去了不久又回来，手里拿着顶像我们维吾尔族戴的那样漂亮的小帽，中指上挂着盏小玻璃灯。

她把小帽替我戴到头上，左右端量着说："简直像我们埃及人一样好看呢。"接着又把那盏灯递给了我。

我细细看着那盏精巧的小灯，想起《天方夜谭》里的故事，不觉笑着说："也许这就是'神灯'吧？"

那女舞蹈家挺开朗地笑起来："这是埃及灯，不是神灯。你插上枝烛，夜晚点着，可以照着亮走遍全埃及，不会迷路。"

我说："好，好，有了这盏灯，我该可以照着亮走遍全中国了。"

女舞蹈家紧摇着大耳环说："用不着，你们的路已经是亮的了——慢着，你能送我点东西么？"

我寻思送她点什么礼物好，女舞蹈家接着又说："我想要的也只是眼前的东西，最好能给我点中国烟。你们的烟实在香，抽着，能够引人深思，想到很远很远的将来。"

偏偏我带的烟并不多，好歹搜寻出一小铁盒，想送她，可是不知怎的，一连几天，我在餐厅找她，在客厅等她，总不见她那健美的身影。到后来，大会结束，各方面来的客人开始纷纷走了，那盒烟还白白带在我的身边，送不出去。我有点惆怅：看样子她早离开这里，回到她那古老而迷人的祖国去了。那个国家，当时在我的心目中，仿佛到处是诗，是情爱，是说不完的奇妙的故事。

那天中午,我从画馆看画回来,看见旅馆门前停着辆汽车,侍者正往车上装行李。一进门,两只金色的大耳环恰巧迎面摇过来。

我又惊又喜,迎上去说:"啊! 你还没走啊。"

女舞蹈家说:"我这就要走了。这几天,我身体不大舒服,也没向你告别。"

她的脸色果然有点苍白,说话的声调懒懒的。我问她害的什么病,她淡淡地一笑,用开玩笑的口气说:"也许是思乡病吧,谁知道呢。"

我急忙说:"请你等一等",便跑上楼去,拿下那盒烟送给她。礼物太薄,实在拿不出手去,我觉得有点难为情。

那女舞蹈家却露出明亮的喜色,紧握着我的手说:"谢谢你,太谢谢你。礼物不在多少,是个情意。我们要永远互相记着。将来有一天,我盼望你能到埃及来。"

我说:"能来的时候我一定来。"

她说:"该来的时候你就来吧。来了,别忘记告诉我,我给你讲《天方夜谭》,还要讲埃及的新故事给你听。"

海角天涯,一别就是好几年,我们彼此再也没有消息。想写信也没法写。说起来遗憾,我竟不知道她的姓名,她呢,也从来没问起我的名姓。可是每逢我站到玻璃橱前,望见那盏灯,我的神思一晃,就会出现个幻影,在那茫茫的埃及原野上,风沙黑夜,一个妇女摇着金色大耳环,提着小玻璃灯,冲着黎明往前走去。……

今天,我凝视着那盏灯,我的眼前又出现那个幻影,但是我看见的那对大耳环不是孤孤零零的,而是夹在奔跑着的人流里边;每人拿的也不是一盏小灯,而是千千万万支闪亮的火把。我仿佛听见那女舞蹈家在对着我喊:"来吧! 你该来了!"

我要去,我实在想去。只要埃及人民需要的话,我一定要作为一名志愿军,到你们那正燃烧着自由的国土上去。我不想去听奇妙的故事,我愿意把我的生命化做一枝小小的蜡烛,插在埃及灯上,只要能发出萤火虫尾巴那么点大的光亮,照亮你们比金子还要可贵的心,就算尽了我应尽的友谊。

亲爱的朋友,让我们先说一声:埃及见!

一九五六年

金字塔夜月

听埃及朋友说,金字塔的夜月,朦朦胧胧的,仿佛是富有幻想的梦境。我去,却不是为的寻梦,倒想亲自多摸摸这个民族的活生生的历史。

白天里,游客多,趣味也杂。有人喜欢骑上备着花鞍子的阿拉伯骆驼,绕着金字塔和人面狮身的司芬克斯大石像转一转;也有人愿意花费几个钱,看那矫健的埃及人能不出十分钟嗖嗖爬上爬下四百五十尺高的金字塔。这种种风光,热闹自然热闹,但总不及夜晚的金字塔来得迷人。

我去的那晚上,乍一到,未免不巧,黑沉沉的,竟不见月亮的消息。金字塔仿佛溶化了似的,溶到又深又浓的夜色里去,临到跟前才能看清轮廓。塔身全是一庹多长的大石头垒起来的。顺着石头爬上几层,远远眺望着灯火点点的开罗夜市,不觉引起我一种茫茫的情思。白天我也曾来过,还钻进塔里,顺着一条石廊往上爬,直钻进半腰的塔心里去,那儿就是当年放埃及王"法老"石棺的所在。空棺犹存,却早已残缺不堪。今夜我攀上金字塔,细细抚摸那沾着古埃及人民汗渍的大石头,不能不从内心发出连连的惊叹。试想想,五千多年前,埃及人民究竟用什么鬼斧神工,创造出这样一座古今奇迹?我一时觉得:金字塔里藏的不是什么"法老"的石棺,却是埃及人民无限惊人的智慧;金字塔也不是什么"法老"的陵墓,却是这个民族精神的化身。

晚风从沙漠深处吹来,微微有点凉。幸好金字塔前有座幽静的花园,露天摆着些干净座位,卖茶卖水。我约会几位同去的朋友进去叫了几杯土耳其热咖啡,喝着,一面谈心。灯影里,照见四处散立着好几尊石像。我凑到一尊跟前细瞅了瞅,古色古香的,猜想是古帝王的刻像,便抚着石像的肩膀笑问道:"你多大年纪啦?"

那位埃及朋友从一旁笑应道:"三千岁啦。"

我又抚摸着另一尊石像问:"你呢?"

埃及朋友说:"我还年轻,才一千岁。"

我笑起来:"好啊,你们这把年纪,好歹都可以算做埃及历史的见证人。"

埃及朋友说:"要论见证人,首先该推司芬克斯先生,五千年了,什么没经历过?"

旁边传来一阵放浪的笑声。这时我们才留意到在一所玻璃房子里坐着几个白种人,正围着桌子喝酒,张牙舞爪的,都有点醉意。

埃及朋友故意干咳两声,悄悄对我说:"都是些美国商人。"

我问道:"做什么买卖的?"

埃及朋友一瘪嘴说:"左右不过是贩卖原子弹的!"

于是我问道:"你们说原子弹能不能毁了金字塔?"

同游的日本朋友吃过原子弹的亏,应道:"怎么不能?一下子什么都完了。"

话刚说到这儿,有人喊:"月亮上来了。"

好大的一轮,颜色不红不黄的,可惜缺了点边儿,不知几时从天边爬出来。我们就去踏月。

月亮一露面,满天的星星惊散了。远近几座金字塔都从夜色里透出来,背衬着暗蓝色的天空,显得又庄严,又平静。往远处一望那利比亚沙漠,笼着月色,雾茫茫的,好静啊,听不见一星半点动静,只有三两点夜火,隐隐约约闪着亮光。一恍惚,我觉得自己好像走进埃及远古的历史里去,眼前正是一片世纪前的荒漠。

而那个凝视着埃及历史的司芬克斯正卧在我的面前。月亮地里,这个一百八十多英尺长的人面狮身大物件显得那么安静,又那么驯熟。都说,它脸上的表情特别神秘,永远是个猜不透的谜。天荒地老,它究竟藏着什么难言的心事呢?

背后忽然有人轻轻问:"你看什么啊?"

我一回头,发现有两个埃及人,不知几时来到我的身边。一个年纪很老了,拖着件花袍子;另一个又黑又胖,两只眼睛闪着绿火,紧端量我。一辨清我的眉目,黑胖子赶紧说:"是周恩来的人么?看吧,看吧。我们都是看守,怕晚间有人破坏。"

拖花袍子的老看守也接口轻轻说:"你别多心,是得防备有人破坏啊。这许许多多年,司芬克斯受的磨难,比什么人不深?你不见它的鼻子么?受伤了。当年拿破仑的军队侵占埃及后,说司芬克斯的脸神是有意向他们挑战,就开了枪。再后来,也常有外国游客,从它身上砸点石头带走,说是可以有好运道。你不知道,司芬克斯还会哭呢。是我父亲告诉我的。也是个有月亮的晚上,我父亲从市上回来得晚,忽然发现司芬克斯的眼睛发亮,就近一瞧,原来含着泪呢。也有人说含的是露水。管他呢。反正司芬克斯要是有心,看见埃及人受的苦楚这样深,也应该落泪的。"

我就问:"你父亲也是看守么?"

老看守说:"从我祖父起,就守卫着这物件,前后有一百二十年了。"

"你儿子还要守卫下去吧?"

老看守转过脸去,迎着月光,眼睛好像有点发亮,接着咽口唾沫说:"我儿子不再守卫这个,他守卫祖国去了。"

旁边一个高坡上影影绰绰走下一群黑影来,又笑又唱。老看守说:"我看看去",便走了。

黑胖子对着我的耳朵悄悄说:"别再问他这个。他儿子已经在塞得港的战斗里牺牲了,他也知道,可是从来不肯说儿子死了,只当儿子还活着。……"

黑胖子话没说完,一下子停住,又咳嗽一声,提醒我老看守已经回来。

老看守嘟嘟囔囔说:"不用弄神弄鬼的,你当我猜不到你讲什么?"又望着我说:"古时候,埃及人最相信未来,认为人死后,才是生命的开始,所以有的棺材上画着眼睛,可以从棺材里望着世界。于今谁都不会相信这个。不过有一种人,死得有价值,死后人都记着他,他的死倒是真生。"

高坡上下来的那群黑影摇摇晃晃的,要往司芬克斯跟前凑。老看守含着怒气说:"这伙美国醉鬼! 看着他们,别叫他们破坏什么。"黑胖子便应声走过去。

我想起什么,故意问道:"你说原子弹能不能破坏埃及的历史?"

老看守瞪了我一眼,接着笑笑说:"什么? 还有东西能破坏历史么?"

我便对日本朋友笑着说:"对了。原子弹毁不了埃及的历史,就永远也毁不了金字塔。"

老看守也不理会这些,指着司芬克斯对我说:"想看,再细看看吧。一整块大石头刻出来的,了不起呀。"

我便问道:"都说司芬克斯的脸上含着个谜语,到底是什么谜呢?"

老看守却像没听见,紧自比手划脚说,"你再看:他面向东方,五千年了,天天期待着日出。"

这几句话好像一把帘钩,轻轻挂起遮在我眼前的帘幕。我再望望司芬克斯,那脸上的神情实在一点都不神秘,只是在殷切地期待着什么。它期待的正是东方的日出,这日出是已经照到埃及的历史上了。

一九五七年

印 度 情 思

人在旅途上,又是夜航,最容易倦。我睡得迷迷糊糊的,忽然觉得耳朵里像灌满水,铮铮发响,知道飞机正在往下落。一睁眼,只见身边的星星,地面的灯火,密密点点的,恍惚是天上地下撒满珍珠,连成一片。飞机打着旋,我只担心:可别撞碎这些珍珠啊。

穿过这种幻景,我从云头里飘然落到地面上。这就是印度。好一个新奇的去处:到处是诗意,是哲理,是神话,最能引起人的美妙的幻想。

难道这不新奇么? 五冬六夏,老是有开不完的鲜花。花草的名目,有时问当地人,也说不清。最奇的是一种叫"苏葛"的花木,叶子周围是锯齿模样,掐一片叶子埋到土里,嫩芽便绕着叶子从锯齿的凹巢长出来。芒果,菩提,在佛家是圣树,到处可以看见。有一回,我在一棵大菩提树上,发现累累垂垂挂着许多好大的果子。再一细看,竟不是什么果子,而是一群倒挂在树枝上的蝙蝠。到黑夜蝙蝠一亮翅膀,足有面盆大。

清晨,露水未干,你碰巧能在花阴里看见只孔雀,迎着朝阳展开彩屏,庄严地舞着。舞到得意处,浑身一抖,每根翎子都唰唰乱颤。

德里西南方有座极其漂亮的古城,叫赭堡,全城都刷成粉红色;因而别名玫瑰城。其实不妨叫它是孔雀之乡。那儿的孔雀多得出奇,有的干脆养在人家里,跟鸡一样。天天黄昏,孔雀出来打食。路边上，野地里，三个一群，五个一伙，好像美人儿拖着翠色的长裙子，四处转游，根本也不躲避人。赭堡还有象，更通人性。我去看赭堡附近山顶上的琥珀宫时，骑的就是大象。象的全身刺着花绣，耳朵上戴着大铜耳环，环子上系着彩色的绸子飘带。养象的人叫它是"象小姐"，怪不得打扮得这样妖娆。想不到大象还爱音乐呢。爬山的时候，后边有人叮叮当当敲着小钟，象小姐便踏着拍子，迈着又慢又笨的步子，一摇一晃的，颠得人骨头都痛。

下来以后，养象的人说："给小姐点钱买糖吃吧。"大象便伸着鼻子到你跟前。我塞一枚印度币到它鼻眼里，瞧它把鼻子往后一甩，钱就递到主人手里去，乖觉得很。

乖觉的事儿还多着呢。你在大旅馆的餐厅里吃饭，小鸟会唧唧喳喳飞进来，围着你的腿搜寻面包吃。你到清真寺或者是名胜古迹去游玩，小松鼠会追着你跑，你站住，小松鼠便坐起来，用两只前爪拈着胡子，歪着头，还朝你挤眉弄眼呢。你走在野地里，瞧吧，路两旁常常坐着猴子的家庭：老猴子替小猴子从头上捉虱子，更小的猴子抱着母亲的肚子，就是母亲蹦跳、爬树，也不会掉。只要你嗷嗷叫上几声，哎呀呀，四下尼母树的叶子一阵乱响，更多的猴子会猱下来，都围到你跟前。胆大的竟敢一只手抓着你的胳臂，一只手从你掌心里拿香蕉吃。别以为这种种飞禽走兽是养熟的。不是，都是野的，却跟人处得十分相得，你看有意思没有意思？

在这样又古老又新奇的国度里，神话积累得自然特别丰富。象头人身的"甘尼萨"神，恒河，朱木纳河，还有一条据说隐藏在地下的沙罗索蒂河的三河女神，以及睡在毒蛇头下的湿娃天神等等故事，不但刻在石头上，还流传在人民口头上。甚至于直到今天，人民的真实生活里也夹杂着带点神话色彩的东西。

我到南印度的马德拉斯旅行时，曾经亲自去看过神鸢。有关神鸢的事迹，流传很远，书上都有记载。据说由马德拉斯到孟加拉湾海岸的半路上，有座圣山，每天正午以前，一定有两只白鸢从天外飞来，落到圣山上，吃点食，喝点水，歇息一会儿，然后又飞走——几百年来天天如此。那天我去得早，先在山脚下喝了点鲜椰子汁，尝了尝像嫩豆腐脑一样的鲜椰子肉，接着便按照当地宗教的习俗，脱下鞋，光着脚上了圣山。满山飘着一股香味，不知是野花，还是敬神点的什么香料。和尚们把神牛的粪晒干，弄成灰，往人的前额上抹，给人祝福。我急着要看神鸢，早早便坐到神鸢常落的岩石旁边等着。到十一点钟左右，一个光着膀子的老和尚打着伞，拿着一铜碗粘米饭，又就近舀了一铜碗水，都摆到岩石上。围着看的人悄没声的，全都望着天空。

忽然有人悄悄说："来了！"天空里果然出现两只鸟，盘旋几圈，随后有一只翩然落到岩石上。这是一只白鸢，尾巴是黑的，头上的翎毛挺憔悴，老了！一下来便从老和尚手里吃起食来，养的熟得很。只是另一只怎么不见来呢？急得老和尚拿铜碗敲着石头，引它，到底也没引下来——总是先吃饱了。先前那只吃饱后，用嘴悠闲地剔剔翎子，也就飞了。

都相信这两只鸢是两个圣僧，几百年来每天从巴那拉斯飞往瑞姆萨罗姆去朝圣，好几千里行程，故而天天中途要在马德拉斯歇脚。

这类涂上神话色彩的宗教活动倒引起我极其邈远的幻想。我站在山顶上，望着孟加拉湾碧蓝的海水，望着苍苍茫茫的印度旷野，不觉想起玄奘。一千多年前，这个人物孤孤零零一个人，光着头，赤着脚，袈裟烂成布缕缕，就是跋涉在这片国土上，说不定还打这儿走过呢。走乏了，看见人家灯火，便去叫开门，双手合十，寻点吃的喝的，歇歇脚，然后又往前走。他不是茫然前进，他追求的是一种理想，一种信仰。

千万不能忽视印度人民现实生活里的宗教气息。宗教里也会含着人生哲理。

德里郊外有座"柯特"高塔，是十二世纪的建筑，一色是砂岩造的，塔身上刻着可兰经文，乍一看，形成十分精致的花纹。高塔进口的大门上刻着这样的字句：

> ……为神建筑庙堂的人，神将为他在天上建筑同样的庙堂。

从这几句铭文里，我领会一个道理，为什么在印度全境有那么多精美的寺院。这些寺院，正表现出印度人民对于美的人生的想望。在现实生活里追求不到这种美的人生，便把理想寄托到虚无缥缈的天上。建造庙堂，正是动手建造他们的理想。

这种美的理想，你还可以从多方面得到更强烈的感染。残冬将尽，天气正好，不妨且到印度西南方奥兰格巴古城做一次短短的旅行。奥兰格巴城本身美是美，更美的却在别处。

翻过一座叫不上名的山岭，车子开进南印度平原，放眼一望，满地的甘蔗正开花，飘着白穗，仿佛是雪白的芦花。转弯抹角，车子又插进一条空谷，停到山脚下。现在我们来到著名的阿旃陀石窟。

碰巧山根底正有庙会，沿路摆满小摊，有卖各种甜食的，有卖镶着玻璃珠子的手镯的，还有卖色彩浓艳的披巾的。……许多妇女嘴里嚼着豆蔻，围在各种小摊前挑选自己心爱的物件。她们的服装不是大红大紫，就是大绿大黄，都带着强烈的热带色彩。一些吉普赛女人打扮得更鲜艳：头顶上高高支起尖顶的绸子披巾；两鬓插着珠子花；鼻子的左面挂着环子，也有的嵌着一朵小小的金梅花；脚脖子上戴着几串小铃铛，一走路，哗啦哗啦响，好听得很。看起来，无论女人男人，眼神都显得那么急切，好像是在期待着什么——他们究竟期待什么呢？

我杂在红红绿绿的人群里，爬上山去，开始欣赏那些石窟里精彩无比的壁画。这不是篇艺术论文,我不想多费笔墨去研究阿旃陀绝世的艺术。可是,这些从纪元前二世纪到纪元后七世纪陆续凝结成的精品,实在有吸引人的魔力。传统的宗教主题和真实的印度生活紧紧结合着,每幅画都是那么优美,那么和谐,而表现力又是那么强烈。一两千年前的人物,都用神采动人的眼睛,从墙壁上直望着你。可是你瞧,怎么那眼神就跟我身旁的活人一样,又急切,又热烈。

从古到今,善良的印度人民究竟一直在期待什么呢?

一个印度向导说:"你知道么? 我们昨天刚过'迪拉三瑞'节。"

这是个历代相传的节日。在这一天,人们一见面就要互相给点糖,握握手。

我问道:"糖表示什么呢?"

向导说:"糖就是爱,就是友情,就是幸福,一年一度,谁不盼望这个节日呀。"

我的心不觉一亮。千秋万世,印度人民期待的不正是这些人生最美好的事物么?

他们还把自己最美好的理想刻到石头上。我指的是爱楼拉那个神奇的地方。爱楼拉坐落在奥兰格巴城西北上,约莫十七英里远,那里一共有三十四座石窟,一律是石刻,内里有佛教的、印度教的、还有耆那教的石雕。有一本书上这样记载着:"当阿旃陀的僧侣艺术家正忙于显示短促生命中的永恒时,爱楼拉的山岭响彻着雕刻巨匠们斧锤的声音,开凿出他们幻想中的凯拉萨石头神宫。"

我认为,印度全国的名胜古迹要算爱楼拉最绝,而凯拉萨神宫又是爱楼拉最绝的一处。我走到凯拉萨前,这座神宫一百六十四英尺长,一百零九英尺宽,九十六英尺高,是从一座大山上劈下来一个角,又把这一角石山雕成一座精美无比的宫殿,上下两层,里里外外还刻着许多男女神像,以及跟原形一般大的石像等。神宫背后和左右,又依据原山开凿出三面石廊,廊里的石壁上刻着好多幅十分动人的神话故事。

有一幅石刻最打动我的心。一个叫鲁万纳的国王,长着十颗头,每天要献给神十九枝花。一天,神要试试他的心,暗地拿走十枝花。鲁万纳一发觉花的枝数不够,他是这样虔诚,便砍他的头代替花,已经砍下九颗头,正要砍最后一颗,神感动了,出面止住他。据说这个神话人物后来竟变成恶魔。且不管结尾怎样,这段故事总是值得深思的。

当夜,我临时歇在爱楼拉附近一座古帝王的行宫里,心情极其舒畅。我是完全沉醉在美的境界里去了。天上有月亮,满野铺着新鲜的月色,静得很,只有不知名的草虫齐声唱着。我想起当年那些刻石的人们。祖父带着儿子,儿子传给孙子,子子孙孙,前后几百年,如果没有坚定的信仰,深刻的智慧,加上像鲁万纳那样献身的精神,如何能最终创造出这样伟大的艺术啊?生命是有限的,那些人早不在了,没有人知道他们的名字。他们从来也没想到把自己的名字刻到石头上,他们刻上的只是自己的生命,他们留给后世的却正是这种用生命创造的美。我不能不好好想一想:作为人类的这一代,我们又能为后世美好的生活做点什么呢?

月亮地里,远处旷野上闪着一点野火,有人吹起怪凄凉的管子。印度人民真实的生活可远不像理想的那样美好。我知道,这个吹管子的人,睡在绳子结的床上,能吃到红高粱饼,放点辣子,就是好的。不过我也知道,印度人民像自己的祖先一样,永远抱着美好的理想;而且有毅力,有勇气,他们会为建造他们千秋万世所想望的美好的人生而奋斗,而抗争。

一九五七年

1965年元旦·开罗·地中海边

生命泉

楊 朔

1964年作家出版社版《生命泉》（平装）封面

蚁　山

　　乍到加纳,我几次发觉旷野里有些奇奇怪怪的小山,都是极细的黄土堆成的。高的高到好几丈,顶儿像锥子一样尖,显得十分精巧。究竟这是些什么蹊跷玩艺儿？大使旅馆的守门人巴考告诉我说:这就是非洲有名的蚁山。

　　非洲的蚂蚁模样儿也寻常,只是略微大点,时常借着一段砍剩的枯树桩子做梁架,一点一点衔着土粒往上垒。一天一月,一季一年,千千万万蚂蚁抱着那样惊人的毅力,无休止地劳动着,年深日久,终于垒成令人惊叹的蚁山。用巴考的话来说:这简直是蚂蚁世界的摩天大厦。

　　巴考是个怪惹眼的人物。四十几岁,前胸挂着一排叮叮当当响的勋章。他挺着胸脯,老是整理自己那身褪色的旧军装,显得满有精神。他的黑头发每根都鬈曲着,鬈的那样紧,鬓角插着半支铅笔,也不掉。头一次看见我,他就用含笑的眼睛望着我,似乎有话要说,又不好先开口。有一天午后,正是喝茶的时候,我从外头回来,又发觉他那好意的眼神,便先跟他打招呼,问起那些奇怪的小山。

　　巴考属于那种性格:爽快而又多话,你问一句,他会不厌其烦地说一百句。他先告诉我蚁山是什么,接着问道:"是从中国来的么？"

　　我点点头,他就满脸是笑,伸出大拇指头连声说:"好! 好!"随后又说:"第二次世界大战,我随英国军队到缅甸跟日本打过仗，看见许多中国人，有的还是我的朋友呢。"

我噢了一声说："怪不得你得到这样多勋章啊。"

巴考整理整理旧军装的下摆，胸脯挺得更高，露出得意的神气，忽然又舒口气说："勋章是得了不少，可惜不能当饭吃啊。打完日本后，我退伍回来，就失了业，流落街头，得伸手向人要着吃。当时像我这样失业的退伍兵不知有多少，饿极了，大伙聚集一起，一商量，都叫：找英国总督去！我们就一窝蜂似的奔着总督府去了……"

刚谈到这儿，一辆汽车开到大使旅馆门前停下，巴考照例走上去，打开车门，恭恭敬敬闪到旁边。车里走出个壮年汉子，穿着一件五颜六色的花衬衫，上头印着许多小野兽，怪里怪气的——我认得这是个叫吉茨的美国记者。吉茨柔声说了句："谢谢"，往巴考手里塞个先令，轻轻走进旅馆去。这时旅馆门前车来车去，巴考忙着东招呼，西招呼，顾不得继续谈话，我就到旅馆的露天咖啡厅去等候一位非洲朋友。

吉茨恰好坐在我的对面。我一到加纳，对每个美国人都特别留意。我不能不留意，他们是我正在暗中角斗的主要敌手。请想想，我带着中国人民海样深的情谊，飞越高山大海，到加纳的首都阿克拉来参加全非人民大会。不曾想在会场悬挂的旗子当中，右边挂着两面中华人民共和国的国旗，而在左边，竟吊着两面蒋匪帮的旗子。四面旗子遥遥相对，明明是故意布置好的"两个中国"的阴谋。是谁在跟中国人民为敌呢？猜也猜得着。原来有三十多个美国人来到大会，顶的都是教授、学者、记者一类发光的头衔，企图暗中操纵大会。他们事前到处收买代表，极力宣扬非暴力政策，现在又搬演"两个中国"的丑剧，用意无非要破坏非洲人民的团结，破坏亚非特别是中非人民的团结，这样来麻痹、分割非洲人民的斗争。我拒绝参加大会。我遍访所有我认识的非洲朋友，说明中国的严正立场，揭露敌人损害中非人民友情的阴谋。非洲朋友醒悟了,立时在大会内部对美国走狗展开激烈的斗争,要求扯下蒋匪帮的旗子,请人民中国的兄弟代表进入会场。斗争已经持续两天,胜负未分。

现在坐在我对面的正是跟我暗中角斗的角色之一。吉茨的连鬓胡子极重,刮的脸颊铁青;眼窝也是青的。一个脸色黑亮的年轻侍役走过来,问他喝茶还是喝咖啡。吉茨透着一股亲热劲儿说:"谢谢你,我想要一杯冰浸芒果汁。"

不一会儿,侍役用托盘送来芒果汁。吉茨先望着侍役嘿嘿嘿笑了一阵,然后柔声说:"谢谢你,亲爱的宝贝儿。"

也许觉察到我在暗暗注意他,吉茨忽然抬起脸朝我一笑,怪殷勤地招呼说:"真是个黑暗大陆啊,天气也使人热的难受——你说是不是,先生?"

我假装没听见,不睬他。那家伙进一步说:"我在东方学过巫术,如果你不见怪的话,先生,我想告诉你:恐怕你正面临着什么不愉快的事情吧?"

我控制一下自己的感情,笑着说:"我在西方也学过巫术,如果你不见怪,我倒想告诉你,不幸已经降临到你的头上。"

吉茨一惊说:"你能告诉我是什么不幸么?"

我说:"你撒的是什么不幸的种籽,就要收什么不幸的果实。"

那家伙嘿嘿嘿笑起来:"妙啊,这真是东方的智慧。原谅我,先生,我不能再多陪伴你了。"便站起身,客客气气一鞠躬,刚转过身去,我从玻璃门里望见他扮了个鬼脸。

我总等不到那位约好的非洲朋友,有点急,蹓蹓跶跶又转到旅馆门口。守门人巴考正坐在可可树荫凉里歇凉,老远便朝我招手。何不趁这个空请巴考继续谈谈他的故事呢?

巴考自然爱谈,他拾起先前的话头说:"我不是告诉你我们都奔着英国总督府去了么?总督府就是现在加纳政府的所在地。不到大门口,一群英国兵迎头拦住我们的去路。我们要见总督,人家却让我们先见见刺刀。大伙气极了,高声叫着:'我们要职业! 我们要面包!'英国兵就开了枪,打死两个退伍兵。这一来,可激起加纳人的气愤。当天晚间,阿克拉全城都发生暴动,四处只听见喊:'独立! 自由!'这是一九四八年的事,也是加纳人头一次发出自由的呼声。暴动虽说后来平静下去,人民要求独立的决心却越来越强。直到一九五七年三月,英国人看见势头不对,才改变花招,让加纳独立。可是这算什么样的独立呢? ——"

巴考的话突然停住,痛楚地叫了一声。原来有只苍白的手悄悄伸到他的鬓边,轻轻一拧插在他鬓发里的铅笔,拧得他的头发生痛。我回头一看:吉茨正龇着牙立在我背后。

吉茨做出一股怪殷勤的劲儿对巴考说:"原谅我,我的亲爱的,你能帮我喊一辆汽车么?"

巴考的脸气得变成黑紫色,掏出哨子吹了几声:一辆汽车开到旅馆门前。吉茨抬脚要上汽车,几只蚂蚁正巧爬在当路上。只听见吉茨咬着牙小声说:"几只黑蚂蚁,还能挡住我的路啦!"说着用脚尖踏住蚂蚁,只那么一碾,把蚂蚁都碾死了,然后爬进汽车去。

巴考冲着汽车扬起的尘土吐了口唾沫,气愤愤地对我说:"你看见没有? 英国人和美国人还骑在我们头上,横行霸道,这算什么独立!"

这使我记起一位加纳政界人物的话。他说:"如果非洲不全部独立,加纳就得不到真正巩固的独立。"这次全非洲的代表聚会一堂,正是要确定一条共同道路,连根摧毁帝国主义和殖民主义者的枷锁,取得非洲彻底的解放。任它是豺狼虎豹,如果想要挡住非洲人民前进的道路,只有自讨苦吃。不信请看当天傍晚发生的一件哄动听闻的故事。

吃晚饭的时候,我一进餐厅,只听见议论纷纷,到处哄传着一件新闻,说是当天大会正开秘密会议,讨论到最热烈的当儿,一个看守地下室的人跑来说:"地下室里藏着个黑影,从那儿可以清清楚楚偷听到整个会议的秘密。"两个警察立时赶到地下室,捉住那个人,竟是一个美国特务。都说晚报上还登着那个特务的照片呢。

我匆匆忙忙吃完饭,想去买一份晚报。刚到门口,守门人巴考便冲到我面前,手里擎着张报纸说:"你看看吧,想不到是他啊!"

报上登的正是那个吉茨的照片,下面还有一行醒目的标题:他能否认是个特务么?

我还在细看新闻,那位我一直等待着的非洲朋友突然出现在我眼前,拍拍我的肩膀笑道:"明天你来参加大会吧。大会今天下午已经作出决定,今晚上就扯掉蒋介石的旗子。"

第二天我进会场以前,先请别人进去一看,只摘掉一面,还挂着另一面。感谢罗伯逊夫人和杜波依斯夫人,由于她们的正义的斗争,美国走狗才不得不在万目睽睽之下,终于把另一面肮脏旗子也扯下来了。

我进入会场,许多非洲朋友跟我握手说:"这是你们的胜利啊!"

我却认为这更是非洲人民对美帝国主义所取得的一次出色的胜利。但凡美国海盗还能掌握会场,蒋匪帮的旗子是摘不下来的。看看会场上那种慷慨激昂的情绪,谁能不深受感动?这个跑上台去,连叫三声:"自由!自由!自由!"整个会场都震动起来了。那个扛着块大牌子,往台上一立,牌子上所写的标语立时变成群众的怒不可遏的声音:帝国主义滚出非洲去!突然有人用悲壮的高音唱道:阿非利加,回来吧!

一时会场里头,会场外头,满是一片震耳欲聋的歌声。我觉得，这歌声不止在会场里外，也不止在加纳，而是在整个非洲大陆上都汹涌起来。……

自从一九五八年全非人民大会以来，转眼又是一年有余。非洲人民反殖民主义的斗争真是如火如荼，一浪高似一浪。那个美国特务曾经骂非洲人民是黑蚂蚁，你想没想到非洲的蚂蚁能够垒起蚁山，创造出惊人的奇迹！何况非洲人民目前正在创造的决不是蚁山，却是真正雄伟的大山。据说，每次火山爆发，就要有新山诞生。现时在整个非洲，火山到处在喷火，通红的熔岩形成火的河流，到处都在燃烧。就在这一片火山爆发声中，新的山峰正在非洲大陆上一个接着一个诞生出来了。

一九六〇年

宝　石

　　锡兰①　素来号称"东方的珍珠"，确实不愧是个宝岛。海里产珍珠，岛子上漫山漫野是一片印度洋似的绿色，尽是茶园、咖啡园、椰子林、橡胶树林，还有铁一般坚硬的珍贵乌木。最难得的要算洛塔纳培洛城出产的宝石，五光十色，跟星星一样闪着光彩。临我离开前，邀请我们访问锡兰的檀柘夫人特意托人寻到两颗上好的宝石，赠送给我。一颗是乳白色，另一颗是紫红色，托在手掌上，闪闪发光。

　　檀柘夫人能写富有雄辩性的政论文章，能画一笔出色的画，又是个著名的社会活动家。承她送我这样珍奇的礼物，自然要谢谢的。檀柘夫人笑笑说："谢什么？你们送给我们的宝石，比起这点来不知要高贵多少倍呢。"

　　我一时没领会她的话，檀柘夫人接着又说："在人类生活的矿层里，有些东西也会凝结成光芒四射的宝石。你到过安纽洛培洛古城，应该访问过法显的遗迹吧？"

　　我访问过那座叫阿拔亚吉瑞的古塔，高得像小山，足有两千多年的历史了。据说，当年晋朝的高僧法显翻山过海，流转十几年，辗转来到锡兰，曾经在这儿住了两年多，钻研佛经。他的住处究竟在哪儿，已经寻不见一点踪迹。可是想象得出，在一千五

---

　　① 一九七二年五月二十二日，锡兰改名为斯里兰卡。

百多年前,风晨月夕,时常有一位清癯的老僧,披着黄袈裟,赤着脚,绕着古塔徘徊沉思,追索着人生的哲理。有一天,有人送他一把扇子。他望着扇子,久久地沉思不语。一别多年,不想在海外又见到故国的东西,他不能不怀念起自己的祖国。终于他携带着从海外搜集的经典,漂洋过海,重新回到自己的国土。他走了,他的名字却留在锡兰,一直到今天。正当我在古塔前流连忘返的时候,一群穿着雪白衣衫的少女,每人拿着一朵白莲花,飘飘而来。她们一见我,一位姑娘摇着白莲花,笑着喊:"法显!法显!"那位古代高僧万想不到他会变成中国和锡兰人民之间深远友情的化身。谈起友情,必然要谈起法显。

法显死后一千五百多年,另一个中国人的名字又流传在锡兰人民中间。

我头一次听见这个人的名字是在科伦坡郊外的苞枸达湖上。几位锡兰朋友原想邀我们去欣赏湖上落日的美景,不想去晚了,太阳沉入湖底,倒游了一次夜湖。大家坐在湖心的一座水亭子里。湖水轻轻拍着亭子脚,大家也在轻声絮语,谈着锡兰的历史。从很古很古以来,锡兰就在不断遭受着异民族的侵略,到十六世纪,便落到葡萄牙手中。锡兰人是有血性的,如何甘心受人奴役?当时有位民族英雄叫罗达·僧格,人称"狮子王",跟葡萄牙人整整打了一生。"狮子王"是这样骁勇善战,葡萄牙人一听见他的名字,就胆战心惊。当时流传着这样几句话:"当你听到'狮子王'的战鼓,葡萄牙人堡垒里的猫肉就要涨价。""狮子王"一直活到百岁高龄,最后在一次战斗里负伤,死在战场上。他的一生,真是一部英雄的诗篇。

"狮子王"之后,锡兰人为着自由,跟葡萄牙斗,跟英国斗,前仆后继,不知又洒过多少英雄的热血。直到一九四八年,英帝国被迫无奈,才不得不让锡兰独立。独立的签字仪式正是在我们畅谈锡兰历史的这座水亭子里举行的。

这时一位叫库马鲁的锡兰朋友说:"在我们近代争自由的斗争里,也有催阵的战鼓,最有力量的鼓手还是个中国人呢。"

我不禁问道:"这是谁呢?"

库马鲁说:"他叫米欣达(译音),是从西藏来的一位和尚,在锡兰住了多年,写了许多激昂慷慨的诗歌,鼓舞着我们人民的斗志。你听,这是多么振奋人心的诗句——"他便抑扬顿挫地背诵起来:

> 别国人民正为自由而战,
>
> 世界人民都为自由而生,
>
> 僧伽罗人啊,你们看不见么?
>
> 你们也在为自由而献出生命。

米欣达的诗写得又多又好,确实不愧是位战斗的鼓手。后来我在锡兰旅行当中,曾经见过他的画像,不止一次听见人背诵他的断句。他最有名的诗集叫《自由之歌》,一位锡兰朋友替我找到一本。我带着诗集走进科伦坡一家旅馆的餐厅,侍者看见了,立刻拿起来,好几个别的侍者都围上来,一齐低声念着。可见诗人的诗是十分深入人心的。可惜他死得太早,四十岁时便与世长辞了。他的遗体葬在苞枸达湖边上,墓前经常供着各色新鲜的庙花、莲花、娑罗花,飘散着醉人的浓香。他用心血浇灌过锡兰人民的自由,锡兰人民自然会记着他的。

檀柘夫人提起法显,我联想到米欣达,这两个人的名字在锡兰都是发光的。也许檀柘夫人说我们送给他们的宝石,正指的是这两个人吧。

檀柘夫人却说:"不,我指的是中国人民对锡兰人民的友情。真正的友情是人类生活的结晶之一,比宝石还要透明,还要高贵。从法显起,特别是今天,你们的友情是那样深,那样重,早已

227

凝结成一座宝石山,相形之下,我现在送你的这两块小宝石,又算什么呢。"

原谅我,檀柘夫人,我不能同意你的话。自从来到锡兰,锡兰人民对我们的情谊,就是万丈深的印度洋水,也不及这种情谊深。表现这种深情厚谊的是金银丝编织的花环,是乳白色的椰子花,或者是跳着大象舞捧送给我们的一叠布辣支树叶。现在这两颗光彩夺目的宝石,不更象征着锡兰人民纯真的友情么?我细心地珍藏起这两颗宝石,正是要珍藏起锡兰人民友情的结晶。

一九六〇年

鹤　首

鹤首是一种式样古雅的日本花瓶,色彩鲜亮,瓶子颈又细又长,跟仙鹤似的,因而得了名。送我这只鹤首瓶的是东京赤羽庄的女主人。临离开日本前夕,有些日本作家替我饯行,邀我到赤羽庄去。小院里正开着紫色的木笔,门口挂着鸟网和几只野味,情调够别致了。一进屋,中岛健藏、石川达三、白石凡、芹泽光治良等多人都在座。

中岛先自笑着说:"今天要请你吃一种特殊风味的菜,叫做'御狩场烧'。"

我笑着问:"是不是要自己亲自狩猎呢?"

中岛说:"一会儿瞧吧。"

菜真有点特殊。有从山上新采的蕨薇,有蜜蜂蛹儿,有鹌鹑。最后赤羽女主人端来几盆火,上头搁着浅浅的平底铁锅,又端来几盘切碎的野鸭子。石川解释说,古时候诸侯打猎,猎到的野味,当场烤着吃,现在正是仿照古代狩场的吃法。女主人便亲自替大家烧烤野鸭,加上各种各样的作料,一尝,鲜美极了。

饭后,女主人弓着腰说:"今天有远来的稀客,想送客人一件礼品,表表心意,不知道肯不肯收?"便捧出一只鹤首瓶。

瓶子作的是那样精巧,不愧是件艺术品。我正在反复细看,中岛说:"你该想不到,这还是从中国传来的呢。"就递给我一页说明,上面约略说唐代有个和尚从中国到日本,带来鹤首瓶,传到时下,能造这种瓶子的只剩一个人了。

我不觉对瓶子发生异样的兴趣，拿在手里再三摩挲，舍不得放手。我摩挲的是日本的艺术品，里面却含着中国古代能工巧匠的心血。这只鹤首瓶，正是中日两国人民文化交流的结晶之一。当年有人把瓶子从中国带到日本，现在我却又要把瓶子带回中国去，多有意思。

究其实，类似鹤首瓶这样的事，还多得多呢。不妨让我再略记几件。

一天后晌，我冒着细雨到武藏野去访问龟井胜一郎，老远就望见龟井打着伞立在板门前，满头银丝，笑眯眯地迎着客人。

龟井一直把客人迎进屋里坐下。一抬眼，我瞥见窗前一树梅花，开得像雪一样。龟井笑指着说："梅花在迎客呢。"我一时觉得，满头银发的龟井倒像是迎客的梅花。

龟井是著名的批评家，慢言低语地谈着日本文学，又拿出几幅他自己去年访问中国时画的画儿，最有诗意的是那幅《姑苏城外寒山寺》，于是我们便谈起诗来。这时候，他女儿跪在茶几旁边一炉炭火前，研着什么，又调着什么，不一会便捧着一只挺古拙的大杯送到我眼前。我双手接过来一看，齐杯底是又稠又绿的香茶，喝一口，味儿有点苦，却是很提神的。

龟井微笑着说："这是日本的茶道，古时候从中国传来的。"

我说："中国不再这样喝茶了。"

龟井夫人从一旁说："你喝茶的那只古杯有三百多年的历史了，杯外边有只鹤，杯里有只龟，是我们的家宝。"

我说："中国有句古语：千年龟，万年鹤——都是长寿的征兆。"

龟井不觉微微一笑说："日本也是这个意思。"

我就说："你看，我们两国人民的风俗人情怎么这样相像？难怪我到日本以后，尽管是初次来，一点也不生疏，处处都有点乡土的感觉。"

这种感觉在川端康成家也很亲切。

去访川端那天,已经是深夜。这位小说家有六十多岁了,头发灰白,脸很瘦,两只大眼却挺有精神。他为人沉默寡言,你问一句,他答一句,有时不答话,只用热情的大眼望着你。听人说他家里藏着丰富的文物,很想看看。川端也不说什么,站起来走进里屋,一转眼搬出件东西来,亮给你看。来来往往有那么几次,席子上早摆满东西。这里头有叫做"蜡缬"的唐三彩陶瓶,有宋汝窑瓷,有明朝文徵明写的十札,还有清乾隆年间画家罗两峰的画稿。这位画家造意挺新奇,一幅画上画着一片火光,吓得一只兔子落魂丧胆地跑,题词是"忽看野烧起"。

川端指着那只兔子,含有深意地一笑,我也笑了。

陪我同去的松冈洋子帮助主人端出酒来。川端喝了一盅,脸色绯红,有些酒意,话比较多起来。他说他翻译过《红楼梦》,又说郭沫若在千叶的藏书,都完好无缺地收在吉祥寺,原叫郭沫若文库,后来又加进些别的书,改叫亚细亚图书馆,他自己也参与了这件事。川端说着,又殷殷勤勤替我斟茶,指着茶杯说:"这是明朝的瓷器,看得出么?"

茶杯是白地画着蓝色的竖纹,像窗格一样,不是中国风格。我说出自己的看法。川端说:"这种花色叫麦秸纹,日本最流行,杯子可确实是从中国来的。也许是当年日本特意向中国定制的。"说着他又用热情的大眼望着我。从他那眼神里,我总觉得他心里藏着一句话,一种情意,还没表露出来。该是句什么话呢?

隔两天,我去拜访井上靖时,不想倒从井上靖口里听到这句话。

井上的家是座两层小楼,园子里红梅乍开,红梅小阁,又是一番风情。主人是个五十来岁的人,长脸,油光的大背头,自己说年轻的时候就有心愿要写作,可是直到四十岁才动笔写小说。

他的小说有现代题材,也有历史题材。历史小说突出的特点是多半采取中国的汉唐故事。像《楼兰》、《天平之甍》等都是。可惜我不能读他的原作,不清楚他的历史观点,也就无法跟他详细谈论这些作品。不如且听作者的自白为是。

井上说:"我对中国的历史总有点怀古的感情。我写了秦始皇,写了汉武帝,写到汉人和异民族的战争,也写到汉人对黄河沙漠等大自然的斗争。长安洛阳曾经产生过多么丰富的文化,曾经在人类历史上开过多么灿烂的文化之花啊。前几年我访问了中国,在中国做了一次极其愉快的旅行。我还想再去,特别是去看看那些孕育过中国古代文化的摇篮地带。"

我说:"今天的中国是更值得看看的。"

井上说:"是啊,今天和过去的历史不能割断,我想寻找一下今天和过去的联系。"说到这里,他停了停,又轻轻说:"我确实是热爱中国的。"

这是井上靖的一句话,实际也是无数日本人民的心头话。赤羽女主人那只鹤首瓶,不正表示着同样的话意么?

我不禁反复寻思:这许多日本朋友跟我各有自己不同的生活经历,不同的思想,但在一见之下,彼此却那样容易理解,感情又那样容易结合,原因在哪儿呢?是不是因为我们两国人民的历史文化自古以来便一脉相通,互相交流,生活感情上有许多共同点,我们的心灵才这样容易互相拥抱?究竟是不是,还得请日本朋友指教。

一九六一年

樱 花 雨

　　箱根遍地都是温泉,山水又秀气,不去洗一回温泉,是不能算是到了日本的。春三月,我偷闲去玩了两天。像庐湖,像白头的富士山投在湖里的倒影,一一都领略过了,便坐悬空缆车下到一条名叫岛堂的谷底,宿到一家旅舍里。这家旅舍造得曲榭回廊,十分精巧,屋里陈设着几色古玩,纯粹是日本风味。我换上一领宽袍大袖的和服,洗了洗温泉,去去满身的风尘,一个名叫君子的姑娘便用托盘端来晚餐。

　　君子穿着一身天蓝色的"着物",文文静静的,眉目挺淳厚。她跪在席子上,替我们添茶添饭,特意劝我尝尝玉色小瓷碗里的几片生鱼,说是才不一会儿,那金枪鱼还是活的呢。我蘸着酱油吃了两片生鱼,味儿很香,实在好吃。

　　君子忽然轻轻叹口气说:"你们都是很正经的好人啊。"

　　我不大明白她的意思。君子柔声说:"你们不像别人,来了就喝酒,就胡闹。"

　　我问道:"你知道我们是从哪儿来的么?"

　　君子含笑说:"知道,所以你们才这样好,也不欺负人。"

　　我就问:"还有人欺负你么?"

　　君子低下眼睛说:"我们当下女的,谁都瞧不起,谁愿意欺负就欺负。一见了美国兵更吓死人。"

　　"美国兵多不多?"

　　"好像不少,连富士山都有美军的射击场呢。我的家在横须贺,本来是美国海军基地,你没见那些美国兵啊,横行霸道,比狼都恶。"

"那些恶狼究竟干了些什么坏事?"

这一问,君子迟疑起来。她侧着耳朵听听纸门外边,想说又咽住,最后支支吾吾说:"究竟干了些什么坏事,我也不大清楚。一见美国兵,吓得你魂儿都飞了,躲都躲不迭,谁知道他们干了些什么。"

我不禁望着她问:"你家里还有什么人?"

君子的脸色忽然一变,显得怪凄凉的,半天才像自言自语地说:"死了,都死了,只剩下我一个人了……"说着她的眼直瞪瞪地望着窗外,默不作声。

窗外正是一片黄昏景色,对面山坡上的松树林子浮起一层苍苍茫茫的烟雾。起了大风,从山顶压到谷底,四处横冲直撞,震得窗户嘎啷嘎啷响。

君子勉强一笑,有意改变话题说:"起风了,该下雨了。这儿的风景本来是很美的:春天对山有樱花,秋天满山都是红叶,跟画一样。今年落了场春雪,樱花受了寒,到现在还没开。这一场风雨,只怕樱花开不好了。"

我便问道:"樱花最盛能开几天?"

君子说:"也不过几天。有时正在盛开,一夜暴风雨,就谢了。"说着,她的脸上又露出一丝淡淡的哀愁。

我听说日本人常常把生命比做樱花,悲叹生命的短促。君子的凄苦神情,也许是惋惜自己零落的青春,也许是不能忘记自己痛苦的身世吧?这个善良的日本姑娘到底有一段怎样伤心的历史,她有点怕,不敢说。不说也想象得出。她的遭遇无非是当前日本人民常常遭遇的,她的痛苦必然也是当前日本人民共同的痛苦。

我来到日本不久,听的不多,见的不广,但在那五光十色、纸醉金迷的纷乱生活中,有些事物给我的刺激特别深。一位知心的日本朋友曾经问我对日本的印象,我说日本有四多。哪四多呢?车祸多,广告多,保险公司多,当铺多。每逢我在热闹的通衢大道看见车祸牌子上标明每天大量伤亡的人数,真有点触目惊心。每逢我望见空中的气球广告,夜市上离奇古怪的霓虹灯广告,像东京银座一座大楼的屋顶上蹲着只大猫头鹰,两只眼睛不停地转着,转着转着闭上一只,做出调皮的模样儿,我觉得自己好像掉到一座烂泥塘里,到处是一片混乱。但是,当我看见火灾、生命一类保险公司的广告,特别是在深夜,当我远远望见偏僻小巷里亮起一块写着朱红色"质"字的招牌,就有一股阴惨惨的冷风扑到我脸上,我想象得出日本人民在那畸形的繁华后面,生活命运有多么悲惨。

我指出这四多,那位日本朋友却说:"还得加上一多:美军基地多——这是日本人民一切灾难的主要根源。"接着他告诉我,根据医生的说法,在病态的日本社会里,有两种病最可怕。一种是许多青春少女遭到美军的奸污,怀了孕,打胎后营养太坏,生活憔悴,因而转成癌症。另一种是许多人受到生活的压迫,时时刻刻精神极度紧张,害怕失业,害怕挨饿,劳累又过度,久而久之,便得了精神癫痫症,一发作,什么样可怕的事都干得出来。

在这样千疮百孔的社会里,日本人民的命运是不难想象的,又何必深追君子个人的惨史呢。

君子的苦难应该是有时代性的,可惜在君子身上,我却看不见日本人民那种大无畏的时代精神。这种精神表现在翻江倒海的反对"日美安全条约"斗争中,也表现在当前的春季斗争中。君子是那样胆怯,那样柔弱,看不见自己的明天,更看不见日本的未来。

这一宿,我躺在岛堂的温泉旅舍里,从君子想到日本,想的很多,翻来覆去睡不稳。日本人叫温泉是地狱,也许我真睡在地狱边上呢。

后来我终于睡着，赶一醒，天大亮了，耳边响着一片潇潇洒洒的声音。君子含着微笑，拉开纸门，慢静静地走进屋子，推开挡窗的木板，窗外正落着春雨。我朝对山一望，山脚一带浮着白色，好像是积雪，不觉惊讶地问道："是下雪还是下雨呀？"

君子温柔地笑道："是下雨。你看对山，经过这一夜风雨，樱花都催得咧开嘴了。"

对山那一片白色，原来是半开的樱花。

吃完早饭，我们收拾好行李，准备坐悬空缆车出谷去。电灯一下子灭了，停电了，缆车挂在半空中，也不能动，急得上头的游客乱叫唤。

君子忍不住自言自语悄悄说："敢许是罢工吧？"从她那对柔和的眼睛里，我瞭见有两点火花跳出来。想不到在这个怯生生的心灵里，也隐藏着日本人民火一样的愿望。夜来是我错看她了。

我倒不急着出谷，索性站到窗前，望着对山乍开的樱花。风雨能摧残樱花，但是冲风冒雨，樱花不是也能舒开笑脸么？赶明儿，风雨消歇，那霜雪也似的花儿该开得多么美，多么盛啊。如果樱花可以象征日本人民，这风雨中开放的樱花，才真是日本人民的象征。

一九六一年

杨朔散文

野 茫 茫

锡兰小说家罗特纳是个灵俏人,开起车来轱辘不沾地似的,沿着碧蓝的印度洋朝南飞跑。扑面是看不尽的热带景色。柳麻长得正旺,腰果树、面包树已经结果,那"沙漠的甘蔗"枝叶这样肥大,扎上个眼,流出的液汁足以消除一个走在荒漠里的旅人的干渴。最多的还是椰子树,刚开花,一穗一穗挑在树梢上,好像是羊脂玉雕成的。有人正在树上采花,采完一棵,踏着椰子树之间悬空高吊着的椰子绳,灵巧地走到另一棵树上,那颤动的步态,真叫看的人替他捏着把汗。罗特纳告诉我说,采下的花可以酿造一种很醇的酒,叫阿拉克。我喝过,确实是好酒。

且慢,我还没点清楚,罗特纳正带我去游"国家公园"呢。这去处不是好玩的。就在锡兰岛尽东南角上,好一片莽莽苍苍的大丛林,里头盘踞着各种飞禽走兽。也不知是谁独出心裁,把这一带划作"公园",不许射猎,只许坐着汽车进去,碰巧了,你会看见千奇百怪的荒野生活。可不能下车,小心野兽会伤害人。有一回,一个摄影师想拍电影,悄悄藏到草丛后面,不想惊动一头正吃草的大象。那大象直奔过来,一伸鼻子卷起摄影师,摔到脚下,轻轻一踩,人都扁了。尽管这样,还是不断有人抱着好奇心,想来领略一番野兽世界的生活。

当天晚上,我们已进入森林地带,宿在荒村野坡的一家客舍里。椰子树梢上挂着一弯月牙,蝙蝠像影子似的从眼前掠来掠去,夜气里漫着好大一股野味。罗特纳说野兽只在夜间出来活动,太阳一高,大都要躲到丛莽深处睡觉去,就不容易碰见。我们想在清早赶进"公园",天傍亮,就出发。晓色朦胧里,我发觉这一带有古庙,有宝塔,有残柱废墟,有古代遗留下来的人工湖。这哪里是什么荒村野坡?原来是一座深藏在大森林里的古城。

转眼到了"国家公园"。倒也有个栅栏门,标志着起点。里头便是密得不透缝的丛莽,无边无际,汽车只能钻进丛莽里开辟出来的小路慢慢走,说话都得低低的,怕惊了野兽。

车里多了个人,是当地的向导,叫皮雅达萨。年纪五十以上了,装束还保持着老样式:脑后挽着个纂,腰下系着条裙子模样的"纱笼"。只看背影,不看他那嘴花白胡子,也许会误以为他是位老年妇女呢。我猜想:他年轻时候必然好勇斗狠,后脖颈子才留下条类似刀砍的伤疤。

车子走了半晌,不见飞禽走兽的踪影。我悄声问道:"你想我们能看见野兽么?"

老皮雅达萨的眼睛搜索着两边的密林,微笑着说:"这要看野兽高不高兴见客了。有时出来很多,有时影儿也不露。"

罗特纳又急又快说:"客人老远从中国来,不出来会会,可有点失礼。"刚说到这儿,有什么东西从车轱辘旁边跳出来,飕飕爬进一片浅黄深紫的野花丛里。这是只二尺来长的大蜥蜴,胖得颠里颠顶的,动作却异常敏捷。

罗特纳压低嗓子喊:"看!报幕的出场了,下边该有新奇的表演吧?"

也不见什么特别新奇的玩意儿。只是在这野茫茫的大自然里,看看各种禽兽富有性格的神态,倒也别有趣味。

孔雀一亮相,瞧它昂着脖子,拖着金碧闪闪的长翎子,显得又矜持,又傲气。一只彩色蝴蝶翩翩飞舞着。那孔雀上去就鸹,没鸹着,亮开尾巴叫了几声,还忌妒人家的美呢。最爱吃眼镜蛇的獴想不到会那样神经质,听见一星半点声响,急急惶惶地乱

1966年夏北京，亚非作家紧急会议郭沫若、巴金、许广平、曹禺等中国作家代表团成员合影（前排右七为杨朔）。

楊朔

生 命 泉

1964年作家出版社版《生命泉》（精裝）封面

窜。树丛里闪着一对机灵的大眼，又是什么呢？风吹树摇，现出一只漂亮的梅花鹿。这胆怯的小物件紧端量着汽车，丝毫不怕。有什么可怕呢？无非是一只大爬虫，生就一副丑模样，看了好笑。丛林里没有比这大爬虫再老实的了，连小鸟都不怕它。一只叫吉勒勒的鸟儿伏在沙窝里，汽车停在旁边，它站起来，走了几步，歪着头，转着小眼，也不飞。沙窝里平摆着四颗有花纹的小蛋。汽车一开动，吉勒勒又伏到蛋上，尽它做母亲的天职。

凡有水草的地方，各种野兽都常来。老皮雅达萨引我们来到一处，湖面上浮满雪一般的睡莲花。三三两两的野牛正在岸上悠闲自在地吃草，望都不望我们，那神气仿佛是说："我不惹你，你可也别惹我。"一只翠鸟站在睡莲叶上饮了几口水，抖抖翅膀飞起来，落在湖边一段烂木头梢上。那木头忽然活了，一下子把翠鸟吞进去。竟是条阴险的鳄鱼，惯会这样趴在太阳地里，张着血盆般的嘴，连续几小时纹丝儿不动，装得像木头一样，可怜的翠鸟竟落到它的嘴里。

金钱豹也来饮水了，听见汽车响，一纵身跳到岩石上，回头望着汽车龇了龇牙，尾巴一甩不见影了。成群的小野猪惊惊惶惶从树林子里逃出来，逃到母野猪的胯裆下。母野猪耸起脖子上的刚毛，样子蛮得很，准备迎击敌人。敌人却不见。该是那金钱豹吧？也许是蛇。听说大蛇有海碗粗，连母野猪也吞得下去。

老皮雅达萨领我们东转西转，见的野物就更多。一会是豺狗，一会是嘴大得出奇的鹈鹕，一会又是别的什么，争着现出色相来。我们心里却总不满足，好像缺点什么。是缺点什么。到处只见象粪，却一直没见着那森林之王——大象。

前面停着另一辆汽车，窗里伸出只手，朝我们紧摆，叫我们停下。我们停下了，手还是摆，叫把汽车的火也灭了，半点声息不许有。就在一百多步远的地方，一片树木乱摇乱晃，接着，一棵树嗯喳地倒下去，露出一头大象，扇着耳朵，卷起倒下那树的嫩叶,慢吞吞地咀嚼着。这种树叫"狄柯尔",类似棕榈,象最爱吃,有时干脆把树拱倒,逍遥自在地饱餐一顿。那象吃得好香,什么都忘了。我看得发呆,也什么都忘了,连自己也忘了,仿佛这正是上古的洪荒时代,人类还不存在,眼前只是一片荒凉原始的大自然。

大象吃得心满意足,打了个响鼻,慢吞吞地迈进更深的森林里去。我们这才清醒过来,悄悄开动车,三转两转,来到一条阴沉沉的河边。

皮雅达萨说:"下车玩玩吧。这里下车不要紧,可以松口气。"

这条河名叫猛尼克,河对岸更荒野,兽类更多,人是绝对不许过去的。河水又浑又急,两岸长满盘根错节的古树,把那条河遮得冷森森的。猴子藏在树叶里怪声大叫,好像故意吓唬人。蓦然间会有一枝冷箭嗖地从你头顶飞过去,却又看不清是从什么地方射来,射到什么地方去了。

皮雅达萨仰起脸说:"这是飞鼠——调皮的小物件。"

河边的老树身上刻满许多英美人的名字,有的还是上一个世纪的。我就问道:"这地方建立有多少年了?"

罗特纳眨了眨眼答道:"一百多年了,还是英国占领锡兰后建立的呢。"

我忍不住说:"哎!殖民主义者真会寻欢作乐,把一片人迹不到的大森林划作'公园',亏他们想得出。"

罗特纳的右眼眉梢轻轻一扬说:"这哪里是什么人迹不到的大森林!古时候,这是我们民族很重要的后方。从古以来,我们常常受外来民族的侵略,抵抗不住,就退到这一带大森林里,集合人马,重新武装,到时机成熟的时候,再反攻,收复自己的国土。历史上已经多次这样了。你今天大早晨不是路过一座古城么?那是我们古代'穆葛麻'王朝首府的遗址,足有两千年的历史，一边面临印度洋，一边是森林，当年敌人是奈何我们不得的。"

我噢了一声说："他们把这一带划作'公园'，当年一定还驻扎着军队，是不是防止你们民族利用这一带重新复兴？"

罗特纳机敏地一笑说："他们从来不这样讲。只讲：应该爱护野兽，禁止打猎，给予野兽自由。这是人道主义的表现。野兽有了自由，锡兰人却失去自由。不信你看——"说着他指了指老向导后脖颈子的伤疤，继续说："他就差一点变成牺牲品。"

我问道："是刀砍的么？"

老皮雅达萨摸着脖子说："不是，是叫野兽咬的。也不是在这里。我到这里来当向导，还是独立以后。早先年，我家里有一小块地，种点庄稼。英国人开辟茶园，硬要收买去。我不依，照样下地播种。他们就放出狼狗，扑到我背上，咬住我的脖子。英国人站在地高头冷笑着问：'你让不让出地来？不让，咬断你的脖子。'那种暗无天日的年月，又有什么理好讲？地到底叫人夺去，从此我就四处流落……"

罗特纳冷冷地说："你听，这就是他们的文明。对野兽，他们讲人道主义；对人，干的却净是兽道主义。"

太阳移到当空，丛莽里闷热得很。近处有一片草泽地，落下大群的野鹤，有的红头红腿，有的黑头黑腿，一齐用长嘴在水草里乱捣，捣的青蛙或者小鱼腾空跳出水草，正好叫野鹤一口接住吞下去。

罗特纳看看手表说："野鹤都吃午餐了，我们也该出去吃饭啦。"大家便坐上车，开出"公园"，别了老向导，奔着那座古城驰去。前后在野兽世界转了五个小时，我的神智弄得有点奇怪，看见耕地的水牛，疑心是野牛，看见农家门口卧着的狗，也当是豺狗——仿佛什么都是野的。对面开来一辆汽车，里头坐着几个军人，放肆地高声谈笑，一听就知道是美国人。奇怪。我也觉得他们都是野兽。

罗特纳锋利地一笑说:"你这种错觉,对野兽未免不敬。野兽你不惹它,可不一定伤人啊。"

一九六二年

菠 萝 园

　　莽莽苍苍的西非洲大陆又摆在我的眼前。我觉得这不是大陆,简直是个望不见头脚的巨人,黑凛凛的,横躺在大西洋边上。瞧那肥壮的黑土,不就是巨人浑身疙疙瘩瘩的怪肉?那绿森森的密林丛莽就是浑身的毛发,而那纵横的急流大河正是一些隆起的血管,里面流着掀腾翻滚的热血。谁知道在那漆黑发亮的皮肤下,潜藏着多么旺盛的生命。我已经三到西非,这是第二次到几内亚了。我却不能完全认出几内亚的面目来。非洲巨人正在成长,每时每刻都在往高里拔,往壮里长,改变着自己的形景神态。几内亚自然也在展翅飞腾,长得越发雄健了。可惜我没有那种手笔,能把几内亚整个崭新的面貌勾画出来。勾几笔淡墨侧影也许还可以。现在试试看。

　　离科纳克里五十公里左右有座城镇叫高雅,围着城镇多是高大的芒果树,叶子密得不透缝,热风一吹,好像一片翻腾起伏的绿云。芒果正熟,一颗一颗,金黄鲜美,熟透了自落下来,不小心能打伤人。我们到高雅却不是来看芒果,是来看菠萝园的。从高雅横插出去,眼前展开一片荒野无边的棕榈林,间杂着各种叫不出名儿的野树,看样子,还很少有人类的手触动过的痕迹。偶然间也会在棕榈树下露出一个黑蘑菇似的圆顶小草屋,当地苏苏语叫做"塞海邦赫",是很适合热带气候的房屋,住在里边,多毒的太阳,多大的暴雨,也不怎么觉得。渐渐进入山地,棕榈林忽然间一刀斩断,我们的车子突出森林的重围,来到一片豁朗开阔的盆地，一眼望不到头。这景象，着实使我一愣。

一辆吉普车刚巧对面开来，一下子煞住，有人扬了扬手高声说:"欢迎啊,中国朋友。"接着跳下车来。

这是个不满三十岁的人,戴着顶浅褐色丝绒小帽,昂着头,模样儿很精干,也很自信。他叫董卡拉,是菠萝园的主任,特意来迎我们的。

董卡拉伸手朝前面指着说:"请看看吧,这就是我们的菠萝园,是我们自己用双手开辟出来的。如果两年前你到这里来啊……"

这里原是险恶荒野的丛莽,不见人烟,盘踞着猴子一类的野兽。一九六〇年七月起,来了一批人,又来了一批人……使用着斧子、镰刀等类简单的工具,动手开辟森林。他们砍倒棕榈,斩断荆棘,烧毁野林,翻掘着黑红色的肥土。荆棘刺破他们的手脚,滴着血水;烈日烧焦他们的皮肉,流着汗水。血汗渗进土里,终于培养出今天来。

今天啊,请看看吧,一抹平川,足有几百公顷新开垦出来的土地,栽满千丛万丛肥壮的菠萝。菠萝丛里,处处闪动着大红大紫的人影,在做什么呢?

都是工人,多半是男的,也有女的,一律喜欢穿颜色浓艳的衣裳。他们背着中国造的喷雾器,前身系着条粗麻布围裙,穿插在叶子尖得像剑的菠萝棵子里,挨着棵往菠萝心里注进一种灰药水。

董卡拉解释说:"这是催花。一灌药,花儿开得快,结果也结得早。"

惭愧得很,我还从来没见过菠萝花呢。很想看看。董卡拉合拢两手比了比,比得有绣球花那么大,说花色是黄的,一会儿指给我看。可是转来转去,始终不见一朵花。我想:刚催花,也许还不到花期。

其实菠萝并没有十分固定的花期。这边催花，另一处却在收成。我们来到一片棕榈树下，树荫里堆着小山似的鲜菠萝，金煌煌的，好一股喷鼻子的香味。近处田野里飘着彩色的衣衫，闪着月牙般的镰刀，不少人正在收割果实。

一个穿着火红衬衫的青年削好一个菠萝，硬塞到我手里，笑着说："好吧，好朋友，你尝尝有多甜。要知道，这是我们头一次的收成啊。"

那菠萝又大又鲜，咬一口，真甜，浓汁顺着我的嘴角往下淌。我笑，围着我的工人笑得更甜。请想想，前年开辟，去年栽种，经历过多少艰难劳苦，今年终于结了果，还是头一批果实。他们怎能不乐？我吃着菠萝，分享到他们心里的甜味，自然也乐。

不知怎的，我却觉得这许多青年不是在收成，是在催花，像那些背着喷雾器的人一样在催花。不仅这样。我走到一座小型水库前，许多人正在修坝蓄水，准备干旱时浇灌菠萝。我觉得，他们也是在催花。我又走到正在修建当中的工人城，看着工人砌砖，我又想起那些催花的人。我走得更远，望见另一些人在继续开垦荒地，扩大菠萝田。地里烧着砍倒的棕榈断木，冒着带点辣味的青烟。这烟，好像也在催花。难道不是这样么？这许许多多人，以及几内亚整个人民，他们艰苦奋斗，辛勤劳动，岂不都是催花使者，正在催动自己的祖国开出更艳的花，结出更鲜的果。

菠萝园四围是山。有一座山峰十分峭拔，跟刀削的一样，叫"钢钢山"。据说很古很古以前，几内亚人民的祖先刚从内地来到大西洋沿岸时，一个叫"钢钢狄"的勇士首先爬上这山的顶峰，因此山便得了名。勇敢的祖先便有勇敢的子孙。今天在几内亚，谁能数得清究竟有多少"钢钢狄"，胸怀壮志，正从四面八方攀登顶峰呢。

一九六二年

晚 潮 急

　　一场热带的豪雨刚过,汹汹涌涌的大西洋霎时洒满千万点金星,云破处,却见一轮明月高悬当头。雨季到了尾梢,正是非洲的十月的夜晚。海风袭来,沿岸的椰子树抖着大叶子,发出一片萧萧瑟瑟的沙声。论风景,这一带美到极点,尤其是眼前那座岛屿,半遮半掩在波光月影里,周身披满羽毛也似的杂树,翠盈盈的,蒙着层怪神秘的色彩。

　　靠岸不远泊着一条远洋轮船,船上的灯火亮堂堂的,断断续续飘来狂热的摇摆舞曲。这使我想起梅里美的小说《塔曼戈》,没准儿这条船就是"希望号"呢,新驶进几内亚湾,前来贩运奴隶。我恍恍惚惚听见一阵沉重的脚步声,我的眼前幻出一长串赤身露体的黑人,戴着镣铐,被人强把他们跟自己的家庭骨肉撕开,赶往不可知的命运里去。

　　一阵敲门声把我从幻梦里惊醒。来的是葛伯勒先生,是我今晚上专诚等候的客人。葛伯勒是个很矜持的人,留着一部连鬓胡须,两只沉思的大眼显得十分诚恳。性情比较沉静,可是一握手,一笑,特别是那闪耀的眼神,处处透露出他内心里那股烈焰腾腾的热情。我跟他相识已经好几年。他身上有时湿透非洲的热雨,有时挂着寒带的霜雪,有时又满披亚洲的风尘,四处奔波,从来不见他露出一丝半点疲倦的神色。他有祖国,却不能明着回到他的祖国去。他的祖国是所谓葡属几内亚①。他竭尽精力,奔走呼号,在国内发动起生死的斗争。他就是这斗争的首领之一。

葛伯勒见我屋里暗沉沉的,问道:"灯坏了么?"

我说:"没坏。一开灯,我怕把先来的客人赶走了。你看满屋的月色多好,把它赶走岂不可惜?"

葛伯勒动手把椅子搬到露台的月色里,坐下,一边含笑说:"你倒有诗人的气质,也许你正沉到诗境里去了吧?"

我笑笑说:"不是诗境,是沉到一篇小说的境界里去,我正想象着早年非洲的痛苦。"

葛伯勒说:"你眼前还摆着另一部小说,知不知道?你该看过英国斯蒂文森的小说《金银岛》吧,那金银岛不在别处,就是那儿。"说着他指了指眼前那烟月笼罩着的岛子。

这倒是件新鲜事儿。想不到那绝美的岛子,竟是斯蒂文森描写的西方恶棍凶汉争财夺命的地方。这也可见当年殖民主义者怎样把大好非洲,整个浸到血污里去。幸好今天的金银岛,再不容西方海盗们横行霸道了。

葛伯勒含有深意地说:"不幸的是西方海盗横行霸道的日子,并没完全过去。我们祖国的人民,今天不是照样戴着奴隶的镣铐么?"

这提醒我想到昨天在他家里碰见的事情。昨天下午我去看他。他的住处藏在一片可可树的浓荫里,满清静的。几个青年人正坐在廊下,聚精会神地编写什么宣传品。廊角里堆着几捆印刷品,散发着一股新鲜的油墨味。

葛伯勒恰好在屋里跟人谈话,见我来了,忙着招呼我,却不给我介绍那位朋友。这是一个生得俊美的青年,长着一头好看

---

① 葡属几内亚现名几内亚比绍,是在一九七三年九月宣布独立的。

的鬈发，上身穿着件火红色衬衫，不知几度湿透了汗，衬衫上处处是一圈一圈的汗渍。他歪着身子半躺在一张藤椅里，绷着脸，神情显得有点紧张。

我觉察出他们正在讨论什么严重的事情，坐一会儿想要告辞。

葛伯勒按住我说："慌什么，多谈谈嘛。今年夏天我们有位同志参加过和平与裁军大会，回来还谈起你呢。"

我因问道："也谈起会议吧？"

葛伯勒沉吟着，慢慢说："谈是谈起过。说实话，谁不想望和平啊，我也想望。请想想，我们离乡背井，流亡在异国他乡，会不渴望着和平生活么？我有时夜间做梦，梦见回到自己的家乡，见到自己的亲人，欢喜得心都发颤。赶一醒，是个梦，难受得透不出气。唉！唉！几时我才能回到祖国，回到亲人的怀里，尝到一点和平的滋味呢？——但是我们要的和平决不是帝国主义手指缝里掉下来的和平，更不是奴隶的和平！"

红衣青年听到这里，从一旁冷冷地说："别谈这些了。"

葛伯勒就说："应该谈什么呢，你该告诉中国同志。"

红衣青年并不开口，站起身在屋里走来走去，血气旺得很，浑身带得股非洲的泥土气息。我暗暗猜测着他的出身来历。

终于还是葛伯勒开口说："我们这位同志昨天晚间刚从国内赶来，过分激动，你别见怪。近些日子，葡萄牙殖民军又在我们家乡进行大逮捕了，见到可疑的人就开枪，死伤不少。我们一位同志不幸被包围在屋里。他跟殖民军整整打了一天，子弹快完了，就把最后一颗子弹送进自己的心脏里去。敌人砍掉他的头，挖出他的心，把他的尸体丢到十字路口，不许埋。隔不两天，烈士的兄弟收到一块带字的破布，这是烈士临死前蘸着血写的。他写的是：'命你拿去，自由的灵魂却是我的！'是谁把烈士的绝笔转给他兄弟，不知道。但在殖民军里，显然有我们的朋友。这就是我们人民的志气：我们宁肯站着死，不肯跪着生；宁肯为独立而牺牲，也不肯贪图一时的和平而苟且偷安。没有独立，谈得上什么和平！"

葛伯勒的话好像长江大河，滔滔不绝，到此一下子煞住。屋里一时变得异常闷热，闷得要死。窗外的可可树上飞来一只叫不出名的鸟儿，张开喉咙唱起来，唱得那么婉转，那么娇滴滴的，简直唱出一片清平气象。

红衣青年两手叉着腰，面向着窗外，忽然大声说："葡萄牙人拿着美国武器，天天向我们射击，不起来斗争，我们能有什么活路？我们决不肯俯首帖耳，乖乖地当绵羊。……"

我不禁说："你们不是羊，你们是非洲狮子。"就从皮包里拿出一幅中国织锦，上面绣着一头雄狮，立在山峰上，背后衬着一轮红日。我接着又说："只是这幅小画，不能充分表示出中国人民对你们敬爱的心。"

红衣青年几步冲过来，紧紧抓住我的手说："谢谢你。我哥哥常告诉我，东方有一个伟大的国家，是我们最忠实的朋友。可惜他从来还没见过一个中国人。"

我便说："那就烦你把这幅雄狮转送给你哥哥吧。"

红衣青年的手微微一颤说："好，我一定把这幅画，跟他的血书保存在一起。"

我一听，禁不住一把搂住红衣青年，久久不放。

我极想多知道些葡属几内亚人民斗争的事迹，便和葛伯勒约好，第二天晚间他来看我，长谈一番。

现在葛伯勒紧挨我坐着，黑亮的脸色映着月光，显得分外刚毅。他面对的生活是残酷的，却有兴趣谈诗，谈文学，胸襟阔朗得很。有这样胸襟的人，敌人是无法扼杀他的思想灵魂的。

大西洋正涨夜潮，潮水滚滚而来，卷起一片震撼天地的吼声。葛伯勒点起支烟，缓缓地谈起他祖国的历史，他祖国的命运,他祖国人民风起云涌的斗争。……他的话音落进汹涌的潮声里,一时辨不清是葛伯勒在说话,还是晚潮在吼。……

一九六二年

生 命 泉

　　这次阅历不算新奇，却也另有风趣。那时我正在坦噶尼喀的山城莫希参加一次盛会，可巧另有些人在当地开别的会，一打听，叫个什么野兽生活会。参加会的大半是欧洲绅士，他们的皮鞋后跟好像特别硬，走起路来，踏得旅馆的地板咯噔咯噔响，好威风。有人说，他们的会是讨论保护野兽的方法；也有人说，他们都是对欧洲现实社会痛心疾首的有心人，到此要研究一番大自然界原始纯真的野生活，想作为借鉴，也许能使欧洲的社会返璞归真，不至于霉烂透顶。究竟讨论什么，说实话，也实在不值得多去操心。

　　这些绅士却引起我们几个朋友对野兽的趣味。有一天早餐桌上，一位阿拉伯朋友想出个主意，要去逛逛当地著名的民族公园。在非洲莽莽苍苍的山林地带，野兽数不清数。好事者划出些地区，禁止打猎，只准坐了车去玩，这去处就叫民族公园。我在亚洲也见过，只不知非洲的又是怎样的风情。昨儿晚间新落了场雨，今早晨还半阴着，怪凉爽的，正好出游。朋友们兴致都很高，我也极想去看看野兽，只是这周围不止一处这类地方，该到哪儿去呢？好在司机是本地人，由他去吧，带到哪儿算哪儿。

　　一路上穿过绿得像海的原野，人烟稀稀落落的，尽是非洲风光，不去细记。迎面蓦然立起一块牌子，写着"肯尼亚"。一转眼间，司机早驾着车子冲过边境。

　　我惊问道："怎么到了肯尼亚？"

司机漠然笑道:"本来要到肯尼亚嘛,领你去看生命泉。我们经常从坦噶尼喀到肯尼亚,来来往往不用护照。"

生命泉,多新鲜的名字,看看准有意思。车子三绕两绕,不知怎么绕到一个叫"查峨"的民族公园去,方位在肯尼亚南端,土色赤红赤红的,一眼是望不见边的野草杂树,不见人烟。几千年,几万年,几十万年前,或许就是这个样儿吧?荒野里偶尔能看见一种树,树枝上密密麻麻挂满果实。那不是果实,都是鸟巢。这种鸟非洲人叫做黑头织鸟,织的巢像口袋一样,挂在树枝上。最多见的树是一种叫"奇漠鲁鲁"的,又细又瘦,小叶儿,满是针刺;却最对大象和长颈鹿的胃口。那边刚好有一群长颈鹿,脖子挺着,小脑袋差不多跟树梢一般齐,悠闲自在地围着树挑拣针叶吃。一只鸟落到一头长颈鹿的角上,扑着灰翅膀,振着头上的红缨,咕咕咕自言自语着,那长颈鹿也不理它。

看见斑马了,好几十匹,浑身是黑白相间的条纹,肥墩墩的,俊得很,也机灵得很,用怀疑的眼光望了我们一会儿,转眼都藏进树林里去。我也曾问人:能不能养熟了,备上鞍子骑。说不行。有人试过,骑两步它就卧倒,满地打滚,可会捉弄人呢。远处树丛里现出另一匹斑马的影子,大得出奇,冲着我们直奔过来。原来是一部专为人看野兽用的高座汽车,车身画着斑马的花纹,是捉弄野兽的。

接着出现的有神气蛮横的犀牛,鬼鬼祟祟的麝猫,俏皮的羚羊,怯生生的角马,还有一摇一摆迈着八字步儿的鸵鸟等等。这许多野物杂居一起,熙熙攘攘,和和睦睦的,活现出一派升平景象。

那位阿拉伯朋友看得出神,笑着说:"这儿倒真像和平世界呢?"

正赞赏着,草丛里闪出一堆白骨,不远又是一堆,又是一堆。……我正自奇怪,司机说,这多半是斑马,叫狮子吃了,剩下的残骸。那情景，竟使我想起"沙场白骨缠草根"的古句。

我就笑着说："看来这儿还是有压迫，有侵略，有战争的根源。"

一路说说笑笑，不觉来到一片老树林子前。石头上坐着个青年人，闪动着两只大眼，默默地望着我们。从他那身黄咔叽布制服上，猜得出他是个守卫。

我走下车问道："好兄弟，这是什么地方？"

那守卫懈懈怠怠地说："生命泉。"便做个手势，叫我们跟他走。

我们跟他穿过一片灌木丛，来到一个木板搭的小草楼下，他又做手势叫我们上去。我上了草楼，眼睛一亮，下面呈现出好大一池子水，清得不染半点灰尘，可以直望到底。但我看不出究竟有什么异样的特色，值得跑这么远来看。守卫觉察出我的疑惑神情，挤上来，用两只手捧着嘴叫："噢……喽喽喽……"只见远远的池子那边的水面上涌出十几只怪兽，鼓着隆起的大眼，喷着水，慢慢游来。河马呀。于是我们也学守卫那样，叫着，唤着，那群河马便都从水面探出庞大笨重的身子，也朝我们唔唔地叫，答应着我们。

我问守卫道："是不是因为水里有河马，才叫生命泉？"

守卫说："也许是，我不知道。不过靠这泉水活命的，并不止河马。每年雨季过后，九月间，草黄了，浅水干了，泉水周围集合着大大小小的野兽，狮子、象，什么都有，都来饮水。"

我又问道："可是今天怎么不见狮子？"

守卫说："你来的不对时候。狮子顶喜欢干燥，夜晚爱睡在干爽的草地上。昨儿晚间刚下了雨，狮子都到山上去了。"

我对这守卫发生了兴趣。他的表面好像冷淡，骨子里是又殷勤，又善良。就问他道："你是哪一族人？"

守卫答道："吉库尤。"

　　"这一带是吉库尤区么?"

　　他点点头。

　　我的精神不觉一振。谁都记得,当一九五二年肯尼亚人民拿起长矛短斧,高喊着"乌呼噜",挺身而起,跟白种统治者作着生死肉搏时,那场烈火腾腾的"茅茅"起义正是吉库尤族人首先发难的。起义的地点在肯尼亚首府内罗毕附近,这场烈火却烧遍各地。谁敢说在生命泉上,不曾有起义的勇士捧起泉水,润湿他烧焦的喉咙,重新唱起乌呼噜之歌呢?

　　我觉得,在起义战士们的内心深处,也积存着一湾生命的泉水,永远不会枯的。

一九六三年

非洲长颈鹿

非洲斑马

巴厘的火焰

——诗岛杂忆

火　山

凡是到过印度尼西亚巴厘岛的人,不能不承认,这岛子确实有股迷惑人的力量。究竟从哪儿来的魔力,看法就不一致了。西方的游客好猎奇,看见家家户户的庭院里都有着宝塔似的神龛,处处竖立着怪眼圆睁的湿婆石像,于是对巴厘印度教抱着奇特的趣味,叫巴厘是"魔鬼之岛"。也有更多的人沉醉到别具风格的巴厘舞蹈和音乐里,被精美的巴厘木雕弄得眼花缭乱,忍不住从心里发出赞叹,叫巴厘是"诗岛",是"天堂岛"。我自己呢,使我梦魂难忘的却是人,是性格炽热的巴厘人。写到这儿,我的心微微颤抖,从心底涌出一些聪俊的影子:有舞态轻盈的少女,有神采飞扬的少年乐师,有刚强英俊的战士,有端庄敦厚的长者。……他们的身份阅历也许极不相同,但从他们的眼神里,从他们跳动的胸口里,我却看见了一点极其相同的东西。这是一股潜伏着的火焰,暗地里滚动飞舞,时刻都会喷发。我仿佛看见了巴厘的火山。

从东到西,整个巴厘岛横着一条火山的链子,形成岛子的脊椎骨。最高的是阿贡火山,不久前还大发过雷霆,喷着怒火。当我强忍着一股刺鼻的瓦斯气味,飞过阿贡火山时,我望见那火山张着参差不齐的大口,黑洞洞的,深不见底。喷溅的熔岩淌遍山野,白惨惨的,满山满野的树木都烧死了,只剩下干枯的枝干。那情景,恍惚是满山积着白皑皑的大雪,一片荒寒。更远处,望得见另外的火山,山口吐着浓烟,酝酿着一次新的爆发。这种惊心动魄的景象是十分少见的。但是想不到从巴厘人炽烈的眼神里,跳跃的胸口间,我又依稀看见了火山的影子。

巴　厘　人

巴厘人的内心是一团火,巴厘人却又异常朴实可亲。所以朴实,倒不是由于"锉牙"的缘故。锉牙是当地一种风俗。每逢男女到了青春妙龄,就择个吉日,穿上盛装,躺到一座花布扎的彩台上,由一个教士锉锉当门的六颗牙,说是可以驱除贪爱财货等六种恶习,使孩子长成个好人。从这古老的习俗里,可以领会到巴厘人是怎样善良。

谁要以为巴厘人是善良可欺,就错了。我到巴厘后听到的第一个故事,便含着警策的深意。五十年前,这里有一位国王,受到荷兰殖民军的侵略,奋勇抵抗,率领全军一齐战死,也不投降。酷爱自由的信念已经化成热血,流在人民的血管里。从古到今,不知有多少好男儿,不惜洒出自己的热血,溅红了巴厘的史册。

一个晴暖的日子,我们到北德川村去瞻拜一座烈士陵墓。那陵墓修成宝塔的样式。陵前竖着两根竿子,上头挂着嫩椰子树皮编的灯笼,气氛很庄严,显然是专为我们这一群聚集在巴厘的作家谒墓布置的。墓道两旁站着两排少男少女,唱着节奏激昂的歌子,迎接客人。先有人敲了几下木钟,我们便祭陵,围着陵墓转了一圈,往上撒着新鲜花瓣,然后走进陵前的一座纪念馆。

翻开一本史册,当时的许多英雄出现在我们眼前。为首的英雄叫诺拉·雷。那时是一九四六年,第二次世界大战结束不久,印度尼西亚已经宣布独立,荷兰殖民军在巴厘登陆,打算重占这个千岛之国,诺拉·雷带领着人民,跟敌人展开了生死的搏斗。荷兰军见武力一时不能取胜,设法诱降,又假装要和平谈判。诺拉·雷识破敌人的奸计,一口回绝。在北德川村一次激烈的战斗里,诺拉·雷倒下去了,许多战士自尽殉国,没有一个投降的。争自由的火焰是不是熄灭了呢?没有。诺拉·雷早已依山傍险创立了根据地,当地人民继续战斗下去,前后延续三年,荷兰军终于败走,巴厘岛还是巴厘人的。

我翻完那本史册,把本子阖上,久久不说话。

一位印度尼西亚朋友坐在我旁边,问道:"你想什么呢?"

我说:"我在想历史。"

印度尼西亚朋友接口说:"历史反复告诉我们,对于帝国主义,必须斗争到底,才能胜利。"

我说:"不幸世界上有那么一种人,厚颜无耻地向帝国主义投降,还夸口说这是什么为了人类的和平和幸福,有朝一日,历史会裁判他们的。"

他说:"何必等待历史,人民已经判决他们了——特别是像今天在场的烈士子女,更不许任何人背叛他父亲的革命事业。"

我还不知道呢,站在墓道两旁的少男少女,都是烈士的子女。烈士牺牲时,儿女还小,一转眼,都长成人了。现在他们穿着白上衣,青裙子或者青裤子,守护着父亲的陵墓,父亲的信仰,父亲的事业。多么叫人喜爱的青年啊。我走上去,一个一个跟他们握手,细望着他们洋溢着生命力的脸。在行列尽头,我发现一个姑娘,不到二十岁,眉眼分外细致清俊,面熟得很。刚刚在那本史册上,印着个年轻而英俊的战士,这姑娘,活脱脱地不就是那战士的形态么?

我紧握着那姑娘的手说:"好孩子,你多么荣幸,有那样一位顶天立地的父亲。"

姑娘微笑着说:"谢谢你。我父亲也不过是个普普通通的人,一生就是不肯向恶势力低头,忠于革命,热爱生活。"

百岁老人

那天,本来是到巴厘首府连巴刹附近一个乡村去看博物馆,看完后,同去的印度尼西亚朋友问客人:"愿不愿意会会民间艺人?"当然愿意。

那村子叫鸟百德,艺术生活比别处更加丰富多彩。人烟很稠,街道房舍满整齐。印度尼西亚朋友领我们来到一家门口,门旁立着棵参天的老榕树,铺展开好大的荫凉儿。我们走进院子,院里静悄悄的。四下一望,我不禁疑惑起来:这是个艺术馆,还是个农户呢?瞧啊,满墙都是壁画,满院竖着精雕细刻的神塔和石像,满梁满栋都是玲珑剔透的雕花,使人呼吸到一种浓得像黑咖啡的艺术气息。

我正在凝思,屋后转出一位老人,跳下台阶,三步两步迎上来。

印度尼西亚朋友说:"这是主人,一位老艺人。"

老人光着膀子,系着条白地紫花的纱笼,头发像雪一样白,披在脑后。我起先只当他六七十岁,一问,上百岁了。一百岁是个很长很长的岁数,当中该经历过多少人事变迁啊。我紧望着老人的脸,很想探索出一些人生的奥妙。老人却垂着眼,神情挺严肃,只说:"我是个务农的人,痴活了这么多年啊。"

我问道:"你是怎么学起艺术来的?"

老人说:"人嘛,谁心里不想点什么,谁不懂得忧愁和欢乐。我们贫苦人又没念书,写不出,闷在心里不好受,我就刻呀,画呀,拿木头石头刻画出我的心情,我的想法。"

"你一生完成了多少作品?"

"记不得了,家里存下的就只这点。"说着,老人引我来到一座石头雕像前,也不说话,拿眼示意叫我看。

这是个年轻的男像,跟真人一般高,眉眼之间含着股刚烈的英气,使我记起唐人的两句诗:"野夫怒见不平处,磨损胸中万古刀。"斜对面竖着另一座石雕,是个少女,眉眼低垂着,嘴角含着个几乎觉察不出的柔媚的微笑——大约她想起什么甜蜜的回忆,忍不住暗自微笑呢。

我一面看,一面赞不绝口。老人的神色还是那么严峻,也不答言,又领我来到一座半身石像前。是位妇女,神态从容,眼睛大胆地正视着前面。

印度尼西亚朋友说:"这是一位革命妇女领袖,叫卡蒂妮,一八七一年生,一九○四年就死了。"

老人立在像前,细细端详着,一时似乎忘记了旁边的人。他的嘴唇轻轻动着,自言自语着什么。他的心显然沉到六十年前的旧事里了。从神情里,看得出他对这位妇女领袖是怀着多么深切的敬意。

不知什么时候,院里出现好些人:妇女、青年、小孩,藏在母亲怀里吃奶的婴儿。……都是老人的子孙后代。他家已经有七代人了。

这时一个热心肠的农民插进来,指点着说:"你注意没有?他的作品总留着一点没完成的地方。"就指着院里一座智慧之神的神塔,上面果然缺少一个魔头。

我奇怪道:"这是为什么呢?"

那农民答道:"这是说,他一生完成不了的事业,让他子孙去继续吧。"

陪我来的印度尼西亚朋友笑着说:"他家有七代人,一代完成不了，还有再下一代，总有人继续的。"

　　百岁老人叫恩约曼，我会见他时是一九六三年七月。

一九六三年

赤 道 雪

最近我在东非勾留了一阵,着实领略了一番坦噶尼喀① 的奇风异景,有的是世界别处绝对看不到的。我的印象尽管五光十色,细细清理一下思路,却也只有十二个字,也许可以概括全貌,这就是:

> 历史应当重写
> 道路正在草创

一 历史应当重写

让我从一座山谈起。在坦噶尼喀东北部的莫希市,有一座高楼大厦的门上刻着这样的铭文,说乞力马扎罗山是被一个德国人首先发现的。

乞力马扎罗山逼近赤道,海拔一万九千多英尺,是非洲的最高峰。山头经常云遮雾绕,好像是沉睡,可是,照当地人的说法,如果有贵宾来到,那山便要用手拂开云雾,豁然露出脸来。天啊!谁想得到紧临赤道,背衬着碧蓝碧蓝的天空,这儿竟会出现这样一座山,满头是雪,仿佛戴着一顶银光闪闪的雪盔,终年也不摘下来。难道这不是奇迹么?"赤道之雪"就是这样得名的。

---

① 一九六四年,坦噶尼喀和桑给巴尔组成坦桑尼亚联合共和国。

有说不尽的神话故事流传当地。据说在遥远遥远的古代，天神恩赅想迁居到山顶上，可以从最高处看望他的人民。恶魔不喜欢恩赅来，从山内点起把火，山口便喷出火焰来，抛出滚烫火热的熔岩。恩赅神一怒，当时召唤雷云，带着霹雳闪电，倾下一场奔腾急雨，一时搅得天色昏黑，地动山摇。人们都潜伏在小草屋里，吓得悄悄说："神在打仗了。"恩赅在极怒之下，又抛下一阵冰雹，直抛进火山口去，把火山填满，恶魔点起的火就永久熄灭了。恩赅神迁到雪山顶上，把乞力马扎罗的姊妹山梅鹿山赐给他的爱妾，在那里，恩赅用暴雨浇灭恶魔从山口喷吐的热灰，肥土和森林围绕着梅鹿山涌出，神便教导他的人民刀耕火种，生活是富足而美好的。

所谓神的人民指的就是自古以来散居在雪山脚下的瓦查戛族。第一个发现乞力马扎罗山的自然是瓦查戛人。十九世纪九十年代，德意志帝国才把坦噶尼喀抢到手，怎么会是德国人头一个看见赤道雪山呢？倒是有一件关于乞力马扎罗山的事，牵涉到德国。那是上一个世纪，英国维多利亚女皇在德国威廉皇帝生日那天，特意把这座非洲最高峰——乌呼鲁峰，当做寿礼送给威廉。这是殖民主义者给赤道雪山打上的奴隶的烙印。山如果有灵，当会在山头积雪上刻下铭文，记着不忘。

自从我来到乞力马扎罗山下，我就深深地被"赤道之雪"那雄壮瑰丽的景色吸引住，极想去探索一下曾经引出源源不断的神话故事的火山口。比较方便的去处是"恩根窦突"喷火口，在梅鹿山旁边，也不很高，来去容易。一到山脚，先看见一块诗牌，上头写着含意深沉的句子："无数年代以来，这儿就是宁静与和平的境界……"这儿也确实宁静，静得使人想起"山静如太古"的诗句。满山都是古木苍林，阴森森的，透出一股赤道的寒意。树木多半是奇形怪状的，叫不出名儿。有一种树不长叶儿，满树是棒槌模样的玩意儿，齐崭崭地朝上竖着，整棵树看来好像一盏大灯台,上头插满蜡烛。我能认识的只有"木布郁"树,树干粗得出奇,十几个人连起胳臂,也抱不过来。树心却是空的,大而无用。另有一种珍贵植物,叫"木布雷",长九十年后才成材,极硬,拿它做家具,永远不会腐烂。听说一棵树能值两千镑。当地人告诉我说,早先年梭罗门住的房子,就是从乞力马扎罗山一带砍去的木材造的。这类传说往往能给山川增色,还是不去深究的好。在树木狼林里,有时可以看见一种类似辣椒的东西,足有一尺多长,赤红赤红的,说不定真是大辣椒呢。

我穿过阴森霉湿的森林,慢慢爬上山顶,火山口蓦然呈现在脚下,约莫上千丈深,百亩方圆,口底一半是水泽,铺满碧草,另一半丛生着各种杂树。"恩根窦突"是梅鹿族人土语,意思是野兽。这里该有野兽吧?是有。你看,在火山口底的水草旁边,有一群小黑点在移动,那是犀牛,饮水的,吃草的,也有吃饱了草卧着打盹的。你再看,犀牛不远有两棵小树,上半段交叉在一起,好像连理树。那不是树,是两只长颈鹿。索马里语叫长颈鹿是giri,中国古时候直译原字音称做麒麟。那两只长颈鹿该是一对情人,长脖子紧贴在一起,互相磨擦着,又用舌头互相舐着,好不亲热。我站在火山口的沿上,一时间好像沉进洪荒远古的宁静里,忘记自己,脑子里幻出离奇古怪的神话,幻出顶天立地的恩赅神,神就立在乞力马扎罗山的雪盔上……

实在想去爬一爬赤道雪山啊。可惜上下得五天,我的时间不足。不能爬山,好歹也得去玩玩。有一天午后,我跟一位叫伊萨的印度尼西亚朋友坐上车去了。一路上尽是荒野,土地肥得要流出油来,渴望着生育,就生育着长林丰草,一眼望不见边。丛莽稀疏的地方,有时露出圆筒形的小屋,上头戴着尖顶草帽模样的草盖,本地人叫做"板搭"。"板搭"旁边长着香蕉、木薯一类东西。碰巧可以看见服色浓艳的农家妇女刚采下香蕉,好一大朵,顶在头上,该有几十斤重。汽车渐渐往山上爬,终于停到林木深处一家旅舍前。

乞力马扎罗有两座著名的山峰，一座叫"基博"，另一座叫"马温齐"。这家旅舍就取"基博"做名字，意思是山顶。凡是爬雪山的人都要先在这儿落脚，换服装，带口粮，爬完山回来，也要在这儿洗洗满身的雪尘。我们走到旅舍后身的半山坡，想欣赏一下雪山的奇景，不想望上去，一重一重尽是郁郁苍苍的密林。来到跟前，反倒望不见雪山顶了。朝山下望去，肥沃的麻查密大平原横躺在眼前，绿沉沉，雾腾腾，烟瘴瘴的，好一番气象。后来我们回到旅舍的前廊里，要了壶非洲茶，坐着赏玩山景。廊里的布置也很别致。墙是碗口粗的竹子拼成的，墙上挂着羚羊角，悬着画盾，交叉着青光闪亮的长矛。地面上摆着象腿做的矮凳，还有大象脚挖成的废纸箱，处处都是极浓的非洲色彩。

伊萨是个爱艺术的人，喜欢搜集有特色的工艺品，到了这座名山，怎么肯空着手回去。他走到旅舍的柜台前，那儿摆着各色各样的木雕，有人物，也有坦噶尼喀的珍禽异兽。就中有只黄杨木雕的犀牛，怒冲冲的，神气就像要跳起来，触人一角。

伊萨向柜台里问道："请原谅我，这只犀牛卖多少钱？"

柜台里坐着个英国妇人，三十多岁了，打扮得挺妖娆，低着头在算账，眼皮儿也不抬说："十八个先令。"

伊萨说："这样贵啊！便宜一点行不行？"

那妇人把铅笔往桌子上轻轻一撂，望着伊萨严肃地说："对不起，先生，我们不像当地土人，欺诈撒谎，骗人的钱。你要买，就是这个价钱，我们是不还价的。"

伊萨爱上那犀牛，嫌贵，还是买了。

黄昏时分，我们回到山下的莫希市。有几位朋友坐在旅馆二楼的凉台上乘凉。我加入他们一伙，大家喝啤酒，闲谈，一面看山。雪山正对着我们，映着淡青色的天光，轮廓格外清晰，像刻在天上似的。

没留心伊萨走来，手里拿着犀牛，冲着我笑道："我刚在市上问了问，跟这一般大的犀牛，你猜多少钱？"

我沉吟着问："便宜些么？"

伊萨笑道："便宜多了——只七个先令。"

恰巧有一个瓦查戛族的孩子来卖报，身上穿着一条破短裤，瘦得肋巴骨都突出来。伊萨挑了一份周刊，掏出几个零钱给那孩子。那孩子睁着溜圆的大眼，指着刊物上的价钱，小声说："一个先令，半个便士也不多拿。"

我不禁望着孩子瘦嶙嶙的后影说："多诚实的孩子！"

伊萨嘲笑说："那个高贵的英国妇女却骂人是骗子呢。我倒想起一个笑话：白人刚到非洲时，白人有《圣经》，黑人有土地；过不多久，黑人有《圣经》，土地都落到白人手里了。"

坦噶尼喀人的忠厚淳朴，十分可喜。你半路停下车，时常会有人殷殷勤勤问："占宝（"你好"的意思），我能帮助你什么呢？"如果车子坏了，投不到宿处，也不用愁，总会有人引你到他的"板搭"里，拿出最好的东西给你吃，让出最舒服的地方给你睡，还怕你怪他招待不周。当地人之间自然也有纠纷，裁判纠纷的方法也朴直有趣。譬如说，他们彼此住处的分界不砌墙，只种上一溜叫"麻刹栗"的灌木做篱笆。万一两家争起土地来，主持公道的人就摘下"麻刹栗"最高梢的叶子，蘸上黄油，叫你吃。叶子是不毒的，可是，如果地不属于你，据说吃了就会死的。想赖地的人决不敢吃，是非也就分晓。"马沙裔"是个勇猛的部族，风俗比较特殊。女人剃着光头，男人喜欢拖着假发编的长辫子。一位久居坦噶尼喀的亚洲朋友告诉我说，有一回，一个马沙裔人潦倒半路，拦住他借钱。他想：这个流浪汉人生面不熟的，借了钱去，还不等于把钱抛到印度洋去，没个着落。但他还是借给他了。谁知过不几天，那马沙裔人亲自上门还了钱，还弹着弓琴唱了支歌，唱出他心底涌着的情意。

请看,坦噶尼喀人就是这样质朴善良,有情有义。一到殖民主义者笔下,可就变得又野蛮、又凶残,不像人样。实际呢,坦噶尼喀人是有着极为悠久的历史文化,旧石器时代的遗址相当丰富。最惹人注目的是奥尔迪乌山谷,那儿的湖床里发现不少已经绝种的哺乳动物的骨骼化石,还有最早的人类遗骸,其中就有世界著名的"东非人"(Zinjanthropus)头骨,历史总在五十万年以上了。别的古代遗墟、古代石画,到处都有,值得人类特别珍视。千百年来,异民族的侵略统治使这儿的人民陷到奴隶的痛苦里。阿拉伯人、葡萄牙人、土耳其人、德国人、英国人轮流喝着坦噶尼喀人的鲜血。坦噶尼喀人于是纷纷起义。七十岁的老人今天还能絮絮不休地告诉你当年他们袭击德国军队的英勇故事。他们的历史充满斗争,终于从斗争中取得今天的独立。

不幸这部历史却蒙着厚厚的红尘,甚而被殖民主义者歪曲到可笑的地步。历史是应当重写了,而人民也确实在用自己的双手写着新的历史。

二　道路正在草创

坦噶尼喀的首府达累斯萨拉姆,按原意译出来,是和平的城市。乍到的时候,我望着蓝得发娇的印度洋,望着印度洋边上一片绿阴阴的树木,望着树木烘托着的精巧建筑,似乎真给人一种和平的感觉。有两座异常豪华的大建筑实在刺眼。细细看去,一座是英国标旗银行,另一座是基督教堂。我心里不舒服了。我这种感情并非来自偏见。接着我发觉那花木幽静的一带原来是欧洲区,有的去处叫什么"皇家境地",坦噶尼喀独立前,压根儿不许非洲人进来。我寄居的英国旅馆叫"棕榈滩",小得很,听说刚独立不久,达累斯萨拉姆市长去喝冷饮,竟遭到拒绝。欧洲区以外还有印度区和非洲区。印度区称得起生意兴隆,也还整洁。一到非洲区,满街扬着沙尘,房屋多半是泥墙,顶上搭着椰子树叶,那种景象,恰似害血吸虫病的人那样。

这其实不足为怪,哪个长期受压迫的国家不是这样? 今天,坦噶尼喀也像别的新独立的国家一样,正在逐渐清洗着殖民主义的遗毒。

想不到坦噶尼喀竟这样富庶。产金刚石、金子、银子,以及犀牛角、象牙等珍贵物品。土地也肥沃极了。山也好,平原也好,处处绿得发黑,黑得发亮。有时你会发现大片的耕地,整整齐齐的,种着咖啡、甘蔗一类热带作物,你准也会发现怪舒适的欧洲住宅。当地朋友就会告诉你说:这是约翰森先生的种植场,或者这是伯敦先生的庄园。……反正不是非洲人的。

剑麻(本地叫西沙尔麻)最著名了,全世界五分之二的产量出在这片国土上,坦加又是这片国土上最著名的产地。我在坦加逗留了两天,那是个港口,满山满野都是大片大片的剑麻地,远远看去,倒像一幅大得无边的绿绒条纹地毯,平铺在大地上。剑麻长得又壮,有的比人还高,不愧是上好品种。间或看见剑麻丛里长出树干子来,树梢上挂着小穗子。那是要留剑麻籽儿。凡是留籽儿的剑麻,叶子老了,抽不出纤维来,根本没用处。二月的东非,太阳像火烤一般。正割剑麻叶子的非洲工人光着膀子,前胸刺满花纹,晒得汗水直流,像要融化了似的。

陪我参观的是坦加市的新闻官,一个英国人。我问他道:"这样大规模生产,是谁经营的?"

新闻官说:"希腊人、英国人、瑞士人、荷兰人、德国人,也有印度人。……"

我又问道:"非洲人呢?"

新闻官说:"你看,剑麻需要大量肥料,长得又慢,不到三年不能收割。非洲人资金不足,自然无法经营。"

后来他带我去看了一家坦加最大的剑麻公司。那是瑞士人经营的,经理叫俄曼,眼有点斜,留着短短的上髭,胸脯微微挺着,显得很自信。俄曼说剑麻田里没什么趣味,便领我去看剑麻洗剥场、化验场、机器修配场等等。他走到哪儿,工人都对他说:"占宝",向他举手行礼。俄曼客气地点着头,两手插在裤兜里,一路冷冷淡淡地说:"我们这儿总共有八千多工人。养这么多人,不是儿戏啊。从生产到生活,需要的东西,我们完全可以自给,不必仰赖别处。"

我说:"这不成了个独立王国么?"

俄曼淡淡一笑说:"也许是吧,不这样也不行。让我举个例子,种植园的拖拉机坏了,市上根本无处修理,你没有自己的修配场,岂得停工。"

我问道:"工人最低工资每月多少?"

俄曼支吾说:"这就难讲了。临时工多,来来去去像流水,不好计算——重要的是福利事业。……"便指点着说:"那边一片房子,你看见么,是工人宿舍,水电都有,完全免费。孩子要念书,有学校,教员都是欧洲人。病了,可以到医院去,也是免费。……"

我有心去看看那些福利设施,俄曼先生却很有礼貌地掉转脸,用手掩着嘴打了个呵欠,又看看表说:"对不起,我能领你看的,就这些了。我还能替你效点别的劳么?"

我便感谢他的好意,握握手告别。走出工厂,路过一个小市场,肮脏得很,是这家剑麻公司设立的。几个面貌憔悴的非洲妇女摆着小摊儿,卖椰子、柠檬等。旁边泥土里坐着个两三岁的小男孩,光溜溜的,蹬着两只小腿直哭。市场柱子旁倚着个工人,还很年轻,身上挂着碎布绺绺,伸着手讨钱。那已经不像只手,只剩一个手掌子,连着半根拇指,显然是叫机器碾的。我的耳边又响起俄曼先生动听的话音。……

还是有非洲人经营剑麻的,虽说只一家,到底开始了。那家人藏在深山里,正在烧山砍树,翻掘泥土。已经栽种的剑麻缠着荒草,有待于清除。主人出门了,主人的兄弟从地里赶回来,在木棉树荫凉里招呼我们。谈起事业来,自然有些难处。缺机器,资金也不宽裕。向银行借款,又得抵押。可是一丝儿也看不出他有灰心丧气的神情。他的脸色透着坚毅,透着勤奋,也透着信心。这种精神,清清楚楚写在每个坦噶尼喀人的脸上。就凭着这种精神,坦噶尼喀人民正在打井,开辟生荒,建设新乡村;正在创办合作社农业实验站;正在实行"自助计划",许多人都腾出空余的时间,参加义务劳动,用劳动的成果来纪念祖国的独立。

从坦加坐汽车回达累斯萨拉姆的路上,我们穿过深山,发现一条新路。只见滚滚红尘里,魁伟美壮的非洲青年驾着开山机,斩断荆棘,凿开山岭,开辟着道路。这新路还远远未修成,前头尽是深山丛林,崎岖不平。但我深信,非洲的丛莽中自会辟出坦坦荡荡的新路的。

一九六三年三月寄自非洲